1. Ges...

r Schwester (d

andere Person

). Seit der D

den 5 Elendsja

en, wieder-meh

asen/Diagnosen

chronologisc

rankheit mein

isiert und al

ist... ich b

endrogliom) in

kaum-noch-Hof

schlechteren P

P

GABRIELE WOHMANN
Abschied von der Schwester

Pendo Zürich München

INHALT

Oktober 2000   7

30.9.95 – 15.7.99
- Haus Sonnenschein   12
- Das Tablett   20
- Der Brief   27
- Der lustige Witwer   45
- Martha contra Jenninger   62
- Vor Tische las mans anders   90
- Herbei nun, ihr Gläubigen   110
- Wer hats besser?   115
- Ich weiß jetzt, wo die Bremsen sind   131

8.8.2000 – 24.9.2000
Abschied von der Schwester
- Gesundheit   146
- Viel zu früh   156
- Aber ich weine sowieso nie   169
- Miss Briggs   183

Oktober 2000

22.10.2000

Beim Blick auf die Titelliste für den neuen
Band: lese Tagebucheintragungen unter den
Entstehungsdaten der Erzählungen nach
(Arbeitsbeginn/Ende), um die großen zeit-
lichen Zwischenräume zu erklären (es gibt
auch schon publizierte Texte mit Abschied-
von-der-Schwester-Motiv). Werde Kalender-
notizen je den Erzählungen voranstellen.
Personennamen als Initialen: Schwester =
H. (Privatkindheitsname bis zuletzt). Mut-
ter = Ma, mit „a" wegen Mario, Mann meiner
Schwester = M., Brüder, falls nötig: G.
(ältester, und G. = Schwägerin), Mn (für
Martin), Ehemann: R.

23.10.2000

Haus Sonnenschein, erste Geschichte im
neuen Buch, ist nicht die erste mit Sujet
Krankheit meiner Schwester (die auch anderswo und wie hier oft fiktionalisiert,
als andere Person, vorkommt; auch ich, die
dann nicht ich ist ... ich bin).
War seit der Diagnose (inoperabler Hirn-
tumor: Oligodendrogliom) in den fünf
Elendsjahren bis zum Tod (29.9.99): vom
Hoffen, Kaum-noch-Hoffen, Wieder-mehr-Hof-
fen, Niederlagen, besseren, schlechteren
Phasen und Diagnosen traumatisiert: durch
Prosaverwandlung und Konzentration nur
darauf war Gleichzeitigkeit von engster

Teilnahme und Ablenkung/Entfernung (durch andere Rollen usw.) möglich.
Mittlerweile einige Hirntumor-Motiv-Erzählungen in verschiedenen, jährlich erschienenen Erzählbänden untergebracht – nachträglich schade drum, aber Buch wäre zu umfangreich geworden.

24.10.2000

Buch mit nur diesem Thema zu machen war immer die innere Absicht. Dem Wunsch, autobiographisch über die fünf Jahre zu schreiben, widersetzten sich Befürchtungen: zu geringer Abstand, zu viel Privatheit und Nähe = Diskretionsdefizit, Fehlen der Distanz. Dachte auch jeweils an das, was *sie* gern lesen würde (meine beste, meine Lieblingsleserin). In einer Erzählung ließ ich uns als ganz Alte auf die seit Jahren gut überstandene, deshalb fast verjährtvergessene Hirntumor-Katastrophe zurückblicken, über sie lachen. Dazu sagte sie weniger als zu einer Erzählung, in der Ich-Erzählerin in einer fremden Stadt zwischen Alltagsaktivität und Ablenkung plötzlich in einer Kirche eine Menge Kerzen anzündet (für die Schwester): Die traurige (realistische: sie sah es so) Erzählung gefiele ihr sehr. Für die mit dem fröhlichen Rückblick war sie zu skeptisch (realistisch). Doch wegen Kindheitsspiel: *Haus Sonnenschein* wäre ihr recht gewesen.

26.10.2000

Beim Nachdenken über neue Abwandlung des Leitmotivs, jemand stirbt, größte Liebe, engste Bindung vom ersten Lebensmoment an (H. war schon zwei Jahre vor mir da): Haus-Sonnenschein-Erinnerung, Kindheits-Erfindung zum Trost bei demolierten Puppen: Wir ließen sie nicht tot sein, schickten sie ins Haus Sonnenschein. Ideal, schönstes Ziel. Gesunde will mit Metapher Haus-Sonnenschein-Ewigkeit (besser als Alltagsleben!) Kranke zukunftsfroh machen. Oder: Kranke beruhigt Gesunde mit Haus-Sonnenschein-Reminiszenz?

Das Gefühls-Hinundher, Reaktion auf Hin und Her der Befunde, des Ergehens (vor der letzten Phase unregelmäßiger Krankheitsverlauf mit noch guten Intervallen), widerspiegeln die Notizen zwischen Ende September und Anfang Oktober 1995, erste Seiten Haus S.

30.9.95 – 15.7.99

Haus Sonnenschein

30.9./1.10.95

Ein Wochenende, mehr Platz im Terminkalender. Was H. angeht: Durcheinander der Eintragungen, widersprüchliche Meldungen: Ma, 10 h tel.: H. gehe es sehr gut. Mein Telephongespräch mit H.: Berichtet von zwei Hoffnungsschimmern (hört sich besser an, nicht so leise, Stimme abwärts): Bestrahlen eventuell in St. Gallen statt Kantonsspital Zürich. In St. Gallen war sie lieber (damals Kopfaufbohren, Absaugen Ödem). Zweitens: Tom Kirsch, Freund in L.A., kennt Neurologen, neue Methode, Anti-Tumor-Programm, auch den inoperablen (verstand nicht alles, H. auch nicht). Abendtelephonat Ma (über sich selbst allerdings leider: sie sei heute etwas *schmächtig*...??!!): H. hat sogar am Samstag eingekauft, gekocht! M. sage deshalb seine Dienstreisen nicht ab (in fünf Tagen zuerst London). Besseres Einschlafen, auch am 1.10. alles besser, verminderte H.-Sorgen, Ma zweimal pünktlich tel., weiter an Haus S.

2.10.95

Zuviel Morgendurcheinander. (Schön: Nebel) 12.30 h: Termin K. (durch K.-Freundschaft mit Chef der Zürcher EPI-Klinik kam H. zu ihrem Lieblingsarzt): Wie immer Reden über H. (K. weiß, Reden über sie ist Reden über mich), er war nie angstmachend, heute

auch behutsam, klang trotzdem unerfreu-
lich. Machte mir wieder Skizzen: Kopf, Sitz
Tumor, Stadien ... etc. Restlicher Tag
diverse Ablenkungen, Schreiben wie ver-
hext, aufgegeben, Post, Bügeln, Diverses.
TV alter Western (Cooper!). K.-Praxis-
Gespräch Schlafhemmnis, Ängste H.

3.10.95

Ma morgens gut (abends auch, nur: *kraft-
los*), ich gut, egal, wie es wirklich ist.
Schöner Nebel, Schnellgang (...) Schöner
Nebel gut fürs Schreiben am Haus-Sonnen-
schein-Manuskript. TV: spät Baden-Badener
Disput.

HAUS SONNENSCHEIN

Was, du auch?
Ja. Voll erwischt.

Ich war hinkend und an einem Stock zu ihr gekommen, und sie (auf zwei Stöcke bei ihr war ich nicht gefaßt) versuchte, mir mit meinen beiden Taschen zu helfen. Ich hatte ihr ein paar Sommersachen mitgebracht. Der Sommer war um, dem nächsten war nicht zu trauen.

Ist das nicht ein verdammter Zufall? Ich hinkte hinter ihr her; sie bei ihrem Staksen mit den zwei Stöcken zu beobachten, das wäre mir zuviel gewesen, so stark bin ich nun auch nicht, und deshalb ließ ich, ich kann das, ihre Gestalt in meinem Blickfeld verschwimmen. (Geweint habe ich in der ganzen Angelegenheit nie. Beim Weinen bringe ich es, wenn überhaupt, auf ein bis zwei Tränen, und als es vor zwei Monaten bei ihr anfing, habe ich die auch geschafft.) Auf unserem langsamen Weg über den Flur bis zum Wohnzimmer sagte ich ihr, ich wüßte es schon seit einigen Wochen, hätte aber am Telephon lieber nichts gesagt, um sie nicht zu belasten. Sie hat mir merkwürdigerweise gar nicht darauf geantwortet.

Im Wohnzimmer umhüllte mich sofort ihre souveräne, Behaglichkeit schaffende Unordnung, es gefiel mir hier genauso gut wie immer, das ganze alte Haus hat ihr Flair, die Ästhetik hat etwas Lässiges mit all den Büchern, Zeitungsstapeln, auf den alten Möbeln liegen auch Videos und CDs, aber diesmal machte mich das Schöne – auch der Erker mit seinem Ahorn- und Taxus-Blick, alles im Grünschimmer – beklommen und sehr traurig.

Sie hatte die Puppen schon aufs altmodische kleine Sofa gesetzt, und ich sagte: Damit wird ja nun wohl leider nichts. Ich hob meinen Stock als Erklärung: Ich falle ja, wie die Dinge jetzt stehen, als Pensionsmutter aus.

Und wieder ging sie nicht darauf ein, wirklich seltsam. Sie sagte, als hätte ich gar nichts gesagt: Traudel gehört zu deiner Libeth. Sie waren immer Freundinnen.

Wir hatten Traudel und Libeth all den Streit aufgetragen, vor dem uns selber etwas schützte. Was genau? Keine Ahnung. Und wir waren streng zu ihnen, nach dem Vorbild der Mutter einer Schulfreundin, unsere eigenen Eltern konnten wir, wenns ums Strengsein ging, nicht nachahmen.

Und dann sagte sie: mein Friedrich. Er ist ziemlich empfindlich, wie du dich wohl erinnerst.

Weil ich mit dem Puppenproblem gerechnet hatte, holte ich meinen Peter aus der Tasche. Gleichzeitig schüttelte ich den Kopf, zeigte auf mein Bein, meinen Stock, schließlich tippte ich mir in der Ohrgegend ins Gesicht: Hasts wohl nicht richtig mitgekriegt, ich selber bin genauso dran ...

Sie sagte was von *im Fall der Fälle* mittenrein. Weil sie der Mensch ist, den ich am längsten kenne (von den Eltern abgesehen, aber als Kind kennt man Eltern – Erwachsene – nicht auf diese Weise gut wie jemand, der nur zwei Jahre älter als man selbst ist), konnte ich ihr Blinzeln, als hätte sie was in den Augen, und daß sie die ein bißchen zusammenkniff leicht deuten: Sie hat das schon immer gemacht, wenn sie einer Sache nicht ganz traut. Ich habe mich von ihr beobachtet gefühlt, wie als Kind, wenn sie sich wiedermal dranmachen mußte, die ältere vernünftige Schwester zu sein, um meinen Widerstand zu brechen. Sie hats immer sanft gemacht, wenig Worte, aber eben dieses Geblinzel und Augenzusammenkneifen (kurzsichtig wurde sie schon mit ungefähr sieben). Und wie in der Kindheit redete ich daraufhin erst recht laut und eifrig-trotzig: Du willsts vergessen, aber ich humple hier nicht zum Jux rum. Wer würde das tun?

Ja, wer außer dir, sagte sie sphynxhaft, und diesmal ging ich nicht auf sie ein, obwohl sie freundlich gelacht hatte und ihre Bemerkung ein Scherz sein konnte.

Ist doch komisch, wenn irgendwas im Zusammenhang mit einem Tumor überhaupt komisch sein könnte, aber ich hab dasselbe wie du. Als wären wir siamesische Zwillinge.

Bei siamesischen Zwillingen muß es nicht so kommen. Hängt davon ab, wo man sie voneinander abgetrennt hat.

Bei siamesischen Zwillingen mit zwei Köpfen.

Ich sagte ins Schweigen hinein (sie war, diesmal nur mit einem Stock, zu ihrer Bar gehinkt, hatte die Campari-Flasche und zwei Gläser geholt und auf die Zeitungsberge gestellt, die den länglichen Tisch bis auf ein bißchen Spielraum für einen israelischen Aschenbecher und eine Einstein-Biographie bedeckten): Es freut mich ja, daß du dich überhaupt nicht drüber aufregst.

Über was denn? Sie fragte, als würde seit meinem Kommen ihr Bewußtsein ruhig und unentwegt alles, was ich vorbrachte, tilgen, vor jeder Wahrnehmung schon auslöschen. Mir wurde es langsam peinlich, die Dinge beim Namen zu nennen. Ich stellte meine Taktik etwas um. Bei deinem gibts jetzt doch zwei Hoffnungsschimmer, Bestrahlen, man setzt, hab ich gehört, einen Strahler auf das Miststück drauf und der strahlt es kaputt, erlischt dann, verkapselt sich.

Ja ja, sagte sie. Sie selber hatte die neuen Konsultationsresultate bei irgendwelchen Superkoryphäen als Hoffnungsschimmer gefeiert, sehr vorsichtig, immerhin, und ihre Stimme hatte dabei etwas besser geklungen und nicht so müde.

Los Angeles, St. Gallen, du hast mir gesagt, die machen so was. Und was ist mit dem Gammaknife? Stockholm, Florida?

Die haben abgesagt.

Na ja, meiner ist überhaupt nicht zu operieren.

Ihr *Das kann ich mir denken* war wieder eine mysteriöse Reaktion.

Wir tranken jetzt Campari, sie nippte bloß dran und hatte hauptsächlich Wasser im Glas, die Flüssigkeit war von diesem öden Blaßrot wie bei Blut, wenn die Menstruation anfängt oder aufhört. Sie soll zu ihren Medikamenten keinen Alkohol trinken, aber daß ich es tat, würde sie nicht wundern, weil ich immer die Leichtsinnige gewesen bin. Ich packte eine Sommerbluse aus: Trägst du so was? Es ist eigentlich unser Stil.

Erleben wir den nächsten Sommer? Sie lächelte, ich fand sie ironisch, was sie selten war, und sie blinzelte wieder.

Was die Puppen angeht, wenn keine von uns genau weiß, wie es weitergeht, Klinik oder so was, dann tun wir sie am besten alle zusammen ins Haus Sonnenschein. (Das Haus Sonnenschein erfanden wir als Kinder für definitiv ramponiertes Spielzeug. Es war ein wundervoller Ort, an dem sie sich ein für allemal absolut glücklich fühlen würden. Nur für Nichtkenner handelte es sich beim Haus Sonnenschein um ein paar Kartons auf dem Dachboden.)

Ich stand auf und ging zum Erker rüber, das Humpeln übertrieb ich, und ich sah in den Vorgarten auf ihre beachtlichen Beete, ich kenne mich mit Blumen nicht aus, aber die im Herbst dran sind, waren noch in Ordnung, und ich dachte, das erste, was ich mache (wenn Silvio nicht da ist): Ich reiße sie aus, ich trample alles nieder. Sie liebt Pflanzen. Auf dem rötlichen Zufahrtsweg erkannte ich wieder wie vorhin, als ich zum Haus hinaufgehinkt war, das plattgetretene grüne Einwickelpapier eines Kaugummis der Marke Doublemint, und wieder tat mir der kleine Fleck gut, auch von hier aus.

Wer kaut hier bei euch Kaugummi? Ich erwartete keine Antwort. Das Doublemint-Papier war vom Trottoir rüber in den Garten geweht. Es macht den Weg so wirklich. Man gehört durch so einen Fetzen irgendwie dazu. In den ganzen Zusammenhang, der uns erst dann nicht mehr anstrengt und ärgert, wenn wir aus ihm rausfallen. Neulich wurde ich fast ärgerlich, weil Benny bei uns am Gartentor auch so einen Fremdling, ein zerknülltes Milky-Way-Papier, aufgehoben und in den Müll geworfen hat. Das letzte, das von Benny und dem Milky-Way-Papier, sagte ich ihr. Wieder kniff sie die Augen zusammen, grinste mich kurzsichtig an.

Gehts dir auch so? Ich hinkte vom Erker zum kleinen Richard-Wagner-Sessel zurück. Seit man so was hat wie wir, trifft man ständig Leute mit Angehörigen oder Bekannten und Freunden, die x Tumore hatten und haben ...

Ich bin seltener mit anderen zusammen als du, sagte sie. Sie besorgte uns Kaffee. Sie hinkte mehr als vorhin auf dem Flur, und deshalb sah ich nur mit diesem Blick hin, in dem ich verschwimmen lassen kann, was ich deutlicher nicht ertragen würde.

Ein Fahrer vom Landkreis, von der Verwaltung, ich hatte 46 Kilometer Landstraße mit ihm (ich brauchte ganz schnell eine Zigarette und es war leider nur billiges Dope drin, aber besser als nichts), der erzählte mir ganz von selbst, warum sollte auch ich was von meinem Problem sagen, daß er eine Tochter mit jetzt schon dem vierten Tumor hat ..., oder dem fünften. (Daß die Tochter des Fahrers geistig behindert ist, verschwieg ich. Daß sie in Behinderten-Werkstätten irgendwelche Sachen flicht und in einem Wohnheim im Dreibettzimmer lebt.) Und von dem hörte ich das mit dem Strahler, der wie ein abgekapptes Kabel ist, verstanden hab ich das nicht, nur, daß das Ding diesem gemeinen Misttumor draufgestopft wird oder so was und ers kaputt strahlt, bis der Tumor erlischt. Wie ein ferner Stern vor Lichtjahren.

Aha, sagte sie lustlos.

Klingt doch gut, oder? Und es ist so etwa das, was sie auch in den USA machen, oder?

Florida hat abgesagt, Stockholm auch, sagte sie. Merkwürdig, sie hat wieder überhaupt nicht wissen wollen, warum oder ob ich das auch machen lassen würde und nicht nach meinen Ärzten und nach der neurochirurgischen Klinik gefragt. Mir ging allmählich die Luft raus, ich meine, ich hatte keine Idee mehr für weitere Fakten und solche Dinge. Ich glaube, als es passierte, war das für sie gar nicht mehr nötig. Nötig wars von Anfang an nicht gewesen. Nämlich folgendes passierte, mein letzter von all meinen vorherigen verfluchten Fehlern, und der eindeutigste, der definitive Beweis. Das ging so: Als Silvio unerwartet reinkam, bin ich aufgesprungen. Tatsächlich: aufgesprungen! Und ihm entgegengegangen, schnell, ohne Stock, um ihn zu begrüßen. Zu hinken, das hatte ich vergessen. Sie, dran gewöhnt von meinem ersten Lebensjahr an, mir zu helfen und auf mich aufzupassen, hat mir *schließlich hab ich Haus Sonnenschein* zugerufen, *was auch passiert.*

Das Tablett

4./5./6.2.96

Sonntag: Schneefall, Shorty-Idee, kommt Anfangsseiten *Tablett* im Heft von Rückreise Kiel dazwischen. Mit H. telephoniert: H. bedrückt wegen Ma, Fieber. Mit Ma-Schwestern telephoniert, bessere Nachrichten, dann wieder H.: beruhigt (beschönigt).
5.: Ma rief an! Gestern noch interesseloser Eindruck.
6. Totaler Gemütsniedergang (trotz Schneeanblick) Post von H., früher als Genuß aufgespart, jetzt aufgespart bis genug Mut dazu (Buchstaben fehlen manchmal, Satzzeichen ...) Bei seelischem Tief, bitterem Winter (H., Ma, das ganze Elend/Leben), ist alles sowieso idiotisch, falsch. Aus verödeter Stimmung in die Heftseiten aus Kiel gerettet: Textanfang *Das Tablett*, Basis Miniatur von eigener Erfahrung mit Tablett-Geschenk (Nostalgie Coca-Cola-Reklame). (Aber wieder Hirntumor-Thema darin). Diverse Dienstsachen zwischendurch. TV: Bogart/Bacall.

DAS TABLETT

Oh, ist das hübsch! Glenda kam schnell drüber weg, daß der Kaffee bloß hellbraun in die Tasse floß, wobei er einen abgestandenen, säuerlichen Geruch verströmte (ihr würde von jedem Schluck immer noch ein bißchen schlechter), denn das kleine runde Blechtablett sehen und es erobern wollen, war eins.

Das Mädchen aus dem Hotelrestaurant sagte nichts, wartete ab.

Glenda stellte die kegelförmige Thermoskanne, Tasse, Zuckerstreuer und Milchgießer in die Nische, deren Funktion im Prospekt als Schreibtisch beschönigt war. Damit ich es besser bewundern kann, sagte sie und betrachtete den bemalten Boden des Tabletts, das für Coca-Cola warb: *Drink Coca-Cola* und *Refreshing, Delicious* in weißen altertümlichen Buchstaben umrahmten bogenförmig auf blauem und hellbraunem Grund den inneren Kreis, in dessen Mitte eine junge Dame, nach Art des 19. Jahrhunderts frisiert und gekleidet, am kleinen Tisch saß, ein Glas in der Hand; im Halbprofil drückte ihr Lächeln Vorfreude auf Coca-Cola aus. Ich muß das Tablett haben, wußte Glenda und auch, daß das Mädchen ungeduldig wurde und *diese Frau spinnt ganz schön* dachte. Sie machten hier eigentlich keinen Zimmerservice und für Glenda eine Ausnahme (wie sonst nur für Behinderte), weil sie am Telephon gemogelt hatte: Man hat mir an der Rezeption verraten, Sie alle im Restaurant seien schrecklich nett.

Das Mädchen schaute aus dem Fenster über den zugefrorenen Kanal, auf dem die Unordnung der Eisschollen kleine Wellen verewigte, bis zum nächsten Tauwetter.

Ich hoffe, ich kann das kaufen. Was würde es kosten? Glenda tippte aufs Tablett.

Da müssen Sie den Chef fragen. Soll der Kaffee auf die Rechnung?

Glenda wollte ihn gleich bezahlen. Geht mein Finanzamt nichts an, wissen Sie? Sie lachte, das Mädchen lachte höflich und minimal mit. Wie alle vom Zimmerservice auf diesem Planeten konnte sie nicht wechseln, und aus Glücksgier war es ausnahmsweise Glenda egal, als sie *Stimmt so* sagte und das verrückt überhöhte Trinkgeld verloren gab. Das Mädchen huschte aus dem Zimmer wie auf der Flucht vor einer Ansteckung.

An der zimtbraunen aufgetürmten Frisur der Coca-Cola-Dame war die Farbe etwas abgestoßen. Glenda hoffte, sie fände von diesem Reklame-Juwel noch einen ganzen Stapel Duplikate und darunter ein Exemplar ohne Defekt. Aber notfalls nähme sie auch das leicht ramponierte. Kaufabsichten hatte sie keine. Mit Menschen kam sie gut zurecht, besonders mit denen aus der mittleren Unterschicht, falls es so etwas in der klassenlosen Ära noch gab und das Personal aus dem Dienstleistungsgewerbe dazuzählte; inoffiziell, Glenda besaß einen Instinkt dafür, lebte der Unterschied fort, und gerade eben erst hatte das Hotel-Mädchen ganz genau so deutlich wie sie selber dieses Gefälle gespürt. Oh doch, sie blieben es, Untergebene, und sie wußten es, und ihnen gegenüber fand Glenda den richtigen, aber verblüffenden Ton, scheinbar vertraulich stellte sie sich mit ihnen auf eine Stufe, blieb aber in jedem Minutenbruchstück eine Überraschung und eine Fremde, anderswo angesiedelt, und ausgerechnet dieser Widerspruch ließ die Untertanen dankbar aufhorchen, sie fanden Glenda nett und sonderbar, und ihre Verwunderung machte sie zugänglich. Glenda probierte den Kaffee, und erwartungsgemäß wurde ihr übel, sogar mehr als nur leicht übel, und das sogar von bloß einem Schluck. Der Blick aufs Eisgeröll im Kanal und die darin steckengebliebenen kleineren Kähne half, bloß durfte sie nicht dran denken, daß sie bald wieder da hinausmußte, wo der Ostwind an Fahnen zerrte und die wenigen Fußgänger sich geduckt eilten, und erst recht durfte sie nicht dran denken, warum sie überhaupt hier war und was in nicht viel mehr als einer Stunde auf dem Programm stand – ah: die Ablenkung! Sie bestaunte das wunderschöne kleine rote Tablett: Ich werde dich besitzen! Ich halte mich schadlos. Ich bin ein Lebenskünstler! In *meiner* Situation, na, das soll mir mal einer nachmachen!

Ohne Skrupel und Umständlichkeiten mit fremden Menschen, Verhandlungen, Tricks hätte Glenda ihren Schatz ins Gepäck versenkt und am übernächsten Tag mit auf die Weiterreise genommen, schließlich handelte es sich nicht um einen Wertgegenstand, das Hotel würde sie nicht ruinieren. Doch so leicht kam sie diesmal nicht davon, lieber nichts riskieren. Denn man hatte für sie die Ausnahme gemacht, den Zimmerservice, und sie war keine Behinderte. Und das Hotel-Mädchen würde sich dran erinnern, daß sie dummerweise das wunderhübsche Tablett angeschwärmt und zu kaufen beabsichtigt hatte. Falls sie in einem so großen Restaurantbetrieb überhaupt auf ein fehlendes Reklametablett achteten.

Den miserablen Kaffee ins Waschbecken zu schütten blieb, obwohl er ihr auf die Dauer immer schlechter bekäme – Inhalt: zwei Portionen –, eine Absicht. In der günstigsten Zeit, Ruhepausen-Zeit für Hotel-Restaurants und ihre Küchen, Hinterräume, Nebengelasse, Seitenwege, erschien Glenda mit dem Geschirr und dem Thermoskannenkegel auf dem roten

Coca-Cola-Tablett zu einer ersten Sondierung, natürlich mit dem Wunsch, ihr Problem löse sich schon diesmal. Die Minuten liefen ihr davon, um vier Uhr wurde sie erwartet, aber wirklich spätestens, und bei einem Anlaß wie diesem wäre Unpünktlichkeit dasselbe wie Pietätlosigkeit, doch auf andere Weise gleichrangig war nun einmal diese Triebbefriedigung, die Eroberung des Tabletts. Sie brauchte einen Überblick und die richtige Person. Glenda bevorzugte Männer zwischen nicht mehr jung, noch nicht alt. Am entgegenkommendsten waren Homosexuelle und die ausländischen Hilfskräfte.

Es kam noch besser: Keiner da! Glück gehabt! Das Restaurant verwaist, die Tische frisch gedeckt, auf den Gedecken thronten die keilförmig geknifften Servietten. Glenda spähte in den Gang zur Küche, dann in die Küche – niemand zu sehen. Daraufhin wagte sie es mit dem Mut der Verliebten (ich brauche dieses Tablett!), Schranktüren, Buffetklappen zu öffnen. Die Ablenkung war vollkommen bis auf den winzigen Durchschlupfspalt für die Selbstbeobachtung: Ach ihr armen Geschwister und alle andern, die dies nicht können, sich aus dem Elend der Welt katapultieren, angetrieben von der Entscheidung für beispielsweise ein kleines rundes, drollig bemaltes Blechtablett!

Und sie hielt das Objekt ihrer Begierde in der rechten Hand (nirgendwo abgeblätterte Farbe!), als sie sagte: Es ist besser, Sie gebens auf, ehe ich das Interesse verliere.

Der kahlköpfige massige Mann im weißen Kittel, ein Rausschmeißer-Schrankkoffer-Typ mit Pokerface, versperrte Glenda immer noch den Weg in den Hotelflur; sein erstarrtes Gesicht drückte nicht die geringste Gemütsbewegung aus: ein Nachteil. Zorn wäre besser als dieses Garnichts. Irgendwelche Gefühle, sogar die ekligsten.

Wissen Sie, es ist so wichtig, daß man sich für irgendwas interessiert. Glenda schwenkte ihre ersehnte Beute wie ein Tambourin.

So so so, machte der Mann.

Das Leben ist schrecklich. Man muß sich ablenken. Glenda beglückwünschte sich: Immerhin legte sich allmählich, richtig zum Zuschauen vollzog sich der Prozeß, Mißtrauen auf das unbehauene Gesicht des Mannes, es erinnerte sie, vielleicht wegen der Nähe zur Küche, an eine beanstandete Lieferung aus dem Schlachthof, extra lang zu sieden oder anzubraten und auch dann noch bloß fürs Personal geeignet. Verstehen Sie, wenn man sich für nichts mehr interessiert, versackt man in diesem Elendsmorast, man bricht ein, wie draußen auf dem Kanal, wenn das Eis dünn wird.

Ach was. Was Sie nicht sagen.

Es ist doch ein Scheiß-Spiel, das Leben zwischen dem Nichts und dem Nichts, Glenda lächelte: Ich meine den Tod.

Wachsen Sie hier nicht fest, meine Dame.

Gut, dann rede ich in Ihrer Sprache. Glenda wußte, sie müßte jetzt realistisch werden. Ich hab den Deal vor Stunden schon hinter mich gebracht, erkundigen Sie sich beim Geschäftsführer (hatten sie einen Geschäftsführer?), und ich hab nicht mal verraten, was für eine Beleidigung Ihr Kaffee ist, aber das ließe sich nachholen. (Wieder lächeln, guter Kontrast!) Ich denke, der Preis für dieses Ding da war sogar überhöht, aber egal, spielt keine Rolle, ich brauche ein Geschenk für meine Schwester (Nimms mir nicht krumm, ja?), und das Tablett war genau das Richtige. Nur, was ich oben in meinem Zimmer überbezahlt erstanden habe, es hatte eine paar Schürfstellen, ich mußte es austauschen ...

Es bliebe, beim Erinnern, für immer ein Rätsel: Glenda

fragte sich, wie sie einen so massiven Männerfleischklumpen mit Sturheit der Rechtsauffassung im Schädel das Fürchten hatten lehren können. Gute Arbeit, Glenda, lobte sie sich. Fast drei Stunden lang nicht dran gedacht. Schwarz angezogen war sie schon, zum Glück, den sie hatte es jetzt eilig, durfte ihre Geschwister nicht warten lassen, und auf den Pfarrer würde es auch keinen guten Eindruck machen, wenn sie sich verspätete. Abgesehen von allem, was es an Einzelheiten zu besprechen gab – schließlich trug sie die Verantwortung für 1. Korinther, 13, 12. Drink Coca-Cola! Refreshing! Delicious! Du bist mein! Bis vor kurzem sah ichs nur stückweise, jetzt aber von Angesicht zu Angesicht. Glenda hörte sich im engagierten Gespräch mit dem Pfarrer zu: Es würde unserer Schwester nicht gefallen, nur mit ihren Lebensdaten und dem weltlichen Hin und Her, bestimmt nicht ohne Bibeltext im Grab, es würde ihr ganz und gar nicht gefallen. Sehr wortreich überzeugend lebhaft Glenda, beneidet von den kummervollen Geschwistern, aber zum ersten Mal täuschten die sich nicht.

Der Brief

5.5.96

Bei G.+G. in S., Balkon, schön, viel auch
über H. gesprochen und dann mit ihr, alle
vier, telephoniert. (Wir hatten es vor, *sie*
war schneller, *sie* rief an! Klang gut.
Plan: Gemeinsame Fahrt (ich mit G.+G.)
nach Zollikon (Zürich Hotel), 13.-16.6.
6.5.96 Post: deprimierend. Zwischen vielem
anderen und Interview-Frau aus USA (Thema
uninteressant, gender ... sowieso?), Frau
aber nett (blieb zu lang) Manuskript-Idee
(Variation Krankheit Schwester): Ehepaar
in den Ferien, ungelesener Brief der kranken Schwester im Koffer ...
Glück mit altem Gabin-Film.

DER BRIEF

Hast du ganz prima gemacht. Schon wieder lobte Henk Wunderer das Mittagessen seiner Frau. Es handelte sich um eine Variation aus dem kleinen Repertoire ihrer Erfindungen, die sie Stampfer nannte, Stampfgerichte, und diesmal hatte sie übriggebliebene Kartoffeln mit Zwiebeln und einer Dreiviertelkilodose Sperziebohnen zuerst vermischt, dann zu einem grünlich-braunen Mus zermatscht, alles mit gekörnter Gemüsesuppe, Kräuterpfeffer, Salz und Ingwer kein bißchen zu knapp gewürzt.

Ich finds auch gut, sagte Lissy Wunderer. Sie freute sich über ihre Selbstdisziplin. Sie kochte nicht gern, aber es war eine erstklassige Ablenkung. Beim Austeilen hatte sie darauf geachtet, daß das leicht Angebrannte auf ihrem Teller landete.

Sogar eine warme Mahlzeit, wirklich, ich staune, sagte Henk Wunderer. Er hatte wenig Appetit, aß aber, um der Stimmung willen.

Meistens gab es mittags irgendwas Kaltes. Lissy hatte sich für Stampfer entschieden, demnach für Aufwand, um Haltung zu demonstrieren. Gern hätte sie gewußt, ob Henk an den Brief dachte, fragte aber selbstverständlich nicht. Wahrscheinlich beschäftigte er ihn, wenn auch erst an zweiter Stelle. Zuerst dachte er sicher an sie und ob sie an den Brief dachte.

Daß sie ihn, ohne ein Wort darüber zu verlieren, nicht sofort geöffnet hatten, war einleuchtend. Ein Tag nach dem Eintreffen wäre schon ein Tag Distanz. Doch vielleicht immer noch zu wenig.

Der Eßtisch der Wunderers stand am Fenster, und ihre beiden Sitzplätze waren, etwa einen Meter voneinander entfernt, mit Blick in den Garten und, über den Zaun hinweg, in den Nachbargarten positioniert.

Da, hast du schon gesehen? Bei den Grisbachs ist die Forsythie raus, sagte Henk.

Unerwartet grob für sie selber, als hätte sie einen kleinen Vulkan hinter ihren Rippen und den plötzlich nicht mehr unter Kontrolle, fuhr es aus Lissy heraus: Ach, diese stinklangweilige Forsythie! Sie gab sich Mühe, mäßigte sich: Ich finde Forsythien nicht weiter interessant.

Na ja. Kann sein. Ich dachte nur ... Henk überlegte, kam auf nichts weniger Albernes als: Es sind Frühjahrsboten.

Verdammte Sonne, sagte Lissy. Ihre Leibschmerzen kündigten sich wieder an. Normalerweise versäumte sie es nie, ihre körperlichen Malaisen zu erwähnen, das Repertoire glich im Umfang dem ihrer Stampfgerichte, doch heute hielt sie es für klüger, den Mund zu halten. Alle Symptome entsprangen dem seelischen Leben, Henk wußte es so gut wie sie, und seelisches Leben durfte sie jetzt nicht aufs Tapet bringen. Verdammte Sonne, wiederholte sie. Irgendwie mußte sie sich abreagieren.

Die Sonne kann nichts dafür. Die Sonne ist vollkommen unparteiisch, sagte Henk. Aber es wunderte ihn, wie gut er ausnahmsweise Lissys Sonnenbeschimpfung verstand. Ausgenommen Hitzeperioden, wenn es auch ihn nach bedecktem Himmel und Abkühlung verlangte, mochte er sonniges Wetter. Heute ärgerte es ihn. Vermutlich, weil sich die übrige Menschheit dran freute. Sein Denken krallte sich an Kranke in Klinikbetten und sonstwie Trübselige, die auch am allgemeinen Frühjahrsglück keinen Anteil hatten, von diesen Bedauernswerten gab es doch eine ganze Menge. Auf der Rückfahrt von der Firma hatte er immer »die im Dunkeln / sieht man nicht« vor sich hingebrummelt, Halbgesang. Gewiß setzte auch Lissy der empörte Neid auf »die im Lichte« zu, ihre Seele als Köchin mixte einen Stampfer aus schrecklich hochdosierten Gefühlen, kein bißchen zu knapp gewürzt.

Ja, auf die Sonne war sie selten gut zu sprechen, nur bei Sonnenuntergang und von alkoholischen Getränken harmonisiert; doch heute empfand Lissy die Überbelichtung als persönliche Kränkung, und Henk konnte hundertmal recht haben, wissenschaftlich betrachtet hatte ers, aber diese Sonne heute war seit der Morgenröte nicht neutral, diese Sonne ergriff Partei für die Zufriedenen und gegen die Wunderers. Lissy räumte den Tisch ab, Henk half über sein Goodwill-Kurzprogramm hinaus, was keine große Anstrengung bedeutete, weil es nie besonders viel nach Lissys Mahlzeiten abzuräumen gab. Henk kochte gern und besser als Lissy und selten, und bei ihm gab es viel mehr abzuräumen, Geschirr zu spülen, er brachte es auf drei gleichzeitig benutzte Töpfe und noch eine Bratpfanne. Als Lissy nicht ins Zimmer zurückkehrte, rief er durch offene Türen in die Küche: Und wo bleibt dein Dessert? Er selber aß nur jeden zweiten Tag ein Dessert, der Arzt hatte ihm geraten, ein paar Kilo loszuwerden. Desserts waren für Lissy die Hauptsache, der wahre Sinn des Essens und Grund, sich dazu an den Tisch zu setzen. Deshalb erkundigte Henk sich. Sie übten bei ihr eine karitative Funktion aus, und es geschähe nicht zum ersten Mal, wenn sie auch heute Trost spenden würden, nicht so gründlich wie sonst, natürlich nicht, aber doch ein wenig. Zumindest für die Dauer des Verspeisens. Lissy behauptete, vor dem Stampfen am Herd hätte sie ein paar von den Geleefruchteiern genascht und deshalb keine Lust auf Dessert, woran nur der Wahrheit entsprach, daß sie keine Lust hatte. Lust, die vielleicht schon, aber es wäre nicht dasselbe wie sonst, es wäre unangemessen, und alles, was sie mit schlechtem Gewissen aß oder wenn ihr etwas peinlich war oder eheliche Stummheit nach einem gewöhnlichen ehelichen Zank ihren Magen blockierte, bekam ihr furchtbar schlecht. Nein, das war nicht der Tag für ihr heißgeliebtes Gepansche hinter einer Mauer aus verschiedenen Cereal-Packungen um ihren Napf, mit den Eckpfeilern Diätpuddingbecher, Diätsüße und Rapidsahne aus der hohen Dosensäule. Henk hätte gar nicht nachfragen müssen, sondern voraussagen können. Ich denke, ich werde etwas staubsaugen, kündigte Lissy beim Espresso an, warf eine unkonzentriert durchgelesene Zeitungsseite neben ihrem Sessel auf den Teppich. Die mutige Entscheidung für Hausarbeit ergänzte sie um die Klausel: So weit es meine linke Schulter erlaubt, bis zur Schmerzgrenze.

Schmerzgrenze! Beide Wunderers packte das jähe Verlangen, die Masken von den Gesichtern zu reißen, mit der Verstellung Schluß zu machen! Und sei es auch nur für einen Moment! Beide dachten: Mir würde es guttun, wenn nur der andere damit anfinge. Henk wünschte sich, als er nach Haus kam, eine Lissy, die nach Art der Frauen losgeflennt hätte, anstatt seinen zugeschnürten Magen mit einem Stampfgericht zu martern. Lissy hoffte auf ein kleines Wunder, Henk war nicht der Typ Mann, der sich öffnete, aber ein Wunder wäre bei ihm schon ein tiefes Seufzen. So warteten beide mit wenig Hoffnung auf einen Start des andern, damit sie wie die Schmetterlinge aus ihrer Verpuppung schlüpfen und losfliegen könnten. In keine schönere Freiheit als die des Unglücks, aber es wäre doch Freiheit und vor allem, sie wäre gemeinsam. Sie widerstanden der Versuchung, sich gehenzulassen, Henk Lissy und Lissy Henk zuliebe.

Als vor sechs Tagen, am Dienstag nach Ostern, der Brief ankam (ihre Handschrift erkannten sie sofort, entsetzt, und der blaue Prioritate-Aufkleber wies auch auf die Absenderin hin), da hatten sie ihn zwar nicht geöffnet, aber doch kommentiert. Lissys Ausruf: Das ist gespenstisch, richtig brutal ists, so lang danach! Henks Beschwichtigung: Vergiß nicht, wir hatten zwei Feiertage zum Samstag dazu, und die Post macht dann jedesmal blau. Lissy hatte noch ein bißchen herumgejammert, *Schau nur, ihre Osterhasenaufkleber!*, und es als besonders schrecklich und so paradox empfunden, daß das österlich dekorierte Couvert noch in vergnügter Stimmung abgeschickt worden war, aber nach einem Blick auf Henk aufgehört, er sah plötzlich so abgekapselt und blaß aus.

Lissy trug die Espressotassen auf dem Tablett mit einem Motiv aus *My Private Idaho* mit River Phoenix in die Küche (auf dem Bild teilte ein Straßeneinschnitt die gelbe Wüstenszenerie wie zwei Käsetortenhälften, und erst als sie mit dem Staubsauger wieder erschien, kehrte der heute ebenfalls unkonzentrierte Zeitungsleser Henk in die Alltagswirklichkeit zurück. Erstaunt fragte er: Was soll das? Es ist schon halb drei, gehst du denn nicht ins Institut?

Heut ist Mittwoch. Lissy stöpselte den Stecker des Kabels ein, der Staubsauger begann sein Gejammer. Ich könnte einstimmen, dachte sie, leise mitjammern, Henk würde es nicht hören.

Oh verdammt, Mittwoch, ihr freier Tag! Henk, dem ähnlich wie Lissy etwas zum Staubsaugerheulen einfiel, etwas wie Stellvertretung durch das Gebläse und: Es jault unsere

Litanei, Henk ärgerte sich: Allein in der Wohnung wäre es leichter. Exakt das Gleiche dachte Lissy, als sie von Henk erfuhr, er hätte sich den Nachmittag freigenommen. Sie schaltete den Staubsauger aus. Ich könnte doch hin, sagte sie und erschwindelte eine kranke Kollegin und daß ihr sowieso schon nach den paar Minuten die Schulter wieder zu schaffen machte. Wohin mit sich, wußte sie noch nicht, bestimmt nicht ins Institut, aber sie könnte ein bißchen mit dem Corsa rausfahren, der Botanische Garten wäre nicht übel, meistens menschenleer.

Ihre Ferienhotelbuchung machten sie nicht rückgängig. Von Manuel hörten sie, das sei auch nicht nötig, denn es würde auf *ihren* ausdrücklichen Wunsch hin überhaupt nichts stattfinden, und darüber, daß sie das doch reichlich sang- und klanglos fanden, verloren sie ein paar Worte, gerade nur so viele wie dringend nötig; doch der sonderbare Bescheid erleichterte sie auch ganz gewaltig. Zeremonien waren fürchterlich, vielleicht stand man sie durch, aber nur bis zur Musik, ohne die es nie abging, spätestens bei der Musik weinte man garantiert. Für vierzehn Tage würden sie also nach Oostende reisen wie seit acht Jahren und in der anderen Umgebung vergäßen sie ziemlich oft den prinzipiellen Einschnitt. Beim Packen legte Henk eine Pause ein, um den Brief zu suchen. Er wollte ihn für alle Fälle mitnehmen, aber Lissy war vor ein paar Minuten auf dieselbe Idee gekommen, und deshalb lag der Brief schon zwischen ihren Sachen für den Strand, Henk gab die Suche auf. Vorsichtshalber erwähnte er beide Vorgänge nicht, Suchen, Aufgeben.

Auch Lissy nahm Rücksicht auf Henk und verschwieg den Brief im Gepäck. Sie phantasierte sich in die Vision eines ruhigen Strandhäuschennachmittags unter bedecktem Himmel, mit Kaffeebechern und der Geneverflasche, Zeitungen, ein paar Taschenbüchern; es wäre so kühl, daß sie in Decken gewickelt von ihren nebeneinandergerückten Liegestühlen aus das graue Meer beobachten würden, in kleinen Lektürepausen, und in dieser friedlichen Fata Morgana, aus der wie der Phönix aus der Asche ihr Mut abheben würde und sie den Brief aus einem Versteck zwischen Buchdeckeln zöge, störte die Telephonklingel sie auf.

Henk legte die Liste mit den vor Abreisen notwendigen Sicherheitsvorkehrungen beiseite und ging dran. Manuel rief an, er klang erfrischend und laut, was Henk wunderte, aber hauptsächlich befreite es ihn. Er und Lissy wußten nie so recht, in welcher Tonart sie von nun an mit Manuel telephonieren sollten. Wer war der Hauptbetroffene? Mußte jeder jeden aufmuntern? Oder im Gegenteil in seinem Elends-Moll übertreffen? Meistens fiel ihnen nur die Einsilbigkeit ein. Gesehen hatten sie sich seitdem noch nicht wieder.

Ah, Manuel, Servus, sagte Henk. Bei *Servus* handelte es sich um eine Übernahme von Manuels Begrüßung, wohltuend leger, doch Henk ließ besser seine Stimme wenigstens nach unten abfallen. *Wie gehts* zu fragen war wirklich albern, doch schon geschehen. Manuel sprach jetzt etwas gedeckter von den Nächten, die seien immer noch ein Problem, und dann wurde er glücklicherweise wieder der Aktivist, als der er sich gemeldet hatte: Sie dachte sich, Lissy hätte gern dies und das, sie war ja eine kleine Pessimistin und hat in die Zukunft geplant und daß Lissy bestimmt vor allem gern die alten Puppenschule übernähme.

Oh, ich weiß nicht, ich werds ihr sagen ... Henk wollte nicht unhöflich sein. Er hoffte, das Telephonat ginge nur kurz, wußte nicht, welche Stimmung er vorführen sollte und wie weiterreden. Das Thema war schrecklich heikel, und Lissy im selben Zimmer. Um Manuel nicht nachzustehen, schlug er einen energischen Ton an, aber ernst: Ich werde Lissy fragen, Manuel.

Was denn fragen? Lissy kam zögernd heran, flüsterte: Soll ich?

Henk fuchtelte mit dem freien Arm herum, als wollte er ein Insekt verscheuchen, er schickte einen warnenden Blick an Lissy ab, gleichsam mit Prioritate-Aufkleber, und er mußte an diesen letzten, unverschämt verspäteten, immer noch ungeöffneten Brief denken, den die Feiertage und die Bummelei der Post auf dem Gewissen hatten: Konnte man die Post in einem so schwerwiegenden Fall verklagen? Lief das unter Körperverletzung? Vernachlässigter Dienstpflicht?

Ist Lissy nicht da? wollte Manuel wissen.

Doch doch, stammelte Henk, der glaubte, die Botschaft dieses Telephonats ginge über Lissys seelische Kapazität und er müßte sie vor ihr schützen. Diesmal wünschte er sich keine nach Frauenart losheulende Lissy, diesmal schirmte er ihre hochrespektable Selbstdisziplin gegen die Überdosis *alte Puppenschule* ab. Sie waren mitten in den Reisevorbereitungen, und wenn Lissy jetzt einer solchen Ladung der Gefühle, der Erinnerungen ausgesetzt wäre, würde sie schließlich doch noch durchdrehen.

Lissy fing an, sich um Henk Sorgen zu machen. Wahrscheinlich überforderte es ihn, mit dem armen Manuel zu reden, oh ja, auch Manuel war ein Armer, und ihm wie Henk rechnete sie es hoch an, daß er sich nie gehen ließ, sie telephonierten nicht allzuoft miteinander, aber er war keiner, der andere Menschen mit intimen Empfindungen, Herzausschütten und dergleichen in Verlegenheit brachte. So wie

Henk, obwohl sie es sich bei ihm gewünscht hätte ... vielleicht. Eine Explosion. Dann könnte auch sie sich eine gönnen. Aber sie implodierten, und Lissy kamen wieder ihre Masken und Panzer in den Sinn.

Manuel hatte Lissys Wispern gehört. Henk, gib sie mir doch gerade mal. Und Servus dann, machs gut.

Machs besser. Servus. Henk schwankte, ob er bleiben oder sich davonstehlen sollte. Auch Lissy hielt sich an die Sprachregelung mit *Servus* und *Ich hoffe, du kommst einigermaßen zurecht*, die Stimme standhaft, und dann schien Manuel ihr diese gräßliche Frage zu stellen. Henk hieß es gut, daß sie sofort ehrlich erregt antwortete: Ich muß gestehen, das wäre mir vorerst zu viel. Irgendwann vielleicht nehm ich die Sachen, schon weil sie es sich so dachte, oh Himmel, ja, und auch die alte Puppenschule, aber es wird ein ganz schön wuchtiger Gefühlsballast sein, tonnenschwer, es hängt so viel Kindheit dran, ihre, meine ...

Wir fahren jetzt sowieso ja erst mal weg, sagte Henk laut genug, um von Manuel verstanden zu werden.

Also gut, wir reden noch drüber. Irgendwann mach ichs wohl. Nimm was ein, Manuel, wenn du mit dem Schlafen Probleme hast. Haben wir auch. Ich könnte an Einschlafen gar nicht denken ohne mein Noxal. Probiers mal damit.

Manuel versicherte, das mache er. Er wünschte beiden Wunderers alles Gute für Oostende.

Vor allem Distanz, hat er gesagt, rekapitulierte Lissy am Abend, als sie bei abgestelltem Ton vor dem Fernsehapparat saßen; hinter dem Wandschirm brannte die eine Klavierlampe, endlich dunkle Dämmerung, und Henk collagierte aus diversen Kanälen einen Programmverschnitt. Grüßt das Meer, auch von ihr: Diesen schönen Auftrag Manuels ließ

Lissy besser weg. Immer wenn jemand in einer Szene stürzte (es passierte, sonderbar wirklich, dreimal), zappte Henk das Bild schleunigst weg. Im Lauf des Abends sahen sie vier verschiedene Nachrichtensendungen, die Massenkarambolage auf der A 3 kam jedesmal vor, und Lissy hatte bis zur vierten Wiederholung ein bißchen getankt, als sie sagte: Ich hab schon früher immer gedacht, wenn es heißt, der oder die war auf der Stelle tot, daß Sterben durch einen Unfall ideal ist. Eben noch leben, dann knall-peng-aus-Schluß, und du hast nichts gemerkt, keine Angst gehabt und gar nichts.

Henk brummelte Unidentifizierbares, das aber zustimmend klang, obwohl er an Lissys Großspurigkeit denken mußte, mit der sie neulich beim Abendessen mit den Hübners verkündigt hatte, eine ausführliche Vorbereitungszeit auf den Tod wäre es, was der Mensch sich wünschen müßte. Zum Bedenken, Besinnen. Damals war endlich nach zählebigen Qualen und viel Hin und Her zwischen Klinikzimmern, Reha-Zentren und häuslichen, immer kürzer werdenden Zeitabschnitten der OB gestorben, damals hatten die Wunderers noch unbefangen über den Tod sprechen können. Ihrer beider Liebling sah wieder optimistisch in die Zukunft, mit den richtigen Medikamenten korrekt versorgt konnte nichts mehr passieren. Bei Nachfragen nannte Lissy das: Sie ist aus dem Schneider. Und Henk hatte beim Todesparlando mit den Hübners schon so gedacht wie jetzt bei Lissys Plädoyer für den Knalleffekt-Tod durch Unfall. Nie hätte er sich eine lange Wartezeit gewünscht, Schlange stehen in der Warteschleife, nie.

Gibts mal irgendwas zu essen? fragte er.

Chips oder Popcorn? Lissy hangelte nach dem runden Tablett mit dem aufgemalten Motiv aus *My Private Idaho*, rückte es für Henk in Reichweite seines Sofaliegeplatzes, und River Phoenix trottete wieder, von den zwei Tüten freigegeben, längs des Mittelstreifens und mit gesenktem Kopf in den Bildvordergrund auf der anthrazitgrauen Straße, die das blasse Wüstenland in zwei Hälften einer Torte aus Käsecreme teilte. Lissy fiel der lang zurückliegende Ostermontag ein. Ja, es ist was passiert, hatte Manuel gesagt, als sie ihn endlich erreicht hatten. Seit Ostersonntag morgens war dort keiner ans Telephon gegangen und Lissy nicht länger auf Henks Beschwichtigungsideen reingefallen (sie sind im Garten, sie sind bei Freunden). Und als sie, die schreckliche Nachricht über den gesamten Blutkreislauf verteilt, dann doch, und damit alles wie immer wäre, das Tablett mit den Espressotassen belud, hatte sie zum ersten Mal der Inhalt von *My Private Idaho* erschreckt: River Phoenix liegt bewußtlos auf der Straße, im ganzen Film pendelt er zwischen jähen Traumphasen und schläfrigen Wachzuständen, weil er an Narkolepsie leidet, ausgerechnet an Narkolepsie, und daß sie, Lissy, damit in ihrem ganzen Leben nichts mehr zu tun haben wollte, mit gar nichts, das an irgendeine der Epilepsie verwandte Krankheit erinnerte. Aber das Tablett war sehr hübsch und sie hing an ihm, der Widerstand dagegen, sich vom Tablett zu trennen, war zu stark, und schon bald dachte sie nur wieder an die verlockenden Tortenhälften und nicht mehr an Narkolepsie. Aber jetzt, beim nächtlichen Programmsalat, Henks optischer Variation ihrer Stampfgerichte, und ihre Leibschmerzen kündigten sich an.

Der nächste Tag war der Tag vor ihrer Abreise nach Oostende. Henk machte etwas früher als gewöhnlich Dienstschluß und ermunterte auch Frau Quilling dazu, seine Sekretärin, deren mitfühlende Trauermiene er bei jedem Blickkontakt mit aufgesetzter Unbeschwertheit ausmerzen mußte. Ganz schön anstrengend, aber nicht so anstrengend wie die grabesstille modrige Mausoleumsluft, die zu verströmen sie sich gewiß verpflichtet fühlte, womit wiederum sie sich überanstrengte. Auf der Rückfahrt phantasierte er sich in fast die gleichen Bilder wie vorher schon Lissy, ins Strandhäuschen bei Kaffee und Genever und Lesevorrat, nur Lissys graues Wetter fehlte, und er dachte an den Brief und den günstigen Moment, ihn dort in der vom Katzenjammer befreiten gemeinsamen Bedachtsamkeit endlich zu lesen, sie schrieb wunderschöne anschauliche Briefe, voll Atmosphäre und so abwechslungsreich, sie verdienten es einfach nicht, daß man sie vernachlässigte, schließlich über Bord warf, auch aus den ehrenwertesten Gründen verdienten sie das nicht. Und Henk müßte sich dazu durchringen, gleich nachher ganz beiläufig *Wo ist eigentlich ihr letzter Brief hingekommen* zu fragen. Wohlig tief verlor er sich ins Ende der Verpanzerung und des sprachlosen Unglücks und gleichzeitig damit in die Freiheit eines ruhigen Anfangs in Gelassenheit, Frieden, so tief, daß er das Radio einschaltete, um in die Wirklichkeit zurückzufinden, vor allem in die des Straßenverkehrs.

Aber sich gleich nach dem Brief zu erkundigen, das schaffte er nicht. Vermutlich ginge das besser nach seinem 6-Uhr-abends-Bier.

Lissy betrat wie immer um fünf vor halb sieben die Küche. Im Institut hatte sie eine betont aufgekratzte Hauptrolle in der Komödie *Urlaubsabschied* hingelegt und im Zentrum der Kollegen ihre Sache als Frau, die mit dem Leben fertig wird, an Schicksalsschlägen nicht zerbricht, nach ihrer eigenen Diagnose erstklassig gemacht. Wie vor jeder Abreise gab es Reste, eine kleine Portion Spaghetti, vier Stangen Chicorée waren übrig, auch zwei kleine gekochte Kartoffeln und etwas Mais, eigentlich unversöhnbare Zutaten, aber Lissy sah kein Problem darin, sie alle unter Beigabe von Zwiebeln, Knoblauch, Sojasauce und einem Sud aus pulverisierter Chinasuppe in einem Stampfer miteinander zu vereinigen. Kochen war wieder einmal eine prima Ablenkung, trotzdem dachte sie an den Brief, und sicherlich, weil sie im Institut mit reichlich Prosecco gefeiert hatten, war sie plötzlich nicht mehr dafür, ihn mit nach Oostende zu nehmen. Sie fühlte den Mut, nachher vorzuschlagen: Was meinst du, Henk, da ist immer noch ihr ungeöffneter Brief. Vielleicht sollten wir ihn doch mal lesen, wir werden ein gutes Gefühl kriegen, denn sie selbst hatte eins, als sie ihn schrieb, sie war optimistisch ... in dieser Art so ungefähr könnte sie argumentieren. Und daß es beruhigend war, von jemandem zu wissen, wie zufrieden er und im Einklang mit der Welt sich fühlte kurz bevor er ... und schon reichte der Prosecco-Schwung nicht mehr.

Henks Konsum der zweiten Bierdose auf leeren Magen (mittags gelang es ihm, standhaft Frau Quillings Zuteilung für ausreichend zu halten: zwei Diätyoghurts und zum Kaffee um drei zwei Diätkekse) und wenns auch nur Diätbier war, bewirkte im Unterschied zu Lissys verflossener Prosecco-Zufuhr eine frische Leichtalkoholisierung; und die reichte, um beim wiedermal gelobten Stampfgericht *(sehr phantasievoll, wirklich Schatz!)* mit gekünstelt kaum interessierter Tongebung zu fragen: Hast du einen Schimmer, wo ihr Brief abgeblieben sein könnte? Ich hab nach ihm gesucht: niente. Nullerfolg.

Lissy dankte Henk oder dem lieben Gott, ganz egal wem, für den Einstieg ins Problem. Während sie mit noch mehr Sojasauce nachwürzte, heute abend konnte ihr nichts scharf genug sein, sagte sie, so cool wie es ging: Ich bin mir nicht hundertprozentig sicher, aber ich glaube, ich hab ihn in meinem Koffer. Hab ihn eingepackt, für den Fall des Falles. Etwas huhnartig gackernd lachte sie, damit Henk nicht merkte, wieviel Inbrunst und was nicht alles noch dahinterlauerte.

Oh gut. Kein Wunder, daß ich vergeblich rumgesucht habe. Für Henk war das Thema nicht beendet, aber jetzt konnte auch er nicht weiter. Vorerst wars genug, und ein Anfang gemacht.

Oostende war noch immer ein Erfolg gewesen. Die Wunderers liebten das Meer, um so mehr in aller Ruhe, seit sie es aufgesteckt hatten, sich als Badende in seine kalte feindliche Brandung hineinzuquälen. Und das Wetter war auch auf ihrer Seite, bald hatte Henk seine Sonnigkeit unter blauem Himmel, nie zu heiß, immer von frischem Seewind ventiliert, bald wieder war Lissy dran und kam an trüben Tagen auf ihre Kosten, kurze Regenschauer stimmten sie genügsam, so tief in ihrem Gemüt, daß ihr diese anspruchslose Behaglichkeit fast ein schlechtes Gewissen machte. Und Henk vergaß für die Dauer der Ferien seine Diätpflichten; das ist eine Ausnahmesituation, redete Lissy ihm zu, woraufhin er die belgische Küche im *Palais de Therme* sorglos genoß, außerdem bevorzugte er Fisch, und Fisch war quasi Diät, wenn man sich bei den Saucen zurückhielt.

In der zweiten Ferienwoche ergriff die angeblich unparteiische Sonne (Lissy hatte Henks Belehrung nicht vergessen) doch Partei und zwar für Henk, am Strand war es so gleißend hell, daß Lissys Seelenruhe dahinschwand, Lissy dachte: sie verglüht, verbrennt. Selbst Henk nahm Zuflucht im Schatten, den das Strandhaus warf. Lissy saß drin, es reizte sie, wie gut gelaunt er war, aber das kam bestimmt nur von zuviel Sonne und Fisch, endlich richtigen Mahlzeiten. Im Prinzip gönnte sie ihm jede Wohltat.

Du hast doch den Brief mitgenommen, rief Henk ins Innere des Strandhauses, wobei er sich nicht nach Lissy umdrehte.

Sie hatten noch drei Ferientage vor sich, nein: zweieinhalb, denn jetzt wars schon früher Nachmittag.

Ja, aber nicht mit an den Strand. Er ist im Hotel. Lissy befreite Henks Frage von einem Erwartungsdruck. Gleichzeitig bemächtigte sich ein bleiernes Gefühl ihres Körpers, und sie wartete auf eins ihrer Symptome, Leibschmerzen, Kopfweh, Probleme mit dem Magen, irgendwas von der elenden langen Latte.

Willst du den Brief nie vorlesen? rief Henk, von dem Lissy nur die Mulde im Liegestuhl, die seinen Körper nachbildete, und ein Stückchen Haarschopf sah, das Haar erinnerte sie, so ohne Kopf, an zerrupftes Fell, als hätte sich dort ein pelziges Nagetier festgekrallt. Sie trat ins Freie, es war hell und der Sand heiß, er tat ihren Füßen gut, hinter dem Liegestuhl postiert sagte sie: Ich hab den Brief mitgenommen, okay, mit nach Oostende. Warum wohl? Weil ich ihn irgendwann vorlesen wollte.

Und wann ist irgendwann? Henk wartete keine Antwort ab, Lissy sah neben ihm im Sand die Geneverflasche, worauf sein Vorstoß sie nicht mehr wunderte. Es wäre doch ziemlich pietätlos, ihn niemals zu lesen, was meinst du? fragte Henk.

Lissy ging in die Knie, nahm in der Hocke zwei Schluck vom weichen fruchtigen Oude Genever, bevor sie antwortete: Das stimmt. Es wäre pietätlos. Und sie wollte, daß wir ihn lesen.

Klar, warum hätte sie ihn sonst geschrieben, sagte Henk.
Natürlich, deshalb hat sie ihn geschrieben. Damit wir ihn lesen, sagte Lissy.
Die Wunderers hatten mit festen Stimmen ihren Dialogtext gesprochen, er klang wie eingeübt und aufgesagt, etwas Bauchrednerhaftes verfälschte ihn ins Puppenhafte, Mechanische. Lissy empfand sich als Marionette am Fadenkreuz und Puppenspielerin zugleich, sie schaute sich selber zu, mit Henk zusammen auf ihrer kleinen Bühne, Szenenbild Strand. Oh, der Brief! Der lag nicht im Hotel, er lag zuunterst in der Strandtasche, Zeitungen darüber. Ekelhaft, diese Sonne! Lissy brauchte noch zwei Schluck Genever, aber wahrscheinlich müßte sie die Wirkung mit irgendwas aus der Reiseapotheke vervollständigen. Was soll aber schon drinstehen? Henk, es wird uns nur runterziehen. Lissys Stimme wechselte in eine höhere Tonart und von Moll auf Dur: Ihr Lieben, hurra, das erste halbe Jahr ohne Anfall ist abgehakt, und ich traue mich sogar wieder die steilen Stufen runter in den Garten ... Und dann sackte sie zurück ins tiefere Moll: Du, Henk, wenn so was drinsteht, was Fröhliches, und das wirds bestimmt, bedenk nur: die steilen Stufen ... wenn sie die erwähnt ...
Henk erinnert sie: Du hast selbst anfangs gesagt, wie schön zu wissen, daß jemand gut drauf war, bevor es passiert ist, optimistisch war, all das ... Sie ist nicht in Griesgram die steilen Stufen runtergesegelt ... Hier kam er nicht weiter, ihm gings wie Lissy, die *Griesgram* und *runtergesegelt* für geschmacklos hielt, und doch gab es keine bessere Übersetzung aus der traurigen Fremdsprache. Um die machten sie einen Bogen, seit es passiert war.
Stillschweigend, trotz Genever, kam jeder von ihnen zu der

Überzeugung: Wenn einer von ihnen den Briefinhalt wissen wollte, würde der andere es ihm ausreden. Henk wartete, Lissy wartete. Dann sagte sie sanft, nicht zu widerlegen: Der Unfall ist das Beste, was ihr passieren konnte.

Stimmt, gab Henk zu.

Verdammte Sonne! schimpfte Lissy.

Die Sonne interessiert das nicht, korrigierte Henk. Aber vielleicht hatte Lissy recht, die umgekehrt dachte: Vielleicht hat Henk recht.

Der lustige Witwer

12.10.96

Sehr früh wach, auf: Nebel. 10 h Ma pünktlich, aber eher lahm (nicht aufzumöbeln). Mit G. telephoniert: Noch nicht entschieden wegen Fußoperation. Idee für neue Variante Hirnt.-Stoff (Ehemann. Mitten im Kummer: Operette). (In dieser Woche wollte ich zu H., M. in USA). Nebel weg, mild, Balkon Essen. H. rief an, besorgt wegen G. Beruhigt, weil harmlos, kommt oft vor, Routine etc. Tel.: Schwestern Ma: ... dachten, ihr kämt mal ...(!) Meine trübseligen Zeitmangeltiraden (sie sehen alles ein, aber ich nicht). Plötzlich, nachmittags, nach Verzettelungen (Hauskram, Reise K. vorbereiten, Dienstpost usw.) Schnellgang, unmotiviert Regen und Stimmungswechsel: Schreibelan. Abbrechen leider halb sieben: Küche, Salat.

DER LUSTIGE WITWER

Wieder war ich, und das schon gleich morgens, viel zu überdreht, ich habs gemerkt und weiß auch, daß Lynn es lieber ruhig hat, aber ich mußte weitermachen, diese Nachricht aus dem Nachtprogramm ließ mich einfach nicht mehr los.

Lynn, ich könnte mir doch vorstellen, daß es eine große Hilfe wäre. Es wäre eine Ablenkung.

Lynn blinzelte wieder wie bei einem Test vor den Zahlentafeln, die man beim Augenarzt entziffern soll, und sie riß die Augen auf, kniff sie zusammen. Lenk besser du dich ab, sagte sie. Und mich. Sie schob mir die Platte mit den Kürbiskuchenscheiben noch dichter vor meinen Teller. Ich habs extra für dich von meiner Frau Huber besorgen lassen, und zwar mußte ich sie zweimal losschicken, weil sie beim ersten Mal Apfel mitbrachte.

Apfel wäre auch okay gewesen, sagte ich.

Aber Kürbis kriegst du sonst nirgends, sagte Lynn. Also lenk mich schon ab, und laß mich dir beim Genießen zusehen.

Ich hatte die große Ablenkung gemeint, keine vorübergehende.

Weiß ich ja. Schmeckt er?

Er schmeckt.

Wie im kleinen Café mit dem Schild *Your last station in colourful Colorado*? Lynns Lächeln sah nicht so vergnügt aus, wie sie bezweckte, nicht abgelenkt sah es aus.

Nur noch eins, sagte ich, diese Frau hat sich ideal abgelenkt.

Es war ziemlich exhibitionistisch, oder? sagte Lynn, und

ihre Augen benahmen sich wieder wie im dämmrigen Sprechzimmer des Augenarztes. Und für Voyeure wars noch idealer als für sie, oder?

Sei nicht so streng mit ihr. Bei ihr gings um den tödlichen Rest einer Krankheit. *Ihrer* Krankheit, schob ich schnell nach.

Was hast du eigentlich in Basel mit deinem langen Aufenthalt gemacht?

Lynn fragte bestimmt nicht, weil sie das unbedingt wissen wollte. Sie kam mir schrecklich müde vor, auch ihre Stimme war es, zugleich geduldig wie zu einem Kind, damit es von seinem Spielnachmittag erzählen kann, und dieser Eindruck schob mich in unsere gemeinsame Kindheit zurück. Aber nur ich war noch das Kind und sie plötzlich nicht mehr, wütend fand ich sie untreu und seit dem letzten Mal, als sie so schlaff war, vier Wochen vorher, witterte ich etwas Ekliges, ganz und gar Fürchterliches, das sie vor mir geheimzuhalten versuchte. Am liebsten, und so hatte ich sie nie zuvor erlebt, lag sie irgendwo rum, sie ärgerte mich, weil sie schwächlich und bleich war und zu nichts Lust hatte, bei keinem unserer Ritualspiele mitmachen wollte, und als unsere Mutter zu mir *Lynn ist jetzt eine kleine Frau* sagte und daß sie sich einmal im Monat nicht wohl fühlen würde, haßte ich alle beide, Lynn und meine Mutter, meine beiden Lieblinge. Und wohin mit meinem Verdacht, wußte ich immer noch nicht. Meine gleichaltrigen Freundinnen taten sich wichtig und tuschelten, und wir hatten ja auch in Biologie alberne Graphiken erklärt bekommen, aber außer blödem Gekicher gaben sie nichts von sich, wußte keine von ihnen Genaues, und von Lynn erzählte ich nicht ein Sterbenswörtchen, auch nicht meiner besten Freundin, wenn das nicht sowieso von jeher

Lynn war, die allerbeste. Nur nahm ich ihr diese unheimlichen widerwärtigen Extratouren übel, bei denen sie sich von mir absentierte. Später hat sie mir erklärt: Ich fands doch selber so grauenhaft, und ich wollte dir keine Angst machen. Du würdest immer ausrechnen, wann du selbst an die Reihe kämst. Natürlich liebte ich sie auch inmitten meines Zorns, womöglich erst recht, nur anders, und natürlich liebte ich auch meine Mutter, aber diese *kleine Frau*, die Lynn jetzt sei, entsetzt mich bis heute; ich verzeih sie ihr, bloß ist da bestimmt was von der Unbehaglichkeit am Kreatürlichen hängengeblieben. Und es klingt für immer wie ein Schuldspruch: Du bist weiblich. Du bist nicht frei. Du hast immer deinen inneren Kalender in dir drin, Männer sind selbständig, und du bists nicht, sondern zwölfmal in einem deiner halbtierischen Lebensjahre eine schrecklich offene Wunde.

Noch ein bißchen Last Station in colourful Colorado? Lynn hatte schon ein Messer unter ein abgeschnittenes Stück vom Kürbiskuchen geschoben und mich in die Gegenwart zurückgeweckt. Streifige Lichtmuster fielen durch die halb heruntergelassenen Rolläden vor den Fenstern mit den heraldisch bemalten kleinen Scheiben im oberen Achtel. Unser Geschirr hatte nicht viel Platz zwischen Tonband- und Videokassetten, Lynns Behaglichkeit verströmende Nachlässigkeit imponierte mir wie bei jedem früheren Besuch. Oh, fast vergessen! rief sie. Ich hab doch auch Rahm für obendrauf, was ist, Lust? Es deprimierte mich, daß sie sich Mühe gab, ganz die altgewohnte Lynn zu sein, und nur um sie nicht zu enttäuschen, machte ich *Ahhh, gut!* zum Rahmangebot. Doch feige schaute ich ihr lieber nicht beim Aufstehen zu und wie sie merkwürdig rudernd aus dem Zimmer ging. Die angewinkelten Arme an hochgezogenen Schultern und die Vorsicht beim Gehen, wie Waten, erinnerte an einen Menschen, der sich mit Angst vorm Naßwerden ins Meer wagt, das Naßwerden, obwohl er vorhat zu schwimmen, zögert er hinaus, solang es sich machen läßt.

Verdammte Natur, *Mutter* Natur paßt wahrhaftig, schimpfte ich bei ihrer Rückkehr mit der Rahmschüssel, und Lynn verstand selbstverständlich nicht, weil sie nicht mit mir in diese ersten Wechseljahre für uns weibliche Lebewesen abgeschweift war, bezog meinen kurzen Ausbruch auf ihre Gehweise und sagte sanft: du kannsts nicht beurteilen, du hast mich nicht erlebt, wie ich noch vor ein paar Wochen dran war, aber ich hab ganz schöne Fortschritte gemacht. Neulich hats Nunzio übertrieben und zu Doktor Hopper gesagt: Sie ist die Treppe zur Praxis raufgelaufen wie ein Wiesel. Lynn fing wieder mit dem Geblinzel an, und ich wollte verhindern, daß Nunzios gutgemeinter Optimismus sie, die Realistin, erst recht entmutigte. Nur deshalb und obwohl es Lynn gewiß nicht besonders interessierte, nur zur Ablenkung (mein wahres Thema, die Ablenkung, zu dem sie mich vordringen ließ) berichtete ich von meinem Aufenthalt in Basel: ich war in einem Café, und gerade als ich dachte, das ist ein idealer Moment, ich bin nicht nervös, ich brauche keine zehn Minuten bis zum Abfahrtsbahnsteig, das hier ist ein nettes Café, sie haben diese Becher mit Schümli-Kaffee und mit der netten Kellnerin verständige ich mich per Blickkontakt über einen alten Mann in meiner Nähe, der mit seinem rechten Schuh ein Kind wegstößt, das sich unter seinem Tisch verkrochen hat und einfach nicht kapiert, daß der Alte ganz und gar nicht mit ihm spielen will. Er ruft *Weg mit dir!*, und ein paar Tische weiter weg ruft auch die Mutter des Kindes *Komm da raus!*, aber nicht energisch genug, und sie redet lieber wieder weiter mit ihrer Freundin, deren Kind gebannt und erschrocken die Lage besser begreift und zum Spielkameraden unterm Tisch des zornigen Alten hinschaut ...

Also ganz so ideal war der Moment wohl doch nicht, sagte Lynn.

Er wars! Noch war ers! Ich aß die ersten Löffel von einem schaumigen hellen Kuchen mit leichtem Apfelgeschmack, und mir war immer mein naher Bahnsteig für den Anschlußzug im Kopf und daß ich noch viel Zeit hätte. Gerade als ich den Moment ideal fand und ihn genießen wollte, da merkte ich, daß ich niemals von diesem luftigen Stück Kuchen satt würde, aber es war kaum eine Einbuße, und ich angelte mit der Hand blind in der Reisetasche neben meinem Stuhl nach der molligen weichen Tüte mit den Marshmallows, und, die Hand immer noch in der Tasche, knipste ich die kleine hellgrüne Wäscheklammer von der unterwegs schon geöffneten Tüte und griff in die Marshmallows, die einzelnen Puffdinger waren miteinander verklebt, und ich tat zerstreut und zwackte mir Brocken davon ab und mogelte immer wieder zwischen Kuchenbissen einen Marshmallowklumpen, du mußt nur einen gedankenverlorenen Ausdruck haben, dann kannst du auch in einem Café irgendwas von deinen eigenen Sachen essen, und die Marshmallows könnte jemand, der mich vielleicht doch beobachtete, für Wattekugeln halten.

Bloß daß man sich Wattekugeln nicht in den Mund schiebt und drauf rumkaut. Lynn grinste. Sie blinzelte überhaupt nicht mehr, sie wirkte entspannt. Ich weiß eigentlich, daß ich ihr solche Momente nicht erklären muß, sie kennt sie selber, trotzdem sagte ich: Und obwohl ich nicht satt würde, vielleicht ein bißchen mehr wegen der Marshmallows, es war immer noch der ideale Moment. Du hast eine knappe Stunde.

Du überblickst diese Zeit ohne innere Unruhe. Du bist einfach in einem geradezu erlösenden Gegensatz zu sonst ausnahmsweise zur richtigen Zeit am richtigen Ort.

Wumms! Voll rein in die Taktlosigkeit! Für Lynn mit ihrem verdammten defekten Gen, das sie geerbt hat und nicht ich, ists mit den idealen Augenblicken vorbei. Am besten, direkt davon sprechen. Nicht wieder ausweichen, nicht therapeutisch werden. Aus und vorbei damit bei dir, sagte ich und schnitt eine grimmige Grimasse zur Unterstützung meines Zorns, aber es ging doch nicht ab ohne ein gewiß nicht überzeugendes: Sagen wir besser: vorerst ists mit denen aus und vorbei.

Womit denn? Lynn klang gereizt, ihre Müdigkeit diesmal etwas unecht.

Mit diesen idealen Momenten. Diesen in sich abgekapselten guten Augenblicken, rief ich, selber nun gereizt, aber zu laut und zu wach. Schon klar, dachte ich, ich gehe auf einem schmalen Grat, tief unter mir auf der einen Seite die Dissonanz all der lauernden Formfehler Lynn gegenüber, furchtbar nah dran an den Absturzstellen in die dunkle Schlucht, auf der anderen aber wie eh und je der riesige eisblaue, fröstelnmachende und zugleich mein Inneres aufreizende See von Liebe und Mitleid. Rasch weiterreden: Augenblicke, in denen du spürst, alles stimmt, es ist jetzt richtig, und du selber machsts jetzt richtig, jetzt und nur jetzt, und so kostbar, weil nichts so sicher ist wie: das vergeht. Eine Stunde, eine knappe Stunde wie die in Basel, ist schon mehr als meistens. Oft ists nur ein Schnappschuß.

Lynn sah so aus, als schaue sie in sich hinein, erkenne *ihre* Momentaufnahmen vom kurzen Idealen wieder. Bei aller Verschiedenheit, in vielem empfinden wir beinah so, als wären wir ein und derselbe Mensch, unsere Ähnlichkeit schlägt unsere Gegensätze 1:0. Glücklich betrachtete sie ihr kleines Schnappschuß-Album nicht. Sie hatte diesen All-das-war-einmal-Ausdruck, ihr Für-immer-verloren-Gesicht, garantiert prophezeite sie sich, so was ist für mich nie mehr zu haben, ideale Momente sind ein Privileg der draußen bruchlos umherwuselnden Leute mit den richtigen Genen.

Wieder fiel mir nichts besseres als *Rasch weiter, reden reden* ein (ich halte Pausen schlecht aus, Lynn konnte das schon immer besser): Ich versuchte, mit dem Kind unter dem Tisch vom knurrigen alten Mann zu flirten, der alte Mann sah eigentlich wie ein ganz feiner alter Herr aus, aber er hat sich wirklich miserabel benommen, und das Kind blieb stur, und dann hab ich mit den zwei jungen Frauen, ich meine mit den Müttern zu flirten versucht, ich wollte ihnen beweisen, daß ich zu ihrer Partei gehörte, sie nahmen aber nichts ernst, nicht die Sturheit des Kindes noch die Wut des Alten, diesen aussichtslosen Zweikampf, und nicht meinen Versuch, mit ihnen einen Verschwörung zu bilden, kannsts auch Anbiederungsversuch nennen, so was passiert mir nur in idealen Augenblicken, dann bin ich eben so … irgendwie allem zugetan, ich weiß es auch nicht genau.

Lynn nickte, verstand mich in meiner Extrovertiertheit, weil sie mich besser kennt als jeder andere Mensch auf der Welt und mich eben deshalb, auch da wo wir unterschiedlich reagieren, versteht. Und ihr *Mach weiter* hörte sich diesmal wirklich nach Lust an, mehr zu hören, das hat mich aufgebaut, jetzt schenkte ich mir auch von ihrem Glenfiddich ein: Ich hab mich zu dem Kind unterm Tisch gebückt und gesagt: Komm doch zu mir, bei mir kannst du das alles machen, was du vorhast. Aber da war eine von den beiden jungen Frauen rübergekommen und grapschte das Kind vom Boden auf, sie mußte es richtig abpflücken, und sie schleppte es weg, und schon zahlten sie und brachen auf, und trotz der reingeschmuggelten Marshmallows war ich nicht wirklich satt, auch gings los damit, daß ich auf die Uhr sah, beim dritten Mal, ziemlich kurz nach dem ersten Mal, hab ichs gemerkt, und da zerbröckelte der ideale Augenblick wie ein alter Keks, und ich war wieder so nervös wie immer unterwegs und bin irre früh zum Bahnsteig aufgebrochen, um meine Herzschläge unter Kontrolle zu kriegen. Immer ein schlechtes Zeichen, wenn ich Bahnsteige für meine sicherste Unterbringung halte.

Armes. Lynn nippte an ihrem kakaoartigen Getränk (sie trinkt es zur Stärkung oder so ähnlich, bevor sie eine ihrer nach genau abgemessenen Zeitabständen verordneten Tabletten schluckt).

Und dann hattest du bei den Nachtnachrichten deinen nächsten idealen Moment.

Sie lächelte auf diese kurzsichtig-hellseherische Weise, die mich als die ewig Kleinere und genau so ewig etwas Überspannte durchleuchtet und gegen die ich nie immun werde. Ich kenne den Blick, seit ich Blicke deuten kann. Wir lieben uns mehr als bloß gesundheitsschädlich, empfand ich, das ist schon toxisch, nah am Tod.

Ein idealer Augenblick wars eigentlich nicht, sagte ich. In idealen Augenblicken ist man ausschließlich mit sich selber in diese kleine Zeit eingeschlossen. Aber diesmal warst du mit drin, ich meine, du und dein Problem, ihr wart das Zentrum. (Verdammt, warum hatte ich mir nicht statt dieser gräßlichen Antwort die Zunge abgebissen! Jetzt müßte Lynn sich als Störenfried, als Belästigung fühlen!)

Also erzähls halt, sagte Lynn kindermädchenhaft, ich war der Quälgeist und man tanzt mal zwischendurch nach seiner Pfeife, damit er Ruhe gibt. Und nimm vom Kürbiskuchen, fügte Lynn hinzu. Sie rückte mir die Whiskyflasche ein Stück näher.

Es ging darum, daß sie zuerst den Tod der Frau meldeten, sagte ich. Und daß sie erst sechsundvierzig Jahre alt war und es keine Nachricht wäre, wenn nicht diese Frau erstens vor ich weiß nicht wie vielen Jahren, ich glaub so siebzehn, den Mörder ihrer kleinen, vorher von dem Dreckskerl mißbrauchten siebenjährigen Tochter im Gerichtssaal erschossen hätte. Du erinnerst dich wahrscheinlich dran, es gab einen gewaltigen Presserummel.

Ich lebe in der Schweiz. Lynns Korrektur hatte für mich einen abweisenden, stolzen, eine Spur auch hochnäsigen Beigeschmack. Daß sie Schweizer Staatsbürgerin wurde – die stellen ja gewisse Ansprüche, und ehe sie jemanden akzeptieren, kontrollieren sie seine Behausung auf Sauberkeit, und sie examinieren ihre Kandidaten beispielsweise auf ihren Wissensstand über die Schweiz – daß sie innerhalb der Familie eine Ausländerin ist, unterstützt Lynns Neigung, sich zu distanzieren.

Du und Nunzio, ihr seht nicht die überregionalen Nachrichtensendungen, eure hier sind etwas eingeengt, zwischen eure Berge geklemmt. Ich versuchte, Lynn ähnlich zu sein, wie sie auf Distanz zu gehen. Aber in euren Zeitungen muß man davon gelesen haben. Ihr profitiert von unseren Nachrichten. Ich lachte, um von dem albernen Nebengleis runterzukommen. Ist ja auch vollkommen egal, die Frau war also bekannt und die Mörderin eines Mörders, alle Sympathien natürlich bei ihr à la verzweifelte Mutter rächt ihr Kind und das in einem Gerichtssaal...

Ist schon sensationell, sagte Lynn, irgendwie brav, fand ich, wie mir zuliebe. In Krimis sieht man so was, aber in Wirklichkeit?

Und dann, jetzt kommts, Lynn, was mich auf dich und auf die Fernsehleute, die ich kenne, gebracht hat, dann nämlich, zweitens, wars deshalb für die Nachrichten-Redaktion eine Meldung, also der Tod der Frau, die das damals getan hat, weil nämlich diese Frau, nachdem sie erfuhr, daß sie an Pankreas-CA sterben würde, entschlossen war, keine Angst vor dem Tod zu haben und ihre letzten Krankheitswochen von einem Fernseh-Team dokumentieren zu lassen.

Wirds hier nicht allmählich ein bißchen allzu dunkel? Lynn bereitete sich umständlich drauf vor, aufzustehen, und kaum wollte ich ihr zuvorkommen, um ihr die Mühe abzunehmen und statt ihrer die Rolläden hochzuziehen, da fiel mir zum Glück auch schon ein, daß sie das als krankenpflegerhaft auffassen würde, und ich blieb sitzen. Aber als sie wieder auf ihrem Sofaplatz landete, sagte ich: Ich hätte die größte Lust, die Beine hochzulegen. Was dagegen?

Leg sie hoch.

Und du?

Gut. Ich machs auch. Und das mit dem Video-Protokoll ihrer Krankheit finde ich schaustellermäßig.

Ist es vielleicht, ich finds eigentlich auch, aber darum gehts nicht. Es war gut für *sie*. Für sie wars die ideale Hilfe. Die Top-Ablenkung. Mit Fernsehleuten muß sie wohl sowieso immer noch irgendwelchen Kontakt gehabt haben, seit sie damals mit dem Gerichtssaalrachemord die große Sensation war. Aus der Adrema für Talk-Shows und ähnliches kam sie nie raus.

Was ist diese Adrema?

Adressenmaschine oder so was. Es bedeutet, dein Name ist gefragt. Du steckst in der Vorratskammer der Redaktionen.

Aha. Deshalb sieht man immer wieder die gleichen Leute. Dieselben oder die gleichen? Lynn lächelte ihr gesundes Lächeln: Sie spielte unser altes Spiel. Bequem mit h oder ohne h? Ich krieg furchtbar Lust auf den Glenfiddich.

Oh Lynn, sofort! Ich hol dir ein Glas!

Es paßt nicht zu meinen Medikamenten.

Ach was, Unsinn.

Es steht auf sämtlichen Beipackzetteln, kein Alkohol.

Wenn ich dirs sage, es macht nichts, sie müssens draufschreiben, und wenns bloß ein einziges Mal ein Problem damit gab.

Ich will nicht, daß es ein zweites Mal ein Problem damit gibt. Nimm du dir. Zuschauen ist auch schon was.

Versteh ich gut.

Nunzio trinkt nur noch Wasser, gräßlich. Und du darfst wirklich wieder trinken, ich meine: Alkohol?

Alles bestens, ja. Diese Mini-Hepatitis kommt mir schon prähistorisch vor.

Na? Lynns skeptischer Ausdruck stufte mich wieder einmal zur kleinen unvernünftigen Schwindlerin unserer Kindheit herunter, und ich sagte: Mach nicht dein Wers-glaubt-wird-selig-Gesicht. Außerdem fände ich es absolut idiotisch, bloß nach gesundheitspolitischen Richtlinien zu leben. Ach du lieber Himmel, wie lebensverklammert, wie todesverängstigt. Wie langweilig.

Aber Krankheiten sind eklig.

Man stirbt nicht an der Krankheit, vor der man sich fürchtet.

Diese Frau tats aber.

Nur hat sie sich nicht gefürchtet. Angeblich. Vielleicht hat sie sich vor Herzversagen gefürchtet ...

Katherine Mansfield tats ...

Und ist an was anderem gestorben. Vielleicht ist also was dran. Ich wußte, wir waren wieder auf einem Nebengleis, aber für Lynns Angst vor dem defekten Gen und daß es ihr den Tod brächte, war es ein wichtiges Nebengleis. Viel lieber würde ich mit Kranken, die ich liebe, über die Vorteile des Todes reden und gegen die Jeder-gewonnene-Tag-ist-ein-Sieg-über-den-Tod-Einstellung, die mir zu diesseitig ist, aber erstens, wenn ich ehrlich bin, will ich selber noch lang nicht sterben, nicht einmal in ganz verfahrenen, einfach absolut saumäßigen Situationen, eher schon, wenns mir gut geht und ich, wie beispielsweise in einem der idealen Momente, eine pauschale sanfte Freundschaftlichkeit wie eine Aura um mich spüre. Und zweitens ist und bleibt es taktlos, idiotisch, über den Tod wird zwar unentwegt gequasselt (in jeder zweiten Talk-Show veröffentlicht sich ein Todgeweihter, möglichst ein HIV-Positiver), und Bücher werden geschrieben, aber ihn als Erlösung zu rühmen, das macht ihn wieder zum Tabu, und das ist er als weltliches Thema überhaupt nicht, und mit dem Jenseits und daß du von dem Vollkommenheit erwartest, machst du dich einfach nur lächerlich. Wahrscheinlich nicht bei Lynn. Trotzdem wagte ich es nicht, oder selten und dann wie zum Spaß, im Kinderspiel mit einem Jenseits in Anführungszeichen. Lynn, totsein ist erstklassig, frei von Angst und Sorge, überhaupt: frei – aber bitte: Wo gehts zur nächsten Bar?

Ich sag dir Lynn, keine Angst vorm Tod hatte die Frau spätestens, als das Team um sie herumwuselte. Ablenkung. Verstehst du? Dreharbeiten beanspruchen dich total, und obwohl es dauernd um ihr Sterben ging, wars für sie mehr, als würde sie sich selber spielen, sie war Schauspielerin und zugleich sie selber. Du weißt, was Dreharbeiten bedeuten, hasts damals in Holland mitgemacht, als ich dich und Nunzio für mein Scheveningen-Feature brauchte.

Oh ja, die Touristen! Und schon damals gings mir auf die Nerven. Immer Leute um mich rum, ich kann mir nicht vorstellen, wie ich das aushielte, wenns mir schlecht geht; damals war ich topfit.

Und ich denke immer noch, es lenkt ab. Man zeigte auch ein paar Szenen mit ihr aus dem Film, zweites Stadium ihrer Krankheit, sie hatte ihr Klinikhemd an und saß auf ihrem Klinikbett und redete, und es war für sie die bestmögliche Therapie. Es war die Maßnahme gegens Allein-vor-sich-Hinschmoren auf den Tod zu ... Mir war bewußt, daß ich zu weit gegangen war, redete rasch weiter: Lynn, du und diese Frau, ihr seid durch Welten voneinander getrennt, eure Probleme sind nicht im Entferntesten identisch ...

Nicht im Entferntesten? Lynns dichte dunkelblonde Augenbrauen wölbten sich und ragten über ihre Brille hinaus in die gerade Stirn, die alle Frauen in unserer Familie haben, die vom mütterlichen Zweig, bloß ich habe eine andere Stirn, sehe niemandem ähnlich, der noch betrachtet werden kann. Ihre Augen, vom Lupeninnern der Brillengläser vergrößert, drückten die etwas abgesackten Oberlider rauf, und plötzlich sah ich Lynns Kindergesicht aus ihrem überanstrengten, vorgewarnten Abwehrgesicht von heute hervorscheinen, und sie hat mich an ein Kätzchen erinnert.

Okay, im Allerentferntesten gibts Ähnlichkeiten, aber du hast beste Chancen, eine Menge Zeit vor dir ...

Wer weiß das schon.

Das medizinische Lexikon, die Statistik, neuentwickelte Medikamente, und Nunzio sagte mir, dein Arzt wäre zufrieden, sehr sogar.

Er vielleicht, aber ich bins nicht. Mein Arzt ist nett.

Und du bist bockig. Nunzio sagt, du bist zu pessimistisch.

Lynn hat eine seltsame neue Art, nach Gegenständen zu greifen; als sie mir Kaffee einschenken wollte, faßte sie die Thermoskannne und danach meine Tasse so tastend an, als wolle sie sich vorher ihrer vergewissern: erinnert ein bißchen an Blinde.

Kein Kaffee. Ich bin beim Whisky.

Na, egal. Lassen wir ihn stehen. Nunzio hat für heut abend Theaterkarten. Er meinte, ich käme mit, aber das wäre das letzte, was ich tue. Er wird Sina fragen und mit ihr gehen, es sei denn, du hättest Lust.

Was gibts denn? Lust hab ich keine, aber was gibts?

»Die lustige Witwe«. Lynn schnitt ihr bitter grinsendes Schwarzer-Humor-Gesicht, und mir fiel nichts ein, weil ich vorsichtig sein wollte. Und obwohl auch das nicht gut ankäme, erzählte ich lieber wieder von meiner Film-Idee für Lynn: Ich dachte da also in meinem Hotelzimmer vorm Bildschirm dran, daß ich ja schließlich Leute beim Fernsehen kenne, am besten Marcel, mit dem ich vor ungefähr fünf Jahren eine Feature über die Quäker in der Nähe von Toronto gemacht habe, und dann Ray, der in einem belgischen Kaff, da gings um Pietisten, mit seiner EB-Kamera Probleme hatte und deshalb dauerte und dauerte es und wir aßen entsetzlich viel ...

Lynn stieß einen tiefen Seufzer aus. Phhh – armes Schätzchen, du überanstrengst dich. Ist doch klar, daß du es gut meinst.

Sei doch nicht gleich schon so pauschal. Ich riet ihr, trotz aller Abneigung über die Sache nachzudenken, die erste Reaktion sei nicht immer die beste und dann gültige und so weiter, doch Lynn konterte sofort damit, daß sie sich abstoßend häßlich abscheulich findet, es kommt von den Medikamenten, und diese Platte kenne ich, der Saphir dreht sich immer in derselben Rille. Außerdem übertreibt sie und ich sagte es, auch eine alte Nummer, mein Reflex, nur leider wirkungslos.

Aber Lynn, es würde dokumentiert, du könntest mal für die Öffentlichkeit richtig drüber schimpfen, das ist was anderes als der kleine Kreis der Familie, worin du sowieso jeden für schonungsbedürftig hältst. Gut, du mußt keine Todesangst haben, aber diese Frau, na ja, angeblich hatte sie keine, vielleicht wegen dieser Dreharbeiten, glaub mir, es war die Glanznummer gegen Todesangst. Diese Frau war meinetwegen exhibitionistisch, aber vor allem war sie sehr gescheit.

Vergiß nicht, daß ich keinen Mörder meines Kindes in einem Gerichtssaal erschossen habe, sagte Lynn. Ich bin niemand. Ein Projekt mit mir bekämst du nicht durch. Außerdem, wen ich deiner Meinung nach keine Todesangst haben muß, was wäre dann überhaupt Spannendes dran? Das Happy-Ending?

Es ginge um ein Krankheitsprotokoll. Meine Antwort hörte sich verdammt lahm an. Lynn hatte auf einmal wirklich recht. Aber nur, weil ich selber ihr die Todesangst ausredete. Während ich nicht weiterwußte, sang sie richtig vergnügt: »Nobody knows what a trouble I can see / Nobody knows my sorrow...« Nobody is interested in a nobody, basta, sagte sie.

Oh, täusch dich mal nicht. I'm interested. Nunzio, der durch die Tür hinter meinem Sessel eingetreten war und den ich nett finde, obwohl er sein Leben genau so weiterführt wie vor dem Fund von Lynns defektem Gen und allem, was es ihr antut, begrüßte mich. Auch das ganz und gar nicht, als handle es sich um einen Krankenbesuch. Es ist nicht üblich, daß ich so weite Abstecher mache wie diesen. Ich habs nie gemacht, selbst wenn ich näher an der Schweizer Grenze zu tun hatte, nie vor dem defekten Gen.

Lynns Stimme blieb sanft und leise, ganz wie gewohnt, als sie sagte: Wenns »Der lustige Witwer« wäre, ginge sie bestimmt mit dir ins Theater.

Das war meine gute alte sarkastische Lynn, die sich jetzt sogar auch einen Bodensatz Whisky ins Glas goß, dachte ich immer wieder, später beim Zubettgehen, noch am nächsten Tag, und an ihren Satz beim Abschied: Zu blöd, Armes, heut und morgen bei deiner Rückreise und im Café Basel sichts gar nicht nach idealem Augenblick aus.

Unterschätze mich nicht, so was kommt dahergeflogen, hatte ich behauptet.

Ich ging, langer Aufenthalt wie auf der Hinfahrt, wieder ins nette Café, wo es wahrhaftig nicht zum idealen Augenblick kam – aber das mußte nicht an Lynn liegen, ich kenne das, Wiederholungen anzustreben ist zwecklos, und so habe ich gar nicht erst versucht, zu irgend jemandem nett zu sein, auch keinen Kuchen bestellt.

Martha contra Jenninger

12.4.97

Ab 6 h kein Schlaf mehr, ungeduldig. Aufgestanden, Zeit genutzt, Durcheinander aus Reiseheften und hier Geschriebenem: Manuskript (Ausnahme: vor dem ersten Satz Titel gefunden: Jenninger, 12-14jähriger, mit Brille, dünn). Jetzt dazugekommen H. als Kind, Vater-Perspektive, seine Sorge. Ambiente: Familie seiner Freundin = ringsrum gesunde Familie, irritierend realistischer Jenninger usw. Daraufhin Ziel für die nächsten Tage.

30.4.97

Windstill, Ma pünktlich, gut. Gestern bessere Nachrichten von Mn. Fahnenkorrektur fertig. Besuch Z. zu turbulent, Dauerreden, abends erholt bei altem US-Film (sehr junger Lemmon), 1. Teil, 2. Teil heute (wird wieder wenig Klavier), aber gute Aussichten. R. lang morgens Stadt, fertig geworden mit Jenninger (beim Dauerbegleitgedanken: Gefällt es H.? Ja, Jenninger und ihre Verwandlung in Kind hätte sie gern). Aus Hotelreiseheften andere Anfänge gesucht. (Neulich am Telephon: Ob sie will, was ich tue, darüber schreiben, fiktionalisiert usw.? Vorsichtig angedeutet: Du als Kind usw. ... H., etwas matt, aber sowieso jetzt immer matt, keine Zurufe mehr, keine Modulation: Ja. Ich: Oder lieber nicht? H.:

Ihr sei alles recht. Dann, fast energisch:
Du wirst es richtig machen. (Erinnerung:
Für *Aber das war noch nicht das Schlimmste*
- ihr Dank! Fast zu pathetisch für sie. Sie
war damals noch gesund, warum also froh
über Karzinomsterbensroman, Schwägerin-
Patientin?) Nachmittags etwas Putzen und
neue Sachen angefangen. Abends Ma: hatte
heute kein Sonnenfensterglück. Sonst gut.

MARTHA CONTRA JENNINGER

Als wir gegen fünf von der Garage aus ins Haus kamen, hörten wir Biesters Gebell, gleichzeitig schrie das Baby, dem Biester nicht traut. Schon seit dem zweiten Tag in Ellens Familienwildnis kann ich Lärm und Stille (kommt tagsüber selten vor) so schnell wie sie interpretieren; es war auch schon am zweiten Tag von Ellens Gastfreundschaft, als ich erklärte: Ich finds wunderbar, daß du uns das hier ermöglichst, aber ich fürchte, in ihrem Zustand, weißt du, kriegt Martha bei euch zuviel Streß. Ellen hat mich nur ausgelacht. Ich würde wirklich von vielem sehr viel verstehen, aber absolut gar nichts von Kindern. Und mit ihrem Jenninger wäre meine Martha ja sowieso schon ewig befreundet und in das Baby richtig vernarrt; ihr käme sie lustiger vor als bei unserer Ankunft. Ich brachte das übrige Kindergewimmel vor, das bei ihr aus- und eingeht, aber auch das ließ Ellen nicht gelten. All die Nachbarskinder und Jenningers Freunde und was sich sonst hier herumtreibt würden Martha guttun. Ob mir nicht aufgefallen wäre, daß sie nicht mehr so ängstlich aussieht und weniger humpelt? Da habe ich gesagt, mir wäre allerdings aufgefallen, wie Jenninger das Humpeln nachgemacht und *Hinkebein* gerufen hat. Und wie Martha den andern vom Sturzhelm und den Elektroden erzählt hat, wie sie die Augen auf- und zumachen muß und vom besonderen Atmen und den Farb- und Lichterklecksen und bloß nicht zugibt, daß sie sich vor dem EEG fürchtet. Das jetzt war schon ihr zweites, noch unheimlicher als das erste. Ellen meinte, Kinder wären stolz auf Erfahrungen, die sie den andern voraushatten. Aber es sind schreckliche Erfahrungen, Ellen! Mich machen sie verdammt traurig. Dich ja, nur bist du nicht Martha, und sie ist jetzt die Klassenbeste und genießt das. Kann sein, sie hat recht. Ich hatte Jenningers Nervosität beobachtet, als Martha das Liegen in der MRT-Röhre vormachte, er rückte dauernd an seiner Brille herum, und sein spilleriges blasses Gesicht war zusammengekniffen, er wurde zapplig vor Ungeduld, weil ihm nichts von ähnlicher Bedeutung einfiel, mit dem er Marthas Vorsprung wenigstens ausgleichen könnte, und neidisch aufgeben mußte. Nie werde ich verstehen, was Ellen so prinzipiell reizend und unschuldig an Kindern findet.

Wir waren auf der Treppe, Biester bellte, und das Baby kreischte immer noch, und Ellen sagte sachlich: Oh verdammt, die Kinder haben das Baby mit Dreck und Speck ins Wohnzimmer verfrachtet. Hallo hallo, rief sie, und das Baby wurde wirklich leiser, Biester klang nur noch wie ein Hund, der nicht recht weiß, wie Bellen geht.

Die Nachbarskinder hatten Einzug gehalten. Zusammen mit Ellens Jenninger versuchten sie, das Baby umzustimmen. Es quengelte wieder seine unerquickliche Welt der nassen Windeln und vermutlich irgendwelcher Koliken an; ich finde oft, daß es verzweifelt aussieht, nervös wie Jenninger und so, als würde es seine Existenz nicht verstehen und ihrer überdrüssig sein, jetzt schon. Nur wenn es sich wohl fühlt und grinst, ähnelt es seiner Mutter. Jenninger tut das überhaupt nicht. Ich kenne seinen Vater nicht, Ellens geschiedenen Mann, dessen Nachname hat Jenninger als Spitzname verpaßt bekommen, in Wirklichkeit heißt er Pascal.

Das Baby beobachte ich gern und neugierig, mit etwas schlechtem Gewissen, weil mir dann jedesmal auffällt, daß ich dieses Stadium bei meiner eigenen Martha verpaßt habe. Jenninger finde ich angeberhaft, manchmal allerdings tut er mir leid, keine Ahnung warum, einfach vielleicht als das Lebewesen, das er ist. Er ist beinah mager, obwohl er eine Menge vertilgt.

Die Kinder warfen dem Baby verkommene abgelutschte Spielsachen in seinen Gitterstab-Stall, und es fiel drauf rein, weil es noch nicht wußte, wie man sich benimmt, wenn man stolz sein will. Es mäkelte nur noch ein bißchen und ließ sich hinplumpsen, grapschte nach einem schlaffen Stoffhasen, wurde ganz still, während es den Hasen untersuchte und dann wacklig zu seinem schräg geöffneten Mund führte. Bald wieder gelangweilt, rappelte es sich auf, es mußte furchtbar belästigt sein von seinem ausgeweiteten, windelgepolsterten, runterhängenden Bündel am Hinterquartier. Aber daß Jenninger, mit einer quietschgrünen Plastikspielzeugpistole bewaffnet, *Peng peng* rief und auf sein jetzt neugieriges dickliches Gesicht zielte, machte ihm nichts aus. Es war für jede Abwechslung dankbar. Zuviel Kindergewimmel hat das Baby überhaupt nicht gern, aber Einzelaufmerksamkeiten würdigt es, nur tuts mir leid, wie ahnungslos es sich dabei auch Verspottungen ausliefert und sich lächerlich macht. Laß das, sagte ich zu Jenninger und dachte, das hätte mir, wäre alles mit ihr noch so wie früher, Martha abgenommen. Martha ist ein ordentliches Mädchen mit Gerechtigkeitssinn und einer etwas ehrpusseligen Neigung, andere zu erziehen, was Jenninger, die fisselige poröse halbe Portion, der kleine Angeber, sich erstaunlicherweise von ihr gefallen läßt. Die Waffe sank, er starrte mit leerem Ausdruck auf mich, das Baby wurde mäkelig, und während ich ihm irgendwas wie *Man zielt nicht auf Menschen* erklärte, und er wieder nervös an seiner Brille schob und rückte, bildete sich einer dieser Momente heran, in denen ich ihn bemitleide. Er kommt mir gottlos vor, oder gottverlassen, vielleicht beides. Er sieht atheistisch aus und diesem naturwissenschaftlichen invaliden Hawking ähnlich, sagte ich neulich zu Ellen, einer der wenigen Frauen mit Humor, und sie mußte lachen und hielt es für wahrscheinlicher, daß er ein Prediger würde, vielleicht der einer Sekte, aber egal, irgendwas *mit* Gott und bestimmt nicht ohne. Er ist der Beste in seiner CVJM-Gruppe. Er macht da bestimmt mal was draus. Das ist Ellens Ansicht, wenn sie auch einräumt, bei einem Neunjährigen könnte man noch nichts Sicheres vorhersagen. Nach meiner Meinung ist Jenninger nur der Beste, um der Beste zu sein, fast egal, worum es geht.

Dem Baby fiel der ungute Ballast wieder ein, mit dem es sich abschleppte und wodurch es an ein Äffchen erinnerte, das man für die Zirkusvorstellung in eine Hose verpackt hat, also beklagte es sich, Vorstufe für Geschrei, und weil ich mich immer noch davor drückte, nach Martha Ausschau zu halten, rief ich über den Flur: Ellen! Wann willst du dich eigentlich um dein Kind kümmern?

Jenninger, der auch ehrgeizig ist und mich nach seiner Niederlage als Pistolenschütze mit etwas nach meinem Geschmack unterstützen wollte, rief: Es stinkt grausig, Mami, das Baby stinkt wie ein Misthaufen.

Familienchaos à la Ellen: Aus dem über Eck gehenden Wohnzimmer, in das sie überhaupt noch keinen Blick geworfen hatte und in dem bestimmt Martha vor dem Fernsehapparat hockte (im Augenblick beim Werbeblock, ich hörte, daß die *Giottos* wirklich ziemlich klein sind und noch kleiner eigentlich nicht sein sollten), konnte Ellen sich fernhalten, seelenruhig im Gefühl, die üblichen Wirren zu begreifen und, sobald es sich einrichten ließ, in den Griff zu bekommen. In der Küche packte sie die Einkäufe aus. Zuerst die Tiefkühlkost, sagte sie. Willst du einen Drink? Oh Schreck, hier steht schon wieder eine leere Flasche Red Bull. Jenninger kauft das Zeug. Ellen wirkte nicht aufgeregt. Sie sollten es an Kinder nicht verkaufen. Und jetzt sind eine Menge Designer-Drinks auf den Markt gekommen. Aber findet irgend jemand Jenninger aufgeputscht? Findest du es? Vielleicht braucht er so was. Er hat was Schlaffes. Ellen packte Gemüse aus, Konserven, Obst, und ich dachte: Schon wieder ein Durcheinander, und es bringt sie nicht aus der Fassung. Biester trottete wie ein gutmütiger Dienstbote in die Küche; dieses Tier hat mimische Talente, und jetzt drückte seine zusammengequetschte Physiognomie Umgänglichkeit und Vergnügen aus, einfache Deutung: Er will den Eindruck eines Küchengehilfen erwecken und in Wirklichkeit Eßbares aufschnappen. Dieser Hund hat immer Appetit. Er ist irgendwas zwischen Mops und Appenzeller, sein eingedrücktes Gesicht täuscht Bekümmernis und Neigung zu Schwermut vor, es kann sein sorglos-munteres Naturell nicht widerspiegeln.

Ellen goß zwei Wodkas mit Lime-Juice zu Wodka Gimlets auf, überreichte mir mein Glas (besser eingeschenkt) und nahm ihres, schnitt nach einem kräftigen Schluck und *Ahhh*-Genußlaut Zitronen- und Orangennetze entzwei, die Früchte purzelten über die mit anderm Krimskrams überfüllte Arbeitsplatte, und wieder einmal imponierte mir ihre aus Belustigung und ein paar Seufzern gemixte Duldung von Schlamperei und immer ein paar Kindern zuviel um sie und ihre eigenen herum und noch Biester dazu; die nachlässige Regie der unübersichtlichen Mischwirtschaft, wirklich, sie imponiert mir gewaltig. Als Gast kann ich es hier aushalten, immer der zeitlichen Begrenzung bewußt, aber ich würde streiken, wenn ich die Verantwortung übernehmen müßte. Außerdem ist es mir immer zu laut. In kleineren Dosierungen kann ich die Kinder interessant finden, noch interessanter und bald ergreifend, bald komisch das Baby, auch Biester ist bemerkenswert. Doch auf längere Sicht fände ich den Funktionen-Mischmasch unerträglich, und Ellens Wirken kommt mir, müßte ich sie hier vertreten, wie die pure Schinderei vor. Das sage ich ihr täglich mehrmals, es ist ein ehrliches Kompliment. Sie lacht, hört es gern, erklärt: Ich fühl mich wohl. Die Kinder sind dauernd in Unsinniges und in Kalamitäten verwickelt. Als Individuen, jedes einzeln für sich, aber auch nicht von morgens bis abends, finde ich sie wirklich amüsant und rührend und was nicht noch alles, aber zu viele zusammen ergeben eine geistlose Gesellschaft. Ellen ist die totale Frau, beziehungsweise die günstigste, erfreulichste Version davon. Nebenher versucht sie, sich durch die drei Bände *Joseph und seine Brüder* einen zusammenhängenden Weg zu roden, einen Einstieg in die Philosophie zu schaffen (während meines und Marthas Aufenthalts ist es Hans Gadamer, den sie verstehen will), sie beschäftigt einen Liebhaber und besucht einmal pro Woche einen Italienisch-Kurs, spielt ein bißchen Klavier, trifft Freundinnen, schreibt lange Briefe und kriegt die erstaunlichsten Mahlzeiten zusammen, unerwarteter hungriger Besuch erschreckt sie keine Sekunde: Schrecksekunden spielt sie oder es sind freudige Schrecksekunden. Mit Jenninger, dessen Schulaufgaben sie nicht mehr betreuen muß (aber einem seiner Freunde mit berufsstrapazierter Mutter gewährt sie diese Gunst), geht sie zum Augenarzt und kauft seine karierten Hemden, das Baby bekommt keinen Tag zu spät seine vorgeschriebenen Impfungen. Noch mehr an Beweismaterial für ihre universale Vitalität wäre aufzuzählen. Nerven wie Schiffstaue muß sie haben und mehr lachen als irgend jemand sonst, den ich kenne. Wenn sie nicht trotzdem auch ernsthaft und mitleidig sein könnte, hielte ich es mit ihr allerdings nicht aus. Schon gar nicht, seit das mit meiner armen Martha passiert ist. Ihr zwei wohnt einfach bei uns, solang sie diese ganzen Kontrolluntersuchungen bei ihr machen, hatte Ellen verfügt, von uns aus ists der kürzere Weg, und außerdem kriegt Martha hier genügend Ablenkung in der Kinderclique.

Unsere Wodka Gimlets waren ausgetrunken. Ellen riß eine Biskuitpackung und ein paar Schokoladenriegel auf und warf alles zusammen in eine Schüssel, und auf der andern Seite des Flurs jammerte das immer noch unerlöste Baby, Biester kläffte, ich stellte mir die disparate Kindergruppe vor und Jenninger mit seinem komischen Virtual-Reality-Helm auf dem dünnen Kopf, weil er sich sicher jetzt am Computer großtun würde, und andere, darunter meine Martha, vorm Fernseher am Boden, oder Martha hätte sich wieder einmal in der Zimmermitte wie für den Anfang eines geplanten Spiels aufgestellt, bei dem es um die Vorführung eines ihrer neurologischen Abenteuer gehen sollte, und sofort, wenn ich sie so vor mir sah, packte mich das Grauen, auch Zorn, und was bei Ellen Ablenkung hieß, wirkte auf mich wie die vollkommene Katastrophe. So ähnlich sagte ich es Ellen, die nichts übelnimmt: Martha hatte heut vormittag schon mehr als Streß, und jetzt hat sie ihn wieder.

Jetzt hat sie ihn nicht. Du urteilst als Erwachsener.

An jedem normalen Tag, ich meine früher, hätte Martha sich längst um dein Baby gekümmert. Für mich ist das ein Indiz.

Und für mich eins, daß *ich* es jetzt endlich wirklich tun

sollte. Mit den Süßigkeiten für die Kinder verließ Ellen die Küche, und ich nahm mir noch einen Wodka pur. Danach fühlte ich mich gut genug gerüstet, mich um *mein* Baby zu kümmern, um sein elendes Synonym für schmutzige Windeln.

Ich ging an der Gruppe um den PC vorbei, vor dem Jenninger, ganz Hausherr, ganz Lehrmeister, dozierte: Und dann könnt ihr auf alles, was sich bewegt, schießen. Beim Sega geht das. Wenn ich erst den Sega habe, zeig ichs euch.

Ich weiß immer noch nicht, was ein Sega ist, obwohl Jenninger es mir erklärt hat, aber daß er keinen hat und auch nach seinem Geburtstag keinen haben wird, weiß ich. Er hat die Playstation von Sony und einen Gameboy. Der Gameboy ist seiner gar nicht mehr würdig. Warum denn, hatte ich gefragt, nicht um es zu erfahren. Mehr, weil ich ihn oft nicht so gern habe, wie ichs sollte, und dann nimmt mich dieses Mitleid wie mit einem Einsamen, verlassen und verloren, in die Zange. Jenninger antwortete ausführlich, aber verstanden habe ich bloß, daß der Gameboy etwas für Anfänger ist und er ihn nur mitnimmt, wenn er unterwegs ist. Ferien absolviert er entweder mit Ellen und dem Baby und dem Liebhaber oder bei Herrn Jenninger, seinem Vater. Unsere Dialoge weisen ihn als Cyberkid und mich als altmodisch aus: Machst du eigentlich auch andere Sachen in deiner Freizeit? Ich nenne ein paar Spiele für drin oder draußen. Jenninger schüttelt seinen gescheiten Kopf, er sieht zerstreut und ungeduldig aus: In letzter Zeit bin ich viel auf Pieper. Auf was? Auf Pager, kennen Sie das denn nicht? Sag doch nicht *Sie*, Jenninger. Ich bin ein Kretin und ein hoffnungsloser Fall für ihn, und um mich einen Rang höher zu hieven, erwähne ich die Uraltideal-Freundschaft zwischen seiner Mami und mir. Jenninger bleibt bei der Sache: Pager von Swatch und Motorola und so. Ich tue so, als könnte ich sein Pieper-Pager-Rätsel daraufhin lösen, und plötzlich steht Martha bei uns und sagt in ihrer gedehnten langatmigen Sprechweise, die sie beibehält, auch wen sie keinen belehrt: Das ist ganz lustig. Da wird man angepiepst. Und da steht dann eine Nachricht. Jenninger telephoniert zu einer Zentrale. Martha hebt den rechten Arm (während ich auf das Stöckchen in ihrer Hand schauen muß und merke, daß sie ohne seine Stütze etwas schwankt, und ich denke: Es bricht mir das Herz), sie spielt, mit dem imaginären Hörer am Ohr, Telephonieren: Ich möchte mit meinem Freund reden ... He, ruft Jenninger, ich möchte ihn anpiepsen, nicht reden mit ihm, so sagt mans nicht. Na ja, reden ginge bestimmt genauso gut. Martha weist Jenninger in die Schranken, wohin er in ihrer gemeinsamen Werteskala gehört, nur Martha läßt er als ihm, dem Oberhaupt der Kinderhorde, übergeordnet gelten. Ja und dann fragen die, welche Nachricht wollen Sie hinterlassen? Jenninger behauptet, sie reden ihn mit *Sie* an. Martha schneidet ein verächtliches Gesicht. Das tun sie auch, sagt Jenninger. Du hast doch überhaupt noch keine tiefe Stimme. Sie tuns trotzdem. Ich mische mich ein, weil ich nicht will, daß sie sich lang herumstreiten (zu lang dauert mir das Ganze sowieso schon, Kinder können furchtbar eintönig sein, ich merke es erst als Ellens Gast: habe ich mich nie genug mit Martha beschäftigt?), aber die zwei hatten nicht meinen Eindruck von Streit. Und dann piepsen die Jenningers Freund an. Das kommt dann bei seinem Pager raus. Jenninger kriegt beim Grinsen ein weniger gottverlassenes Gesicht, ergänzt: Das drummt dann in der Hosentasche, das zittert so. Vibrieren tuts, doch nicht zittern! verbessert Martha ihn und seufzt wie über

Kräfteverschleiß. Diesmal wirkt Jenninger ratlos, und um sich von der Kränkung zu erholen, rächt er sich und verpaßt Martha, wie er fest glaubt, eine Niederlage; er rückt an seiner Brille, sieht mich an und prahlt: ich hab mehr Dioptrien in meinen Brillengläsern als Martha. Pah, macht Martha, spinnst du? Das ist doch nichts, worüber man froh sein kann. Das ist was Schlimmes. Sie wendet sich ab in Richtung Computer, und ich freue mich über die Logik meiner Tochter. Neulich, nach einer Unterhaltung wie dieser, mußten sie sich schnell um eine virtuelle Schildkröte oder sonst ein Wassertier kümmern und es in sein Element zurückklicken oder tippen, wasweißich, und das Tier war schon auf dem letzten Level seiner Verschrumpelung, und einen Augenblick später machte der Computer ein schlurfendes Geräusch, das Spiel war aus. Wenn ich mich endlich entfernen kann, ohne wahrscheinlich mehr mich als die Kinder störende Respekteinbuße, bin ich erleichtert.

Ellen hatte endlich das Baby aus seinem abgewirtschafteten Gehege gehoben, es thronte auf ihrem angewinkelten Arm und grinste mich triumphierend an, seine runden Ärmchen zuckten mit diesen katatonischen Babybewegungen auf und ab und seitlich umher, und ich traute mich endlich in den über Eck liegenden Zimmerteil. Der Fernseher lief, und Martha saß neben einem der Nachbarskinder auf Kissen am Boden vor dem Bildschirm, wo Quincy seinen eingesunkenen Oberkiefer verzog, um schief mit der pummeligen Frau zu lächeln, während sie ihn sehr viel glaubwürdiger anschmachtete. In dieser Folge war er vielleicht noch nicht mit ihr verheiratet. Von hinten sah Martha wie immer aus, überhaupt nicht krank. Ich dachte: Jetzt hat sie noch alle ihre Haare. Sie merkte, daß ich hinter ihr und dem andern Mädchen stand, und sagte, ohne sich nach mir umzudrehen: Er hat sie vorhin geküßt. Ich glaub, er hats selber gar nicht gewollt und nur ihr zuliebe gemacht.

Sogar kleine Mädchen kann Quincy als Verliebter nicht überzeugen. Das andere Mädchen sagte: Die Frau bildet sich aber ein, daß er sie liebt.

So stets im Drehbuch, erklärte ich. Sie kanns bloß besser spielen als er.

Sie ist schmalzig und redet blöd, sagte Martha. Sie paßt überhaupt nicht zu ihm.

Sind sie schon verheiratet? fragte ich.

Sie waren es noch nicht, erfuhr ich und daß Martha hoffte, Quincy würde das auch lassen. Er will doch bestimmt nicht sein Boot aufgeben. Er lebt auf einem Boot. Die Frau da ist eine Psychologin. Sie müßte das alles merken.

Ihr zwei schlauen Schätzchen, sagte ich. Ich hatte nicht die Absicht, über Martha gerührt zu sein, wars aber, und sogar ihre kleine Sitznachbarin bezog ich ein, was für mich ungewöhnlich ist, denn seit alle andern Kinder um sie herum gesund geblieben sind (bis jetzt, sage ich mir und leide nicht einmal unter meiner defizitären Moral), meine Martha aber nicht, bin ich ungerecht und mag einfach diese ganze sorglose, auch keine Sorgen auslösende kleine Gesellschaft nicht besonders. Aber für Marthas kleine Sitznachbarin und Quincy-Sympathisantin empfand ich plötzlich Wärme, ich war ihr dankbar. Sie hatten es angenehm ruhig und Ablenkung und den Frieden, den Martha brauchte. Ich drehte ab, sie hielten mich nicht zurück. Es stört immer, wenn ich länger mit zusehe. Ich geh mal wieder, sagte ich, und sie hatten keine Zeit mehr für irgendwelche Höflichkeiten, reagierten nicht, starrten auf den nun in seinem hellgrünen halbärmeligen antiseptischen Berufskittel steckenden Quincy, der, assistiert von Sam Fujijamas fürsorglicher Aufmerksamkeit, etwas Aufregendes unterm Mikroskop entdeckte, sich dann, Sam mit vorgestrecktem Kopf halb hinter ihm, über seine Obduktionsaufgabe beugte, seine Diagnosen aufsagte und mich wieder überlegen ließ, worauf, an Stelle eines Leichnams, die zwei da wohl so angespannt blicken und was das wohl ist, das man ihnen, den Zuschauern verborgen, dorthin legt, wo man sich ihren Arbeitstisch vorstellt. Verliebtheit kann er nicht spielen, aber daß er und sein Gehilfe nicht lachen müssen, obwohl es schwierig und komisch ist, eine Autopsie zu simulieren, macht ihn doch zum guten Schauspieler.

Im Badezimmer wurde Ellen mit dem Baby fertig. Es machte einen blankgeputzten Eindruck und brabbelte vor sich hin, bald ruderten und ruckten seine Arme auf und ab und kreuz und quer, und es grinste mit mir nach Ganovenart, sah etwas verschlagen aus, dann fielen ihm die beiden Kekse ein, in jeder winzigen Hand hielt es einen angesabberten, und während es sie fixierte, nahm sein dickes kleines Gesicht einen konzentrierten neugierigen Ausdruck an, den es beim Abenteuer, beide auf einmal in seinen Mund zu kriegen, beibehielt. Im Badezimmer ist mir Ellens Toleranz gegenüber der Konfusion besonders unbegreiflich, und hier, wo es immer nach Baby riecht, habe ich schon am ersten Abend Heimweh bekommen. Spielen alle diese Nachbarskinder denn sogar auch hier drin? hatte ich Ellen gefragt. Natürlich gehen sie auch mal aufs Klo, was hast du denn gedacht? Ellen lachte mich aus und lachte sowieso, wie um ihr Quantum an täglichem Lach-Soll aufzufüllen, Lachen ist bei ihr ein Reflex auf vieles, und über alles, was mit den Kindern zusammenhängt, lacht sie ohnehin. Ich habe beispielsweise gern eine

Zahnbürste nur für mich, und darauf ist in diesem Haus kein Verlaß. Meine korrekte Martha (sie hat oft etwas von einer Lehrerin und wirkt dann ältlich) bekam schon immer, wenn wir nur zu einem Tagesbesuch da waren, in Schüben Wut auf Jenninger, der zapplig und zerstreut und nur am Computer konzentriert ist, und zwang ihn zu Aufräumarbeiten. Bei den Utensilien, die sie für unseren Aufenthalt bei Ellen in ihren Koffer gepackt hat, befindet sich auch ein Streifen mit den roten, weiß mit *Neu* beschrifteten Aufklebern, die von unserem letzten Umzug übriggeblieben und für den Hinweis auf die geänderte Adresse gedacht sind, und als die mir am zweiten Abend auf unseren Zahnputzbechern, den Zahnbürstenstielen und sogar den Handtüchern in ihrer Markierungsknalligkeit entgegenleuchteten, machten mich gemischte Gefühle unsicher und etwas unglücklich. Fand ich Martha womöglich ein bißchen penetrant, unkindlich? Wars mir peinlich? Wars rechthaberisch? Oder war ich doch mehr stolz? Als ich dann aber dachte, die Nichtpeniblen habens leichter im Leben, befahl ich mir: Stop! Keine Fortsetzung dieses Gedankens. Marthas Leben wird jetzt schwierig, und es wird mit keiner ihrer Charaktereigenschaften zusammenhängen, daß das so ist, und keine Ahnung, wie lang es dauert, ihr anständiges solides kleines Leben.

Mach noch deinen kleinen Rundgang, empfahl mir Ellen, die weiß, daß schnelles Gehen mich erleichtert, sieht aus wie bei jemand, der flieht, hat sie mal gesagt, sie kann vom Fenster im Flur die steil hügelan verlaufende Straße überblicken, es ist eine Sackgasse, und sie wohnt in einem der rondellartig gruppierten Häuser am Ende. Bei meinem Run habe ich gar nicht den Eindruck, als dächte ich überhaupt etwas, natürlich denkt man immer irgendwas, aber meine Run-Gedankenvariante ist ungeordnet, stream of consciousness mit Wellengang.

Anscheinend haben die Nachbarskinder und Jenninger-Freunde Ellen ähnliche Mütter, die es ohne Zeitplan und unsystematisch aushalten, denn sie wimmelten immer noch überall herum, und aus der Küche kamen noch keine Geräusche, keine Essensgerüche. Seit ich hier bin, komme ich pro Tag höchstens eine Seite beim Lesen weiter, in Marthas und meine Schlafkajüte will ich mich auch nicht zurückziehen, und abends rede ich mit Ellen, das heißt: sie redet – ist mir genau recht so. Wenn möglich, gibts irgendwas im Fernsehprogramm, wofür ich plädieren kann, ich schlafe besser nach einem Film als nach Zuhören und Kommentieren. Ellen rief mir aus dem Keller zu: Hallo, wars schön? Ich mach nur rasch die Buntwäsche. Danach schickte sie ein kleines Gelächter nach oben. Im Wohnzimmer sah ich zwar als erstes Martha, die in der Zimmermitte stand; anscheinend, weil die andern Kinder um sie herum in Zuschauerposition am Boden kauerten, bis auf Jenninger, der wahrscheinlich wieder als Regisseur angab, handelte es sich hier wie oft um eine Vorführung, und deshalb schaute ich vorerst nicht dorthin, lieber zum Baby. Ich hatte mir immer das Lustgefühl verboten und das Baby nicht auf den Arm gehoben, weil ich fürchtete, Martha wäre eifersüchtig, bis sie mir vorwurfsvoll sagte: Warum läßt du das Baby links liegen? Es ist schlecht fürs Baby, wenn jemand es nicht beachtet.

Das Baby versuchte, an zwei Holzstäbe seines Ställchens geklammert, aufzustehen, kam hoch und wackelte krummbeinig und wußte mit der neuen Situation nichts anzufangen, es konnte sich noch nicht entschließen, in welcher Gemütsverfassung es jetzt sein sollte. Es krähte und lächelte plötzlich, wie ein kleiner Sonnenaufgang. Mit seinem einen winzigen Zahn im schräg nach rechts oben geöffneten Mund sieht es immer etwas debil und schlau durchtrieben zugleich aus, es erinnerte mich in diesem Augenblick an einen egoistischen Rentner. Mein komisches Gefühl für den kleinen abhängigen Körper da unter mir war mir nicht ganz geheuer: Immer, wenn mich das Baby auf diese belustigte und neugierige Weise rührt, habe ich Lust, es anzufassen, aber allzu zupackend, es irgendwohin zu kneifen, brutal zu sein. Deshalb machte ich nur ein blödes *eidadadada* oder so was und kehrte wieder um, Richtung Keller, sagte ich mir, und daß ich vielleicht Ellens Buntwäsche-Prozeß beschleunigen könnte, damit sie endlich einen ihrer interessanten Essenseinfälle ins Auge faßte. Zu diesem Zweck mußte ich aber zurück zu den andern Kindern und Martha. Sie stand immer noch in der Zimmermitte und führte ihrem Publikum die Tests vor, die sie heute morgen in meinem Beisein beim Neurologen machen mußte, und ich erkannte, daß sie wieder wie dort in der Praxis ihren ausgestreckten linken Arm leicht sinken ließ, während sie den rechten waagerecht halten konnte, und daß sie wie beim Test die linke Hand ein wenig eindrehte, sobald sie von der Vorstufe *Test mit offenen Augen* zur Stufe zwei überwechselte und die Augen zumachte. Wieder, wie am Vormittag beim Neurologen, fühlte ich mich von den Rippen aufwärts bis zum Hals zusammengeschnürt. Ist es das, was man bei gebrochenem Herzen spürt? Mein armes Mädchen, dachte ich, und gleichzeitig ärgerte es mich, weil sie den Beweis lieferte, wirklich und wahrhaftig krank war, und, verdammt noch mal zu gutmütig und nicht raffiniert oder stolz genug, ihre Schwachheit vor den gesunden Kindern zu verbergen. Außerdem paßte es mir nicht, daß sie nicht gut aussah, puppenhaft sah sie aus, stumpfsinnig und ausdruckslos wie ein mechanisches Spielzeug. Ein zusätzlicher Kummer und den auch noch mit miserablem Gewissen: Mein einziger Liebling reizte mich und wurde von mir in diesem Vorgang einer arglosen Schaustellung nicht genug geliebt. Noch mal! kommandierte Jenninger, der sich neben Martha aufgestellt hatte, und ich war ganz froh, weil meine Empörung sich nun auf ihn verlagerte. Mit seinem ambitionierten Übereifer bewies er Martha und den Zuschauerkindern, daß er die Übungen konnte, seine mageren Arme blieben selbstverständlich stracks geradeaus gerichtet, und ich wünschte ihm einen Haufen von inoperablen Tumoren in seinen schmächtigen blassen Kopf und zwar: ohne Gewissensproblem. Jenninger rief: Heb den Arm hoch! Er fällt schon ganz tief runter!

He, du, Jenninger, mach du ihr keine Angst, sagte ich kalt, aber ruhig. Lieber hätte ich ihn angeschrien und tat es nur aus Feigheit nicht. Immer bin ich drauf aus, Leuten zu gefallen, und von den Kindern will ich verehrt werden oder so was, vielleicht nicht gerade geliebt, wäre zuviel gesagt, sie lernen mich ja auch gar nicht kennen, doch toll und viel besser als die üblichen Erwachsenen sollen sie mich schon finden – kein rühmlicher Charakterzug bei mir. Ich sagte: Hört sofort auf damit. Martha, hör damit auf. Aber ich muß es üben, widersprach Martha ernsthaft. Und Ellen, aus der Zimmerecke mit der Eßnische, wo sie den Tisch deckte, rief: Laß sie doch. Reg dich nicht auf. Das war eben wieder die Vorstufe eins, erklärte Martha, dann schloß sie die Augen und wechselte zur Stufe zwei über, der linke Arm sank abwärts, sie drehte die Hand ein, und bis auf die zwei meistens stummen Mischlinge, irgendwelche Adoptivkinder, riefen alle durcheinander: Schon wieder! Reiß ihn hoch! Martha gehorchte, und

Jenninger ärgerte sich, weil er hier die Kommandos gibt, es ist seine Martha. Mach jetzt die Augen auf, befahl er. Schau mal mir zu. Wahrscheinlich nicht zum ersten Mal bewies er ihr, im faserigen Gesicht ein selbstgerechter Ausdruck, daß er kann, was sie nicht können kann. Daß Jenninger kränklicher aussieht als meine runde, breitgesichtige Martha, verstrahlt wie eins von den Tschernobyl-Kindern, tröstete mich nicht. Meine Empfindung, alle amüsieren sich auf Marthas Kosten und die gute ehrliche rechtschaffene Ärmste kriegt es nicht mit, speiste sich ja vielleicht aus dem Kummer um Marthas Elend, obwohl ich Ellens optimistischen Predigten mißtraue: Es sind Kinder, jenseits von Gut und Böse, und du mit den ewigen Interpretationen bist ein Opfer deines Berufs, und Kinder verstehst du nicht. Mich versteht hier niemand, murmelte ich Biester zu, der plötzlich mit melancholischem Bettelblick, aber um die Schnauze herum zutunlich vergnügt und irgendwie an das Baby erinnernd vor mir stand und rudimentär an mir hochsprang, zu faul für Anstrengungen. Seinen Kontaktversuch liebte ich wie Beistand, Mitgefühl, Einverständnis. Du verstehst mich, sagte ich zu ihm, wollte seinen dicken Nacken kraulen, als er bereits abtrottete.

Biesters Erkennungszeichen (er gibt mir zu verstehen, daß er es gut mit mir meint) beschämen mich. Auf meine fluchtartigen Rundgänge nehme ich ihn nicht mehr mit, er kommt nicht vom Fleck. Zweimal fand ich seine Gesellschaft doch tröstlich, fiel mir jetzt ein, ich kam mir untreu vor und plante, es nach dem Abendessen noch mal mit ihm zu versuchen. Nur raus hier, wenn auch langsam. Biester schnüffelt sich durch seine Stammplätze, er hat was zu erledigen, kann keinen Entschluß fassen und hat außerdem ein Verdauungsproblem, weil er von den Kindern und auch von Ellen immer wieder zu viele Süßigkeiten aufschnappt, schwerer Diätfehler, und wenn er endlich nach mehreren Umkreisungen erfolgreich wird, blickt er schuldbewußt zu mir hin; damit er sich nicht genieren muß, wende ich mich diskret ab, und nachdem er seine geschäftliche Angelegenheit hinter sich gebracht hat, tut er so, als wäre es nicht der Rede wert, nichts geschehen, aber er sieht wie ein mürrisch befriedigter alter Leserbriefschreiber aus, der eben seine mäkelige Post in den Briefkasten geworfen hat.

Schluß damit! rief ich den Kindern zu, als Jenninger gefragt hatte: Was kriegt ihr lieber aufgemacht, den Bauch oder den Kopf? Martha sagte: Ich kriege wahrscheinlich ein Bohrloch in den Kopf. Und dann saugen sie was raus, unterbrach sie der übereifrige Jenninger. Die meisten Kinder entschieden sich für den Kopf, da würde am wenigsten hervorquellen. Doch nicht irgendwas saugen sie raus, korrigierte Martha mit steinernem Ausdruck. Es schien sie wieder mal alle Kraft der Welt zu kosten, Jenningers Fahrigkeiten zu ordnen. Es ist ein Hämatom. Es ist ... Warum hörst du nicht endlich auf damit, Martha. Ich trat in den Kreis der Kinder, nahm Martha, die mit Jenninger noch immer in der Mitte postiert war, an der Hand, zerrte an ihr. Sie leistete Widerstand. Wir müssen noch besprechen, wie wirs morgen machen, erklärte sie mir freundlich und ähnlich erschöpft wie bei den Aufbesserungsarbeiten im Durcheinander von Jenningers genialem Gehirn.

Was denn vorbereiten?

Sie planen eine Aufführung zu Ostern, rief Ellen beim Hin und Her zwischen Küche und Eßecke. Mein chinesischer Entenreis ist gleich fertig. Und ihr andern Kinder, ihr müßtet längst zu Haus sein. Es ist eigentlich für Karfreitag, erklärte mir meine geduldige Martha später, als wir allein im Bad uns die Hände wuschen. Es ist Jenningers Idee, und ich würds dir nicht verraten, wenn ich nicht ... ich meine, ich will nicht, daß du dich vielleicht drüber ärgerst. Es ist aber trotzdem was Frommes, ich muß nur aufpassen, daß es richtig gemacht wird.

Was soll das denn sein?

Martha bürstete ihr dickes Strohhaar. Es wird wieder nachwachsen, dachte ich, obwohl ich noch gar nichts Genaues darüber weiß, wie die Therapie verlaufen soll und bei einer Kollegin noch zwei Jahre nach der Strahlenvernichtung unter ihrer Perücke nur ein Flaum, spärlicher als beim Baby in Ellens Chaos, dahinkümmert.

Es hat mit dem zu tun, was am Karfreitag passiert, sagte Martha. Mehr verrate ich nicht, sonst ists keine Überraschung.

Wenn es mich aber ärgert?

Martha fluchte und schepperte mit den Zahnbürsten in den Bechern herum, vom Thema abgelenkt und wütend auf Jenninger, gleichzeitig stolz auf sich als seine unentbehrliche Erzieherin: Er hat alles schon wieder vertauscht, so ein dämliches Durcheinander. Sie sagte, wenn sie nicht auf ihn aufpasse und meinte diese Dinge des Alltags, denn seinen hohen IQ bezweifelt sie nicht, würde er einmal ein ganz komischer Kauz und niemals allein zurechtkommen. Und daß die Karfreitagsüberraschung mit der Kreuzigung zu tun hätte und es darüber zwischen ihr und Jenninger noch eine ganz wichtige Meinungsverschiedenheit gäbe.

Nach Ellens aufsehenerregenden Abendessensideen, zum chinesischen Entenreis noch Kürbis in Ingwersauce und ein paar kleine scharfe undefinierbare Dips, danach eine weich gebliebene Torte mit Pekan-Nüssen drin und Creme und Kirschen obendrauf *(sollte die Lieblingstorte von Madonna werden, aber ich hatte nicht alle Zutaten)* und nach dem Aufräumen in der Küche lagerten wir uns im hinteren Wohnzimmerteil vor dem Fernsehapparat (in der Werbung für ein familienfreundliches und offenbar idiotensicher-kinderleicht manövrierbares Auto ließ eine Frau ihren Mann nicht ans Steuer, ein älterer Hochzeitsfestgast konnte erst via Kaffeeduft von der Bewunderung eines Automotorraums abgebracht und zur übrigen Gesellschaft gelockt werden), mir fiel ein, daß ich während meines Ellen-Aufenthalts für meine erfrischende Entdeckung der Unbekümmertheit Jesu Christi nach weiteren Belegen fahnden wollte und noch kein einziges Mal das Neue Testament auch nur aufgeschlagen hatte, auf dem Bildschirm schlenkerte eine Frau mit halbgeöffneten schläfrigen Augen Unmengen von glatten glänzenden Haaren nach links, nach rechts, dann betrachtete sie das Zaubermittel für diese Prachtmähne mit einem betäubten Ausdruck, und ich machte: Puh! Mit einem feindlichen Seufzer. Haare kann ich schon jetzt nicht mehr ertragen. Übrigens hab ichs mitgekriegt, wie ein kleines fettes Mädchen zu Martha gesagt hat, sie bekäme eine Glatze.

Das war sicher Biddi, die ist total harmlos. Cheers! Ellen stieß gegen mein Glas, aber aufmunternd und wie kurz vor dem Lachreiz wie sonst sah sie mich nicht an. Weil sie mich für einen Wein-Snob hält, hatte sie einen Karton Vinho Verde angekarrt und mit dem besonderen Lob *War ein Sonderangebot* gerühmt.

Weißt du, daß sie vorhaben, die Kreuzigung zu spielen?

Ja, Ellen wußte es. Und daß der Streit noch um den Hauptdarsteller ginge auch. Jetzt mußte sie endlich doch lachen. Wenn das nicht genau das Richtige für dich ist! Es wird dich inspirieren. Du magst doch all die Jesus-Darstellungen nicht. Kein Maler hat ihn je gesehen ... sie kopierte meine Sprechweise. Ich dachte: Erst am Kreuz würde auch mein Jesus Christus vielleicht den Kopf demütig-hilflos hängen lassen, zur Seite drehen. Zur Seite drehen: Ich sah Marthas Hand am linken Arm mit der Drehbewegung beim Test Stufe zwei: Arme ausstrecken mit geschlossenen Augen. Gutmütig outet sich meine arme Martha und schon hat die Kinderhorde die beste Unterhaltung, schimpfte ich.

Ellen sah mich kühl an, als erkenne sie in dieser Minute erst, daß sie mich in all den Jahren überschätzt und zu gern gehabt hatte. Man könnte meinen, du bists, der sich geniert. Sie klang nicht gutartig wie sonst. Du hältst Marthas ... na ja: ihr Schicksal oder so was, du hältsts für deine Blamage.

Ich merkte jetzt erst, es war schäbig, etwas Schlimmes sogar: *Ich* genierte mich (nur weil Martha es nicht tat?).

Ellen hörte sich wieder wie die loyale, auf eine gescheite Weise muntere und niemals destruktiv problemversessen diskutierende Frau an, die sie war, als sie *Trink was* sagte und dann *Schon wieder Quincy!* rief.

Auch in dieser Folge war Quincy mit der pflaumenweichen Frau zusammen, die Martha und das andere Mädchen ablehnten, und nach einer druckreifen schwülstigen Tirade, mit der sie den geliebten Mann von der Notwendigkeit einer Therapie gegen seine Angst vor einer Schlägerei überzeugen wollte, legte sie zärtlichkeitsbereit den rosig-gesichtigen braungewellten Kopf in den Nacken. Mit seinem eingesunkenen Mund im konkaven Kiefer war Küssen für Quincy schwierig, aber er schaffte es, weil seine à la Männergesellschaft von *Danny's Place* vergnügten Blicke offensichtlich nicht mehr genügten, und mit Gespür für die fällige Eskalation, seiner sorgenvollen Anbeterin schnell eine Art Kuß ins Gesicht zu hacken, und er traf mit Glück sogar den Mund. Du meine Güte, stöhnte Ellen mit nachgeschobenem Lachgewimmer, das hab ich schon besser erlebt. Damit erinnerte sie mich, obwohl sie es sicher gar nicht wollte, an ihr Abendtelephonat mit dem Liebhaber, das, selbst wenn sie sich am Tag getroffen haben, nie kürzer als eine Stunde dauert und mindestens so fällig war wie Quincys Kuß-Karikatur in die weiche Gesichtsmitte der Frau. Dein Liebling wartet, sagte ich. Und ich schau mal nach Martha.

In unserer Schlafkajüte hatte Martha ihre Nachttischlampe noch nicht ausgeknipst, die dicke Brille auf der Nase las sie in einem Taschenbuch. Ich wollte wissen, was es ist, und sie überreichte mir das Buch, zwischen die Seiten, bei denen ich sie gestört hatte, legte sie vorher auf ihre gewissenhafte langsame Art ein Lesezeichen aus Leder, dessen Anblick mir einen kleinen Stich versetzte: Irgendwann hatte sie für mich das kleine Ding gebastelt. Ich las vor: Thom Racina, Die Spur führt ins Rathaus. Das Buch zur Erfolgsserie der Universal Studios für NBC-TV. Über dem rot eingerahmten Kopf von Marthas derzeitigem Idol stand in fetten schwarzen Buchstaben auf weißem Grund: Quincy. Darunter klein auf Rot, Gelb, Blau: RTL.

Es ist Jenningers Buch, erklärte Martha, ich würde so was nicht kaufen. Man muß es sehen.

Unten läuft gerade wieder eine Folge, sagte ich. Martha ist nicht der Typ Kind, der daraufhin aus seiner gewohnten Umlaufbahn gelockt würde. Sie machte ein vernünftiges *Hmhm* und sagte, daß sie es wüßte. Sie studiert die Fernsehprogramme bis in die Nachtsendungen, die sie als Zuschauerin nicht in Betracht zieht. Wahrscheinlich wartete sie sowieso längst nur auf unser Gute-Nacht-Ritual und meinen Abgang aus ihrem Kinderleben in mein Erwachsenenleben und wollte noch ein bißchen weiterlesen. Ich sah ihrem meistens ausdruckslosen, schwer zu ergründenden Gesicht so etwas wie Besorgnis an, als ich nach dem Ritual auf dem Bettrand sitzenblieb. Stirn zuerst, dann Augen, Nasenspitze, Mund, das Kuß-Kreuz hatte ich ihr aufgedrückt, leichte Berührungen, zu denen sie *Abstempeln* sagt, oder, wenn ich so tue, als würde ichs vergessen: He! Stemple mich ab! Ich fand endlich einen Anfang: Martha, ich habs mir durch den Kopf gehen lassen, ob das hier nicht zu unruhig ist. Es geht alles durcheinander.

Oh, sagte sie. Dann, perfekt schlau: Für dich vielleicht. Aber du könntest Ellens Zimmer haben und dort arbeiten. Sie hats dir angeboten.

Du fährst doch gern Auto, sagte ich. Wir können alles in der Klinik auch von zu Haus aus machen.

Martha blätterte im Buch, als suche sie nach einer bestimmten Stelle. Die kleinen Streitereien mit Doktor Astin kommen im Buch nicht so gut raus. Man muß die Gesichter sehen, sagte sie.

Sam, Quincys getreuer Adlatus, ist ihr Liebling. Wahrscheinlich fühlt sie sich seinem gewissenhaften Wesen am nächsten. Du brauchst auch zu Haus keine Quincys zu verpassen. Die am Tag laufen alle irgendwann abends wieder, und abends dürftest du aufbleiben, sie kommen kurz nach zehn. Was hältst du davon, wenn wir hier unsere Zelte abbrechen. Muß nicht gleich morgen sein, aber ... Ich dachte: Doch, besser gleich morgen. Besser heut als morgen.

Aber wir wollen für diese Kreuzigung proben, und Jenninger meint, ich sollte Jesus sein, nur spinnt er, er ist zwar nicht ideal für die Rolle, aber immerhin kein Mädchen.

Ich halte das Ganze sowieso für keine so gute Idee. Trotzdem könntet ihr es aufführen. Noch drei Wochen Zeit bis Ostern ... ich meine, wir bringen erst mal deine Kontrollen hinter uns und zwar von zu Haus aus. Wo es ordentlich ist, ergänzte ich. Mit Ordnung könnte ich sie am ehesten überzeugen.

Martha blickte mich mit dieser der Erschöpfung abgerungenen Geduld an, die ich von ihren Lektionen an Jenningers Adresse kenne. Diesmal war ich der hoffnungslose Fall, schwer erziehbar, unvernünftig. Mit ihrer lahm-belehrenden Gouvernantenstimme leierte sie das Pensum: Abgesehen von der Aufführung, es wird sich schlecht machen lassen, daß ich weggehe. Es wäre nicht gut für Jenninger. Er braucht mich, er muß noch eine Menge lernen, Ordnung halten, alles mögliche. Er ist so zerstreut und zerfahren, gräßlich. Er verausgabt sich mit seinen Programmen, diese Genies tüfteln so vieles aus, aber im Leben kommen sie nicht zurecht. Und denk an das Baby. Es war heut nur so verdreckt, weil ich später zurückkam, und dann war ich irgendwie zu müde und deshalb hab ich mich zu Biddi vor den Fernseher gesetzt. Ich habe auch allen versprochen, einen von den Anfällen vorzumachen, und das wird schwierig sein. Martha seufzte und blickte streng forschend mit einem Hast-dus-jetzt-kapiert-Ausdruck in mein Gesicht, das mir von der Anstrengung, ein inhaltsloses Lächeln beizubehalten, wie eine jodverbrannte Wunde wehtat.

Das mit den vorgespielten Anfällen wirst du bleibenlassen, wollte ich sagen, konnte es mir gerade noch verkneifen und schloß allgemein: Na, überleg dirs trotzdem noch mal. Ich stand auf. Vielleicht schläfst du besser, wenn ich wieder raufkomme, was meinst du?

Ich lese nur noch bis Kapitel VIER, das spielt in Danny's Place, antwortete Martha korrekt.

Ellen sah gerade einer tipptopp frisierten schönen Frau dabei zu, wie sie in extremer Wut zwischen Kleiderschrank und aufgeklapptem Koffer hin- und hersauste und zu locker gefaltete Textilien in die zwei Kofferschalenbehälter warf. Beim Auspacken wäre alles verkrumpelt.

Sie verläßt ihn, sie ist dahintergekommen, daß er sie betrügt. Ellen will mich immer ins Verständnis für Zusammenhänge und Handlungssplitter einbeziehen, obwohl ichs gar nicht erst damit versuche, weil sie doch bald wieder in einen andern Film hüpfen wird. Die Kamera nahm einen düster blickenden Mann mit kantigem Kinn und modischem Haarschnitt ins Visier. Der Mann, gegen die Zimmertür gelehnt, gab seinen Observierungsposten auf, löste seine verschränkten Arme, ging auf die Frau am Koffer zu und fing an, die Unterwäsche, Pullover und Blusen der Frau zurück in den Schrank zu tragen, und Ellen erklärte: Er tut aber nur so, als wollte er sie zurückhalten. In Wahrheit ist er erleichtert.

War ich das auch? Erleichtert? Beklemmte mich denn, *in Wahrheit*, nicht doch die Vorstellung, wieder allein mit Martha zu sein? Mit ihr und mit dem Gespenst ihrer Krankheit? Martha pur, von keinem schrecklichen Kinder-Chaos abgelenkt, in Trab gehalten von Jenningers schaudererregenden Spieleinfällen? Martha ohne Jenninger: Sie hätte keinen zum Bedauern, keinen, um den sie sich Sorgen machen konnte.

Ich schlich mich weg. Stand wieder in der Schlafkajüte. Mein verläßliches Kind, das Buch lag schon auf dem Klavierschemel, setzte die Brille wieder auf die Nase. Als wundere sie mein Erscheinen gar nicht (ich, wie der Mann in der

Filmszene, tat auch nur so als ob, gab vor, irgendwas in meiner nicht ganz ausgepackten Reisetasche zu suchen), als wäre es ganz selbstverständlich, daß ich so früh schon wieder heraufgekommen war, sagte Martha ruhig: Ich mag Quincy.

Das habe ich gemerkt. Ich find ihn auch amüsant. Immer ärgert er sich so kindlich, wenn er mal wieder eigentlich angeln wollte oder sonst was, Urlaub, und dann kommen garantiert Monahan oder Doktor Astin und brauchen ihn dringend. Ich grinste Martha an.

Ihr breites stumpfes Gesicht prüfte mich, und plötzlich offenbarte sich mir Marthas Ähnlichkeit mit meinem Vater, der es aufgegeben hatte, Gedichte zu schreiben und Deutschlehrer wurde.

Überhaupt Ärzte, sagte Martha bedächtig. Immer noch beobachtete sie mich und bekam dabei selbst etwas Ärztliches. Ein Mal-sehen-wie-diese-Infusion-wirkt-Gesicht. Sie trennte bei ihrer nächsten Dosis von Mitteilungen eine Silbe von der andern wie für einen Anfänger im Fremdsprachenkurs: Quincy mag sogar noch seine Toten, und er setzt sich für sie ein, er kämpft um sie. Aber andere Ärzte finde ich auch sehr gut.

Fast hörte ich meinen Vater. Er sprach, wie Martha eben, wenn es ernst wurde, in Kontexten, Metaphern und stumm weiter, dann allerdings über mein Kinder-Problem: Na, mein Armes, hast du dich wieder beruhigt? Das Trösten, hats funktioniert? Ist nicht dein Peiniger auch nur ein armer kleiner Wicht? Ich setzte Jenninger wie ein Puzzle-Stück ins Bild an die Stelle für Hirntumore und konnte ihn bemitleiden. Kein bißchen weniger als Martha.

Vor Tische las mans anders

28.9.98

Muß wegen eiligem Kohl-Wahlniederlage-Text für *Weltwoche* (R. heute noch Post, per Fax nach Z.) „Kunstsprache"-Geschichte (etwas stilisiert, anderer Prosaton) liegenlassen (H.-Krankheits-Sujet: M. und sie als Gastgeber von Feinsinnigem)

30.9.98

Schule in H., Abholung 9.45 h nachmittags: Espresso, zuviel, zu lang: Zeitungen, Anruf Ma je fast pünktlich. Regen. Tel. mit H.: Seit 9.15 h Ärzte. Magnet-Resonanz-Tomographie: Hämatom rechts, Absaugen Klinik am Park diesmal, eventuell T.-Wachstum??? Geschrieben. Zuviel gegessen.
(Ma und Schwestern nichts von H. gesagt).
Kein Klavier. Quincy.

1.10.98

Schwierig, nach halb 6 h noch mal zu schlafen (H.s Kopf!). Geschrieben zwischen Tür und Angel, 1000 Unterbrechungen. Interview-Frau 15 h, zu lang. H. rief an wegen *Weltwoche*, lobte Text (ich sehr aufgewühlt, bei Gesundheit wäre es normal gewesen – ihr Anruf – jetzt: aus Liebe). Kein Klavier, bei US-Thriller (umständlich, Musik zu laut) mehrmals Halbschlaf.

7.10.98

Wegen Buchmesse gestern Frankfurt (Frankfurter Hof, Ehepaar Piper und Baby Mittagessen Bar), diverse Verabredungen, aber vormittags an liegengebliebenem Manuskript (anderer Stil) weiter. R. Stadt, lang. Bei Schnellgang und Post entschieden: Manuskripte mit Hirnt.-Motiv doch sammeln für Buch zum Thema. 15.30 h: Katrin Eckert (Pendo), guter Nachmittag (Weihnachtsgeschichten-Projekt), bis ca. 18 h, Ma + Schwestern-Telephon, gut, später H. aus Klinik am Park, morgen 12 h Hämatom-Absaugen. Kein Klavier, englischer Thriller aus Vorrat Video, 1. Teil.

9.10.98

12.45 h: Praxis K., kurz von H. berichtet. Nervös wegen Z.-Besuch (Buchmesse), aber fertig mit „Kunstsprache"-Erzählung. Nachmittag: Z. ganz gut zu ertragen. Trotzdem nach ihrer Abfahrt unfähig zu allem. Bis zu H.-Telephon. (ca. 17 h): *Alles ging gut.* (!) (Klang auch so). Gerade aus Narkose wach, Hunger. Ma, G., später Mn ... Essen, Klavier, 90 Min. Neu-Dallas (funktioniert nicht mehr). Dazwischen: M. rief an, wie H.: *Alles ging gut.* (Titel geändert: statt Ogni male ... - Vor Tische las mans anders).

10./11.10.98

Sturm. Sonntag ziemlich unproduktiver Tag,
mit Haussachen abgelenkt, kein Gehen
(Sturm), R. telephoniert mit H. (schön!),
Lautsprechertaste, H. noch sehr
schwach ... (mein Bericht an Ma: positiv
gefärbt, ebenso G.+G.) Später doch noch
Sturm-Niesel-Run ... noch etwas gekürzt
(Vor Tische). Kaffee mit Sprüngli-Trüffeln
vom Bahnhof Stadelhofen (Erinnerungen!)
(Katrin Eckert). Vor Tische ...: an Schluß
kürzen, fertig, bei üblichem Nachmittags-
count-down-Gefühl: wenig Zeit, Zeit rennt
weg (komprimiert in letzter Zeit, innerlich: Schnell, schneller, ich kann nicht
mehr warten usw.) Abends John Cheever, anderer Band, auch einige Erzählungen bekannt, noch mal gelesen. (Von Reisen ca.
4-5 Bücher je bis über Mitte gelesen, brauche sie nicht mehr mitzunehmen). (Carver
schrieb nicht wie Carver! Epigonen imitie-
ren Lektor, der C.s Prosa kürzte = C.-Ruhm,
Verehrung der Lakonie/Knappheit geht auf
Lektor zurück = müßte die Originale geben).

VOR TISCHE LAS MANS ANDERS

Am Morgen danach, einem Sonntag, hatten die beiden Zeit für ein gemeinsames Frühstück. Ich merkte, daß sie kaum was aßen. Wir redeten nicht über gestern. Aber als Emma nach ihrem Stock hangelte, umständlich aufstand und uns, während sie aus dem hinter Jalousien dämmrigen Zimmer humpelte, mit der Bemerkung überraschte, sie sei wütend auf sich, sie hätte besser aufpassen sollen, und dann weg war, sagte Anzio leise zu mir: hinterher ist man immer schlauer. Ich fragte ihn: Wie geht dieses Sprichwort oder was es ist, es liegt mir auf der Zunge, kommt mir trotzdem nicht ganz richtig vor: Nach Tische liest mans anders. Anzio schüttelte den Kopf, was ich als Abwehr der Zeitverschwendung an Zitate deutete, und ergänzte seine Diagnose des Vorfalls von gestern, Lernen aus Erfahrung, mit dem Beschluß, vorerst keinen mehr einzuladen. Bis es Emma besser ginge, keinen. Er sah in diesem Moment wie der Hauptgeschädigte aus, sein eigener Vertreter der Anklage in der Strafsache: Anzio mutet Emma einen Gast zu, seine Überredungskunst bricht den Widerstand Emmas, die sich immer noch vor Hauptrollen fürchtet, immer noch weit entfernt von ihrem Talent, weit entfernt von den meisten Verpflichtungen, um die sie früher kein Aufhebens gemacht hat, ja nicht einmal in den besseren, hoffnungerweckenden Sequenzen ihrer Krankheit, die einem Wellengang gleicht mit ihrem Hoch und Nieder bei unregelmäßigem Wetter. Als sie Anzio zuliebe Gastgeberin war, zwar krank, aber in einer Zuversichtsphase, machte sie das in ihren eigenen Augen mehr schlecht als recht, in den Augen ihrer Gäste war sie jedoch eine gute Gastgeberin. Emma ist wirklich kein Mensch, der sich vor heiklen Aufgaben drückt, das war sie nie, auch nie als Kind, anders als ich, ihre in der Kindheit zumal überhaupt nicht pflicht- und verantwortungsbewußte kleinere Schwester.

Wenn ich die Erinnerung an gestern abend wiederhole, Anzios Bedrücktheit im Blickfeld, kommt er mir, Anzio, wirklich beschädigt vor, fast wirklich mehr als Emma, obwohl es sich um ihr Malheur gehandelt hat, sie die Hauptperson war. Und ich sie genau genug kenne, um mich in ihre Verfassung einzufühlen: Der Vorfall war ihr peinlich, wird es lang bleiben, sie geniert sich nachträglich doppelt, und ihr geringes Vertrauen ist auf längere Sicht dahingeschwunden. Dieser Pavel, er war vielleicht nicht der ideale Gast fürs erste Mal, sagte ich zu Anzio, der nicht antwortete, weil Emma zurückkehrte, eine Konservenbüchse mit zurückgerolltem Deckel auf den Tisch stellte, unter Öl glänzten eng nebeneinander aufgebahrte Sardinen silbrig-grau. Vielleicht habt ihr auf die Lust, sagte Emma nicht lusterweckend tonlos, sie sind irgendwie speziell gewürzt. Wir bedankten uns, ich zu überschwenglich (Emma zuliebe), und natürlich hatte keiner Lust auf die Sardinen; ich wunderte mich über Anzio, dessen Fürsorglichkeitsdefizite und Begriffsstutzigkeiten, wenn es um Emma geht, oft irritieren, und griff zu. Was mir früher als Toleranz und erwachsenes eheliches Verhalten imponierte, finde ich seit Emmas Kranksein nachlässig, unaufmerksam (und seine Patienten schmachten ausgerechnet die sensiblen Nachvollzugstugenden, das Seraphische, Divinatorische an, über das er verfügt, offenbar nur in ihren Therapiestunden, folglich genau die Qualität der Zuwendung, die ich bei ihm Emma gegenüber vermisse). Also stocherte Anzio mit der Gabel in den hübschen schmalen Fischleichnamen, wobei er einige, weil sie so dicht aneinander gebettet waren, ramponierte, und daß ihm ein paar Trümmer aufs Tischtuch glitten, machte nichts, alles geschah, wie vorher mein gespielter Überschwang, Emma zuliebe. Ich bin sicher, das hat sie ein wenig mit alldem für sie Erniedrigenden ausgesöhnt, aber erkennen ließ sie es nicht. Doch so war sie immer (oder seit langem), Stimmungswandel zeigt sie kaum je, alles bleibt halblau, in Moll. Manchmal macht mich das aufsässig (und sie ist und bleibt doch mein Oberliebling!): Warum nur kann sie sich nicht wenigstens ein bißchen verstellen? Schon als Kind hat sie es nie versucht, nie auch nur gemogelt, und es deshalb außerhalb der Familie, schon in der Schule bei Lehrern und dem Schließen von Freundschaften schwer gehabt, ich nie. Emma ist exzessiv kritisch. Kritisch bin ich auch, und wie! Nebenher aber mindestens so diplomatisch (für eine Emma überlegene Charaktereigenschaft halte ich das selbstverständlich nicht). Unkämpferische Emma, als schweigsame, nur innerlich rebellische Ehrliche ein Fremdling zwischen Rollenspielern, Anpassungsartisten.

Es müßte Anzio schwerfallen, in seinem alten Freund Pavel den fürs erste Mal unpassenden Gast zu erkennen, aber dazu würde er sich durchringen müssen. Von ein paar früheren Besuchen bei den beiden kenne ich Pavel, nicht gut genug für ein Urteil, ich stufte ihn als Schöngeist ein und fand ihn eitel, mit noch nicht fünfzig zu jung für Hagestolz-Allüren; seine Höflichkeit, fast altmodisch, gefiel mir gut, sein wie für immer ins Gesicht graviertes Lächeln konnte ich nicht deuten. Schöngeist und daß er affig ist und das Lächeln nichts Besonderes ausdrückt, hat sich gestern abend bestätigt. Pavel macht Filme über Dichter und entlegene Themen, Mythen, Archaisches, zuletzt ging es um Steinmalereien in Mali; er schreibt schwer verkäufliche Lyrik (nur in großen Zeitabständen) und Buchkritiken für geisteswissenschaftliche Zeitschriften (sicher habe ich nicht alles aufgezählt, was ich aber genau weiß, das ist, mit wie großer Sorgfalt er den Müßiggang pflegt, jedoch kultiviert als Leser, als einer, der sich umschaut, gut lebt ohne Geldsorgen von zwei Erbschaften – und daß Anzio, der sehr viel arbeitet, ihn nicht beneidet, denn Anzio ist ein Workaholic). Schöngeist Pavel: Den haben Anzio und ich gestern abend in seiner Bestform erlebt, eine wahre Paraderolle, in der Emma ihn zum Glück verpaßt hat. Doch gedemütigt durch das Debakel fühlt sie sich so oder so, es hat ihre traurige Privatangelegenheit exhibitioniert. Als Schmach sieht sie ihr Mißgeschick, man kann nichts dagegen tun, und vielleicht ginge es mir wie ihr, ja vielleicht noch intensiver als ihr, weil ich von uns beiden die Eitlere bin (aber anders eitel als Pavel). Nochmals: Nur Anzio und ich erlebten den Vorfall zusammen mit dem hierbei nicht erwünschten Zeugen (ich kann mir keinen erwünschten vorstellen, aber geeignetere gäbe es wohl), und deshalb leidet Anzio noch mehr als Emma darunter (stelle ich mir vor), oder auf eine andere Weise (und mit dem Schuldbewußtsein des Überredungskünstlers). Von mir will ich diesmal nicht reden. Und von vorne anfangen.

Zwar beteuerte, als meine Schwester Emma erkennbar lustlos ihre Zustimmung doch gegeben hatte und Pavel zum Abendessen eingeladen wurde, mein Schwager Anzio noch mehrmals, vor einem Gast wie Pavel brauche sie sich nicht zu genieren, schon gar nicht zu ängstigen, sie solle nur an die siebzehn Jahre denken, in denen Pavel regelmäßig seinen Psychoanalytiker *sieht* (er sagte nicht *aufsucht* oder *konsultiert*), eine Fortsetzungsgeschichte, die er nicht zu beenden vorhat. Trotzdem, und ganz bestimmt synchron mit Emma, behielt ich mein schlechtes Vorgefühl. Obwohl Emma jetzt seit ein paar Tagen nicht mehr hingefallen war: Die düstere Mulmigkeit immer von neuem zu speisen, vom Vorabend mit Anzios rhetorischem Aufwand bis zum Eintreffen des als loyal und nervenschonend und langjähriger Freund apostrophierten Gasts, dazu bedurfte es ja nur der Widerspiegelung von Besorgnis und Nervosität auf Emmas Gesicht, das mir grau und wie durch ihre Krankheit verkleinert vorkam. Ich fand, Emmas Scheu vor ihrem ersten Auftritt als Gastgeber nach langem Leidensdispens hätte Anzio von selbst drauf bringen müssen, sich mit seinem alten Freund in einem Restaurant zu verabreden. Emmas antizipierte Ängste machten sich ohne mein absichtliches Zutun zu meinen eigenen, ich war beängstigt von ihren unsicheren Bewegungen im Haus, dem Sichabstützen, Haltsuchen, ihren Schwierigkeiten bei Kehrtwendungen und dem Tragen von mehr als einem Teller und daß sie sich ohne Stock gefährdet fühlt; sie hält dann die Arme angewinkelt, schaufelt sich vorwärts, ihr Gehen erinnert an Rudern. Vom vielen Hinfallen ist Emma geflickt, gepflastert, verbeult.

Pavel nimmts mit dem Essen nicht so genau, ihn interessiert weniger was auf dem Teller liegt als unser Zusammensein und worüber wir reden, hatte Anzio suggeriert. Und wenn die Lasagne das einfachste ist und du (er meinte mich) einen Salat dazu beisteuerst und wir dann noch ein Dessert aus der Packung haben, wäre wohl am leichtesten mit Eis, dann ist das vollkommen in Ordnung, und wenns hundertmal bei seinem letzten Besuch auch Lasagne war, er wirds nicht gemerkt haben oder vergessen. Um den Wein kümmere sowieso ich mich. Beim Gutzureden verfügte Anzio über eine oktavenreiche Tastatur voller Argumente, leicht spielbar, nur weiße Tasten, keine schwarzen, kleine Vorzeichen, die das Textgefüge komplizierten oder womöglich in eine Moll-Tonart transponierten. Die lange Freundschaft mit Pavel wirkte anscheinend am überzeugendsten auf Emma. Und dann ist ja auch noch sie da: Anzio wies mit einer Kopfdrehung auf mich, lächelte, suchte meinen Beitrag zur Beeinflussung, und ich fand mich feige und verräterhaft, weil ich sein etwas gekünstelt optimistisches Lächeln erwiderte, auch mehr krampfhaft, wenig zuversichtlich. Mein Verhalten, das mir Emma gegenüber untreu schien, erinnerte mich an einen kleinen Dialog zwischen Anzio und mir, an dessen Ende ich meinen Widerstand aufgegeben hatte und der ungefähr so ablief: Ich: Ist es nicht doch zu viel für sie? Es ist noch zu früh, oder? Anzio: Ich fürchte eher, es wird bald zu spät sein, sie verkapselt sich zunehmend. Nicht mehr lang und man kann sie nicht mehr aufschließen und alles von draußen bleibt dann für immer abgesperrt. Ich: Aber wenn sie sich der Sache doch nicht gewachsen fühlt? Und reicht es nicht, daß sie einfach keine Lust hat? (Ich hätte aus meinem Katalog der Ablehnungsgründe auch nennen sollen: Sie gefällt sich nicht, sie ist noch nicht mit sich identisch, sie findet sich nicht schön. Es reut mich, daß ich das unterließ, zu früh aufhörte.) Anzio, der übrigens, und das muß endlich dringend gesagt werden, meine Schwester mehr als alles andere in der Welt liebt, sprach von da an als Experte: vom überfälligen therapeutischen Beginn der Rückkehr Emmas in die Welt des Alltags und von dessen Wert für ihre mittlerweile auch bedrohte seelische Gesundheit. Dagegen wären meine Amateur-Einwände verblaßt. Ich gab auf, aber nicht, um seiner aus Erfahrung gewonnenen Ansicht zu schmeicheln (obwohl leider mein Wunsch, anderen Menschen zu gefallen, mitgewirkt hat), vielmehr glaubte ich plötzlich selber an den Nutzwert des Abenteuers für meine arme Schwester. Anscheinend mußte sie diese Schwelle ihrer Ängste, auch der Eitelkeit (berechtigt, nachvollziehbar!) und Verlegenheit, ihres Stolzes und was nicht alles nun endlich überschreiten. Und das vollzöge sich außerdem bei einem unbedenklichen Gast, einem langjährigen Freund; Anzio offerierte ihr eine relativ leicht zu bewältigende Premiere, die Wiedereröffnung ihrer Kontakte mit der Welt draußen, die sonst nur aus Arztpraxen, Spitälern und Physiotherapiestudios mit den dazugehörigen Taxifahrten bestand.

Trotzdem, meine trüben Vorahnungen gewannen bald wieder die Oberhand. In Küchen und auch sonst in einem Haushalt (schon in meinem eigenen bin ich keine Heldin) war ich nie eine brauchbare Hilfe. Gut, zu Anweisungen kann ich mich rein reaktiv verhalten, vorausgesetzt, es handelt sich um solche, für die weder Selbständigkeit noch Verantwortung gebraucht werden. Allein der von Anzio an mich delegierte Salat irritierte mich. Ich hätte ihn einfach vergessen haben können und plante das auch halbwegs, als ich in der Küche wie die nutzlose kleine Schwester in der Kindheit nur mehr oder weniger in Emmas Nähe herumstand (immerhin hatte ich den Eßtisch gedeckt) und sie mich sogar wegschickte *(Es gibt wirklich jetzt nichts zu helfen)*, aber ich blieb bei ihr, die sich Anzios Wunsch bestimmt eingeprägt hatte, und deshalb, nur für Emma, fragte ich so gleichmütig interesselos und als müßte ich eigentlich gähnen: War da nicht noch was mit Salat? Als Emma *Ach ja, natürlich, der Salat seufzte*, verkniff ich mir den Kommentar nicht: Aber warum überhaupt? Ein komplettes Essen, und euer Freund kriegt ja doch nicht mit, was auf dem Teller liegt. Also wozu? Lassen wirs einfach. Eine Lasagne ist verdammt rich, man kriegt außer ihr eigentlich nichts mehr rein. Emma belehrte mich: unsere Tiefkühllasagne ist mehr eine Abart, leichter als das Original, du wirst sehen, und überhaupt ziemlich anders. Außenrum paniert, sieht wie ein Kuchen aus, und innen wird sie meistens nicht richtig fest, der Käse bleibt flüssig und sieht grünlich aus, eigentlich mag Anzio überhaupt keine Lasagne mehr, weil wir sie jetzt dauernd haben, er ist rührend, findest du nicht? Ich fragte, was daran rührend sei und lernte von meiner gewissenhaften Schwester, die, unschuldig an ihrem Handicap sich doch schuldig fühlt, weil Lasagne das Gericht sei, das ihr in ihrer gräßlichen wackligen Unzulänglichkeit am leichtesten falle, habe er, damit es für sie nicht zu strapaziös würde, für diese Mahlzeit plädiert. Und wieder nur für Emma (denken darüber tat ich anders) stimmte ich zu: Ja, lieb von ihm. Trotzdem könnten wir den Salat lassen. Männer machen sich sowieso meistens nichts draus. Salat ist was für Frauen. Na ja, sagte Emma auf ihre still fatalistische Art (auf jeden Beobachter hätte von uns beiden übrigens nicht sie, sondern ich den aufgeregteren Eindruck gemacht), Anzio hat es immer gern einigermaßen abgerundet. Comme il faut. Du brauchst dich um den Salat nicht zu kümmern, ich habe fertiggeschnipselten in der Tüte.

Natürlich kümmere ich mich drum. Sag mir nur, wo er ist.

Er liegt vor dir. Emma lehnte ihren Stock gegen die Arbeitsplatte, beugte sich, mit abgestütztem linkem Ellenbogen, nahm rechtshändig die Schere und schnitt die Tüte auf – und dann plötzlich wurde ausgerechnet der von mir gefürchtete

Salat zum Glücksfall. Denn als Emma den Tüteninhalt ins voll mit Wasser gefüllte Spülbecken kippte und wir gleichzeitig realisierten, daß die auf der Oberfläche sofort überallhin sich ausbreitenden schwimmenden gemischten Salatbestandteile viel zu kurz und zu schmal geschnipselt waren und damit für einen Waschvorgang wie diesen absolut ungeeignet, und es einer Sisyphosgeduld bedürfte, sie alle wieder aus dem Wasser zu fischen, da bekamen wir, wie ganz früher in glücklichen Zeiten, dann später auch im Unglück (einmal auf einer Bank im Schwarzwald mitten in Sorgen um unseren Vater, der bald sterben würde), einfach aus Schwäche, einen unserer haltlosen Lachanfälle. Seit ich die zwei besucht hatte, und an Pavels Abend war ich schon den dritten Tag hier, hatten wir nur manchmal, um uns aus der Deprimiertheit zu retten, ein bißchen über dieses und jenes gelacht, mit Absicht, wir hätten es auch lassen können, wollten nur etwas Komik in den Ernst mischen. Doch das jetzt angesichts der Salatraspelschwimmer im Spülbecken, kam unbezweckt, und damit wurde dieser Lachanfall erst wahrhaftig und wie ein Gruß aus der Vergangenheit.

Bei meiner Nacherzählung zu Haus hielt ich es plötzlich für besser, mit dem Lachanfall aufzuhören. Selbstverständlich ist der mir das Liebste, das einzig wirklich Schöne beim Rückblick auf meinen Besuch und speziell auf den Abend mit Emmas zweitem Debüt in ihrer Karriere als Gastgeberin. Emma, angelehnt und mit beiden Händen festgekrallt am Arbeitstisch, ihr reduziertes Gesicht in die weichen Konturen aus der Kinderzeit zurückverwandelt, fast verzweifelnd vor Hilflosigkeit gegenüber dem Lachanfall (ihrer dauerte ganz schön viel länger als meiner, aber den simuliere ich gut): Das Küchenbild mit uns beiden darin und dem farbigen Gewimmel im Spülbeckenwasser scheint in meiner Erinnerung auf wie eine Sternschnuppe, wenn man sich (wie in der Kindheit) eilt, auf den wichtigsten Wunsch zu kommen und ihn an diesen schnellen Flug und Absturz des winzigen Lichts zu heften; das Bild glitzert wie ein Juwel, das teuerste aus dem teuersten Geschäft, eine Leihgabe, man hinterläßt ein Pfand und seine Personalien, seinen Ausweis, sämtliche Karten ... kurz, ich wollte den Rest des Abends auf einmal verschweigen. Aber gerade den hatte ich, als ich mit dem Erzählen anfing, zur pointenartigen Klimax gemacht, ich hatte ihn an den Beginn gestellt und so hoch hinauf stilisiert, daß er selbstverständlich nicht nur Ralph, sondern jedem Zuhörer als meine Motivation erscheinen mußte. Der übrige Aufenthalt bei Emma und Anzio kam in meinem Reisebericht nur in Splittern und Kommentaren vor.

Was war denn dann so furchtbar? Was ist später passiert?

Gut, also irgendwann waren Emma und ich doch mit dem Lachanfall fertig, und Emma schickte mich, nachdem wir mit einem Sieblöffel das meiste vom Salat abgeschöpft und gerettet hatten, zu den Männern ins Wohnzimmer, nachschauen, ob Anzio dran dachte, Pavel beim Apéro mit Nachschub zu versorgen, und Emma sagte, die zwei hätten sicher meine Gesellschaft gern. Aber du brauchst mich doch noch hier und beim Essenanrichten später, habe ich gesagt. Nicht nötig oder erst in zwanzig Minuten ungefähr. Zwischendurch würde ich zu ihr in die Küche kommen, aus dem Wohnzimmer erzählen, versprach ich, und daß ich lieber bei ihr bliebe. Was ich ihr sagte, war nicht oder nicht ganz erschwindelt. Immerzu meiner Schwester bei ihrer beeinträchtigten Bewegung und dem langsamen Fortkommen in der Küche zusehen kostet mich doch eine Menge Verdrängungsartistik, ich meine, es macht mir Kummer und den will ich ihr unter keinen Umständen zeigen.

Im Wohnzimmer platzte ich mitten hinein ins Theoretisieren über das Unglück, aber beide Männer hießen mich willkommen, ich setzte mich zu ihnen, konnte mich nicht konzentrieren, und wollte es nicht mehr, als Pavel seinen Freund Anzio von der Unentbehrlichkeit des Unglücks überzeugte (ja, es gelang ihm wirklich, Anzio vergaß überm Diskutieren sich und Emma und ihr gemeinsames Unglück). Ich aber mußte daran denken, wie ungeeignet für diese Aufgabe und deshalb nervös ein paar Meter entfernt Emma arbeitete, bloß weil Anzio sie überredet hatte, es um ihrer selbst willen als Gastgeberin zu versuchen, und doppelt so laut wie die halblauten Männer sagte ich: Unglückliche können aufs Unglück bestens verzichten, und winkte ab, als Pavel eher erfreut als gekränkt (erfreut über die Gelegenheit zu einer Belehrung) über die Erfahrung des Glücks redete, wenn auch des verlorenen oder augenblicklich abwesenden, die ohne die Erfahrung des Unglücks nicht zu gewinnen sei, und verließ das Zimmer. Unterwegs zur Küche humpelte Emma mir entgegen. Bevor wir dann essen können, gehe ich noch mal rauf ins Bad, sagte sie. Worüber reden sie? Alles in Ordnung bei den Männern? Zuletzt über Thukydides, sagte ich. Was? fragte Emma ungläubig und ich erkannte schon wieder das liebe Kindergesicht wie vorhin beim Lachanfall, aber diesmal stand keiner bevor. Vorher über Heimat und daß das ist, wo man gern zur Schule ging, mogelte ich in der Erinnerung an eine Fernsehdiskussionsrunde weiter. Und zum Glück kam ich nicht dazu (Emma hielt sich am Pfosten des Treppengeländers fest, sie sah belustigt aus), sofern man gern in die Schule ging, zu schmettern, denn euer Pavel meinte die alten Griechen und daß die das Alphabet erfunden haben oder so ungefähr.

Und wo bleibt die Katastrophe? War es wenigstens für Anzio eine Katharsis? Ralph findet, seit Emma krank wurde, daß Anzio sich falsch verhält. Aber nicht, weil er das genauso wie ich für eine Zumutung hält, Emma gegen ihren Instinkt in die Gastgeberrolle zu zwingen, hatte ich meine Schilderung von Anfang an parteiisch angelegt. Ich bin, Emmas Bitte folgend, wieder zu den Männern ins Wohnzimmer gegangen, nicht mit Emma ins Bad im ersten Stock, was aus dem Rückblick betrachtet das einzig Vernünftige gewesen wäre. Vielleicht waren die zwei mittlerweile bei einem anderen Thema und Pavel hat nur, weil ich wieder am Kopfende des niedrigen Wohnzimmertischs im kleinen Rokokosessel saß, seine Glücks- und Unglückstheorie aufgegriffen. Im Prinzip hat er recht, habe ich gedacht, übrigens immer so gedacht: Wir wüßten ohne das Unglück nichts vom Glück, das sich uns erst bei seinem Verlust zu erkennen gibt, so daß wir ihm nachtrauern: Ach, wir haben es nie bemerkt, aber genau das war es, ganz und gar unauffällig, vollkommen selbstverständlich, nichts großartig Strahlendes, das war das Glück. Und eigentlich hätte ich gern mit den beiden darüber geredet und über Emmas, ehe es abhanden kam, unscheinbares Glück, aber weil ich mich fragen mußte, wie Emma im Bad da oben allein zurechtkäme und mir auch Anzio abgelenkt vorkam, reizte mich Pavels Seelenruhe, und überhaupt: die gesamte unstimmige, ungleichgewichtige Lage, eine glücksferne und ungerechtigkeitsschwangere Lage, wirklich. Bei Schopenhauer ist das Glück nie positiv, es ist immer negativ, sagte Pavel, und ausgerechnet als Anzio endlich mutig und auf Emma bezogen etwas zerstreut zu erklären begann, er käme in seinen jetzigen Lebensbedingungen sehr gut ohne das Unglück aus und brauche keinen Kontrast zum Glück, an das er sich überhaupt nicht als an etwas bloß Negatives erinnern könne, im Gegenteil, von damals her betrachtet, als das Glück ihm noch nicht aufgefallen war (die gesunde Emma), ihr gemeinsames Leben vor der grundsätzlichen Veränderung durch die Krankheit – und wieder beharrte Pavel: Also bedürfen wir sehr wohl des Unglücks, auch du, mein Lieber), ausgerechnet da hörten wir von oben ein lautes Geräusch, den Aufprall, einen schweren Schlag. Das kam aus dem Badezimmer, habe ich gerufen, Anzio stürmte noch vor mir die Treppe hinauf, ich war ihm auf den Fersen, und wir fanden Emma auf dem Terrazzoboden, kein Blutvergießen. Sie strengte sich schon damit an, wieder auf die Beine zu kommen, obwohl sie wußte, daß sie das ohne Hilfe nicht konnte, und während Anzio und ich ihr beistanden (ich übrigens ungeschickter als er, der manuell früher immer Untaugliche, eine wahre Niete in allen praktischen Dingen, doch hierin hatte er mittlerweile traurige Übung), sagte Emma bloß, jetzt wieder mit ihrer leisen Krankenstimme: Ich hab euch den Abend versaut. Ein paar Minuten später, wir waren allein, sie und ich, hatten Anzio und Pavel, der sich diskret auf Distanz hielt, nicht eintrat, hinuntergeschickt, vertraute sie mir an (ich erkannte im Krankheitsgesicht wieder den kindlichen Ausdruck): um nicht so grau auszusehen, hätte sie sich ein bißchen Farbe auflegen wollen. Und vor allem, weißt du, sagte sie in unserem Küchengespräch-Intim-Ton, mußte ich versuchen, die Haare besser über die kahle Stelle zu ziehen. Sogar lachen konnte sie, armes Schwesterchen!

Aber ich war furchtbar abgelenkt, schockiert von dem, was ich beobachtet hatte, und ich weiß nicht, ob ich das nicht als Pointe und als das Allerschlimmste bis zum Schluß reserviere.

Sags jetzt, drängte Ralph wie in Sorge, ich könne es vergessen.

Das Schlimmste war nicht, daß Pavel, wie er da so taktvoll auf der Schwelle stehenblieb, zitierte: Ogni male vuol giunta. Ein toskanisches Sprichwort. Jedes Unglück will Zugabe. Das Schlimmste bleibt für mich, und das werde ich nie vergessen, wobei ich ihn ertappt habe. Als ich vorher neben Anzio und Emma aufgestanden war, sah ich Pavels Abbild im langen Spiegel, worin er den Hintergrund der Szene bildete, und in diesem Spiegel waren seine Augen nicht auf Emma und Anzio gerichtet, nein, mit seinem eigenen Anblick war er konzentriert beschäftigt, er strich rechts vom Scheitel über seine intakte Frisur und änderte nichts, indem er doch alles änderte: den ganzen restlichen Abend.

Was? Das verstehst du nicht? hatte ich gedacht, weil Ralph *Wieso* und *Inwiefern denn* gefragt und wohl mit einer veränderten Handlung, nicht aber mit der ja schon lang in mir vorangekündigten Grundstimmung gerechnet hatte.

Immer wieder (und später haben wir wahrhaftig Emmas Lasagne gegessen, aus deren braunpanierter und in sich zusammengesunkener Kastenform die grüne Käsecremefüllung quoll und mich an Nasenschleim erinnerte, Emma saß mit am Tisch), immer wieder sah ich den affektierten Schöngeist vor mir, wie er über die Unfallstätte auf dem Terrazzo, Emmas großgewachsener dünner Körper am Boden und Anzio gebückt, ich halb gebückt bei ihr, hinweg in den langen Spiegel sah und sein Aussehen prüfte, so gewissenhaft wie mit sich allein vor einem Aufbruch zu einer Party, und rechts vom Scheitel über seine einwandfrei befestigte Frisur strich, übrigens auch Mundbewegungen einstudierte, alles prüfend, alles absolut auf sich und nichts sonst konzentriert. Als sein Blick meinen im Spiegel traf, kurz nur, wirkte er nicht verlegen (Anzio war damit beschäftigt, Emma vom Boden aufzuhelfen), und der literarisch gebildete Kollege, selbstverständlich mit ernstem Ausdruck, sagte: Das Unglück, frei nach Beckett, hat immer auch etwas Komisches.

Wir müßten ihn aus dem Haus werfen, dachte ich, sobald wir Emma unten in Sicherheit auf ihren eigens für sie an den Tisch geschobenen Sessel gebracht haben, schmeißen wir ihn raus, wer von uns dreien kann sich diese in der Ruhe des theoretischen Nachdenkens und mitten im Wohlergehen aufgespürten Feinsinnigkeiten noch länger anhören – aber natürlich geschah nichts dergleichen. Übrigens wäre irgendwelcher Eklat zuallerletzt Emma rechtgewesen. Ogni male vuol giunta ... oh nein, Emmas Unglück wollte keine Zugabe. Natürlich gewann sie ihrem Unglück nicht die Beckettsche Komik ab (Pavel, der wieder nicht bemerkte, was er aß, ob die Lasagne und unser Lachanfallschnipselsalat ihm schmeckte, hatte sein Zitat wiederholt). Später am Abend sei es dann doch ganz anregend geworden, fand Anzio beim Aufräumen in der Küche. Vielleicht eine Schutzbehauptung. Und meine Schwester? Sie hat sich entschuldigt: Tut mit leid. Ich habe euch das Diskutieren und alles verhunzt. Aber nein! Der höfliche Gast protestierte: Das war Praxis, die passende Ergänzung zu unseren Theorien. Und als Praxis haben sich meine Theorien über Glück und Unglück nur bestätigt. So etwas befriedigt. Er wiederholte die Handbewegung rechts vom Scheitel.

Emma war nicht mit in die Diele gekommen, als er beim Abschied sagte: Es ist schlimm, das mit ihr, Anzio. Als höflicher und gewandter Mann wandte er sich mit einem lächelnden Ausdruck der Empathie anschließend an mich: Bestimmt nicht einfach auch für Sie, ich weiß von meinen beiden besten ältesten Freunden, wie nah Sie zwei Schwestern sich stehen.

Seinen Schal schlang er, versiert darin und gewiß oft vor langen Spiegeln geprobt, über den hochgeschlagenen Mantelkragen, und sein Lächeln mutierte in die ermutigende Variante, sein Sprechton wurde wieder der des Theoretikers: Anzio, du als Čechov-Verehrer solltest aber auch bedenken, nur als Trost und zur Erinnerung, wenn Emma wieder schlechter dran sein sollte: »Alles, was ernst ist, ist schön.«

Es war beinah Mitternacht geworden, und wir haben einsilbig aufgeräumt, ich hätte gern und wie auch nach viel harmloseren Geselligkeiten, wenn gar nichts passiert ist, über den Gast gelästert – aber noch viel mehr war mir wie Anzio und Emma nach Schweigen zumute. Und daß wir am Morgen danach, einem Sonntag, wieder alle vermieden haben, über den Abend zu reden, habe ich bereits erzählt, ich fing damit an, soviel ich mich erinnere. Erst als Emma vom Frühstückstisch, wo keiner mit Appetit zugegriffen hatte, nach ihrem Stock hangelte und beim Weghinken uns mit Anklagen gegen sich selber überraschte und Anzio und ich dann allein waren, hat Anzio sich nicht mehr verstellt und seine bedrückte Bemerkung gemacht, die einem Schuldeingeständnis gleichkam: Hinterher ist man immer schlauer. Mir fiel dann das Zitat nicht ein, erinnerst du dich, ich hielt es für ein Sprichwort, oder stammte es nicht vielmehr von Goethe? Egal. Wir hatten uns dann getrennt, Anzio wollte arbeiten und irgendwann gegen drei vielleicht essen, ich stand Emma ein bißchen und recht und schlecht im Haushalt bei, sorgte später dafür, daß sie sich ausruhte und machte den Nebelpfadrundweg, auf dem man von ihrem Haus aus nach ein paar Schritten über die Straße ankommt, gleich zweimal, und plötzlich, nach dem späten Imbiß (Reste von gestern abend), rückten irgendwelche Transmitter plötzlich und von mir überhaupt nicht beauftragt das richtige Zitat heraus. Über »nach Tisch« hatte ich vergeblich gegrübelt. »Vor Tische las mans anders« lautete es, das wars, was mir einfiel und auf gestern abend gepaßt hätte, auf Anzios Optimismus, Emmas Bedenken, dann den Sturz und die Bildungserlesenheiten des Schöngeists Pavels, aber ehe ich es sagen konnte, fiel mir zum Glück auch ein, daß es nach gestern aus und vorbei war mit dem Zitieren.

Herbei nun, ihr Gläubigen

17.5.99

Zu sonnig. Ma sehr spät, aber Warten macht
mich nicht mehr so nervös, seit sie bei den
Schwestern ist. Dann: Ma + Schwestern ok.
R. zweimal Stadt. Schreiben (Weihnachts-
geschichten), später mit R. Lörrach und
Neuenburg vorbereitet, Rechnungen etc.
(Bücher?) Gedicht für Grundgesetz-Buch
Bonn, wählte Art. 4. H.: wieder EPI, aber:
kann da nicht bleiben (Chef: will dafür
sorgen, daß doch...??) Sei Fall für
Pflegeheim. (Ich am Telephon aggressiv,
H. muß wenigstens bei ihren Sachen bleiben = zu Hause, wenn schon keine Therapie
mehr. M. erklärt vorsichtig, daß es zu
Hause unmöglich ist. Ich: Pflegeperson?
Wasweißich wieviel Franken... wegen
altem Haus, schön, aber unpraktisch: geht
nichts, Rollator/Rollstuhl zu breit usw.
Später Mn: „H. muß so oder so ins Pflegeheim, weil sehr bald alles schlechter..."
usw., realistisch-drastisch. Relativ spät
am Tag: kurzer Text, Herbei nun, ihr Gläubigen.

HERBEI NUN, IHR GLÄUBIGEN

... und sollte das Erwartete, das sehnlichst Erhoffte und minutenlang sogar fast ohne Mühe Geglaubte, sollte es nicht eintreffen ... selbst dann – auch wenn wir Gott nicht erblicken, wenn nicht unsere irdischen Wünsche umgetauscht werden in den himmlischen Trost und die heiligen Gaben, selbst wenn das darauf hinauslaufen sollte: enttäuschte Hoffnung, vergebliche Gebete, und wenn das Nichtzweifeln an dem, das man nicht sieht, sich in Luft auflöste und die Atheisten recht gehabt hätten ...

(Der Pfarrer fällt aus der Rolle, weiß er nicht weiter? Er ist aufgeregt. Die zwei Frauen vom Gemeinderat, die man rief, um ihn zu überwachen, flüstern miteinander. Die weniger Ablehnende versucht zu beschwichtigen: Er ist noch jung. Die Strengere läßt das nicht gelten: Trotzdem, so dürfte er nicht reden. Nicht von der Kanzel. Beide wissen, privat hat er großen Kummer. Seine Schwester stirbt.) Unvermittelt fängt der Pfarrer an zu singen, bricht ab, kennt den Text nicht. Ein paar Alte aus den vorderen Reihen hat er vorübergehend geweckt. Er breitet die Arme aus, als wolle er die kleine Gemeinde segnen, mitten im Gottesdienst, er merkt, daß er zu früh dran ist. In einer Art Sprechgesang (die Frauen vom Gemeinderat erkennen die Melodie von »In allen meinen Taten«) wird er theatralisch: »Hast du es denn beschlossen / So will ich unverdrossen / An mein Verhängnis gehn ...«

(Es muß »er« heißen, es muß »hat er es denn beschlossen« heißen, raunt die Strenge, die Wohlgesonnere findet, daß es mit der direkten Anrede auch geht, vielleicht sogar besser ist.)

… also auch wenn nichts draus würde: Herrlichkeit in Ewigkeit – der Pfarrer hat die Stimme gesenkt, doch gewiß, er wird sich wieder steigern: Und selbst wenn wir sie nicht erblicken würden, die himmlischen Vorhöfe in der zukünftigen, der bleibenden Stadt, was jammerschade wäre, jedoch selbst dann ist der Tod besser als das alles hier. Am Pfarrer, der mit schwingenden Armen einem großen schwarzen Vogel gleicht, aber flugunfähig, wedeln die Talarärmel, schwappen nach links und rechts, und die aufpassenden Frauen wissen nicht, was sie davon halten sollen.

(Er geht zu weit, das mit dem Tod ohne … Sie-wissen-schon … es ist unerhört. Es ist bizarr, aber trotz allem, für fromm halte ich ihn, er ist es mehr als alle andern. Kann sein, nur: Gottesdienste sind anders, wir müssen das melden.)

Saumäßig, wenn wir Jammertal und Finsternis für nichts durchwandert hätten und Karl Barths Vorhang nach unserem Tod nicht aufginge. Und dennoch wollen wir mit Paulus, auch ohne sein Motiv, erklären: »Am besten wäre es, abzuschneiden.«

(Zitiert er richtig, fragen sich die zwei Aufsichtsfrauen, und in der Gemeinde entsteht Unruhe, sogar die fast Tauben können plötzlich hören. Auf einigen Gesichtern erkennt man einen beleidigten Ausdruck, als handle es sich um einen Vertrauensbruch, weiß denn dieser Pfarrer nichts von ihrem Anrecht auf ihren vage tröstlichen Dämmerzustand?)

Uns wird nie mehr übel sein, ruft der Pfarrer, selbst wenn der Tod nichts wäre als das definitive AUS und wir uns mit Gottes Zusage geirrt hätten, die uns allerdings, vergessen wir das nicht, zu Lebzeiten genützt hat, mehr als irgend etwas sonst auf der Welt. Der Pfarrer, diesmal rufend, wiederholt: Nie mehr wird uns übel sein! Wir werden uns nie mehr streiten! Um gar nichts und keinen mehr sorgen! Vor allem aber: Schluß sein wird mit der Todesangst. Der Pfarrer stößt ein kurzes ruppiges Lachen aus: Tote haben keine Angst. Zwar wünschten wir uns den Himmel, aber wenn daraus leider nichts werden sollte, Angst haben werden wir nicht mehr, so oder so.

(Die Gemeinde scheint sich an den Pfarrer gewöhnt zu haben, döst vor sich hin, die Strengere zischelt: Was redet er von der Angst! Die Wohlwollendere verweist sie auf die Bibel: »In der Welt habt ihr Angst.«)

Geduld, Geduld! Als gelte es, ein Orchester zu dämpfen, drückt der Pfarrer ein unsichtbares Gewicht mit den flachen Handtellern nach unten. Geduld, denn noch tappen wir im dunkeln. Alle Fragen offen. (Hören Sie? Er lenkt ein. Die andere Frau von der Aufsicht findet: Nicht genug.) Und hoffen Sie nicht auf Seine Hilfe bei Ihren irdischen Scherereien. ER ist nicht verantwortlich. Keine Ihrer unheilbaren Krankheiten hat ER angeordnet. Lassen Sie sämtliche Anrufe an Ihn bei Unglück. Wenn wir Glück und die Atheisten doch nicht recht haben, kommt er erst nach dem Tod dran, sehr beruhigend, und vorher ist nichts zu machen. Lasset uns, ob irrtümlich oder im Recht, Johann Christoph Lichtenbergs Tränen des Vertrauens weinen.

(Er weiß nicht, was er will. Aber doch! Er will, was er nicht kann, nicht immer kann! Die Aufpasserinnen sind wie immer geteilter Meinung.)

Kurz gefaßt: Alles spricht für den Tod, worauf auch immer das Ende unseres diesseitigen Elends hinausläuft.

(An einem so wunderschönen Tag, die Sonne scheint! Das Seufzen der Widerspenstigen stört die immer Einverstandenere.)

Und selbst wenn Gott, dieser nette, unerreichbare Herr uns überhaupt nicht zur Kenntnis nimmt: lasset uns beten. Unbedingt doch beten.

(Da, bitte! Beten, darauf besteht er! Nur, reichlich spät, merken Sie denn nicht dieses Durcheinander? Das kommt, weil er es ernst meint. Ha! Weil er konfus ist, daher kommts! Die zwei Aufseherinnen sind, wenn auch aus unterschiedlichen Gründen, ziemlich nervös.)

Nicht ihm zuliebe, dem es egal ist, sondern uns zuliebe beten wir. Mit jedem Wort aufwärts, näher zu Ihm, dem Nichtzuständigen.

(Er verhaspelt sich total. Oh, ich verstehe ihn trotzdem.)

Der Pfarrer mit einem Solo, Bach-Kantate, »Der Tod, der Tod ...«, aber spätestens jetzt hat der Aushilfsstudent begriffen, stampft wie ein Bergwanderer »Herbei nun, ihr Gläubigen« aus dem Körper der Orgel.

(Suspendieren ist das mindeste. Die vom Pfarrer angetane Frau erinnert die Empörte an Artikel 4, Grundgesetz.)

Und was spricht, wenn es sich doch nur um das Opium des Karl Marx handeln würde, was spricht gegen Opium?

(Ja, was eigentlich? Für Schmerzpatienten nichts, entscheiden seine Wächterinnen.)

Wer hats besser?

3.6.99

Feiertag, Fronleichnam, knalliges Wetter,
weiter Infektgefühl, Schnellgang, Imbiß,
Pause Zeitungen, 15.30 h: 2 Schülerinnen
aus Westfalen, später Kaffee und Notizen:
bei Parkabstecher Frau D. mit Doppelkin-
derwagen, Zwillingsenkeltöchter drin, Frau
D. enthusiastisch: die Kinder, das Wetter,
lauter Superlative, der Park ... beim Wei-
tergehen noch mehr Kinderwagen, aber auch
Alte, die Alte in Rollstühlen schieben:
Vergleich der Insassen und der Wagenlen-
ker = Abschied-Thema, noch in Umrissen.
Für morgen reserviert. TV: alter Maigret,
2. oder 3. Mal gesehen.

4./5.6.99

Sturmgang, Infektgefühl, Anfang mit „Wer
hats besser" (= Idee von gestern, Park),
nicht sehr weit gekommen wegen diverser
Störungen und Beenden Korrekturlesen
(„Schwestern"): erleichtert, wie immer
aber auch fast schade. Wenig und nicht gut
Klavier. André Dubus („Sie leben in Texas")
fertig: sehr gut.

6.6.99

Ca. 11 h H.-Telephonat: sehr schlecht zu verstehen, schon das deprimierend: matte Stimme, Berichtstoff auch deprimierend, plötzlich mit vielem in EPI nicht zufrieden. Plötzlich nicht „geborgen" = alles in allem: Ohne jede Hoffnung, machtloses monströses Bedauern, durch kein Wort, keinen Einfall (hatte auch keinen guten) aufzuhellen. Trotzdem, bei mir (ungerecht, unverständlich) besonders guter Tag, Elan, zwischen etwas Putzen: „Wer hats besser", abends beendet. Plan: Zürich-Reise, Zimmer 307 „Schweizerhof" reserviert, M. informiert, H. auch (sie freut sich, versucht, sich auch so anzuhören). TV: alter Chabrol.

WER HATS BESSER?

Beide Patienten sehen um vieles älter aus als sie sind, womit sie ihre Angehörigen und sonstige Besucher erschrecken, bisweilen sogar abstoßen und in einen verärgerten ungeduldigen Zustand versetzen, fast wie Ablehnung. Dafür schämen sie sich, weil die Patienten ihnen am Herzen liegen. Die Patienten sehen streng aus, und nichts von dem, was die Besucher an Ablenkendem ihrer Ratlosigkeit abzwingen, interessiert sie. Niemand bleibt mehr gern lang. Die Besucher beschwichtigen ihr schlechtes Gewissen: Durch quälende Therapien sind unsere armen Lieblinge verunstaltet, und das ist auch unsere Liebe, verunstaltet, durch nichts Geringeres als das Mitleid, aber das Maß ist voll. Erleichterung nach einem Abschied kommt keinem mehr zu Hilfe.

Beide Patienten lächeln nicht. Die um Jahrzehnte ältere Patientin hat das Lächeln verlernt, der kleine Patient hat überhaupt noch nie in seinem kurzen Leben gelächelt. Bis jetzt kann die ältere Patientin noch sprechen. Aber nicht mehr modulieren. Ihre knappen Sätze sind monoton, jedes Wort auf derselben Tonhöhe und dazwischen keine Satzzeichen. Es ist nicht sicher, aber wahrscheinlich, daß sie das Sprechen verlernt. Ebenso unsicher: die Prognose beim noch sehr jungen Patienten. Könnte sein, daß er das Sprechen noch lernt. Bei ihr ist man therapeutisch am Ende, bei ihm wird weiterbehandelt.

Die Außenansicht vom Haus BK3 (alter Kasten) täuscht, innen wurde es vor kurzem erst renoviert. Die Zimmer sind hell, auch die Gänge und die Treppenhäuser, an den Wänden hängen bleiche Aquarelle, vorwiegend in Blau, das wie die anderen zaghaft aufgetragene Farben an zu oft gewaschene Wäsche erinnert und sich vor einem eindeutigen Inhalt drückt. Vom BK3 aus, mittlere Hanglage auf dem großen, zum See abfallenden Klinikgelände, geht der Blick auf eine Wiese mit weidenden Schweinen. Diese kleine, aber nicht geringzuschätzende positive Bilanz nützt den Besuchern und wird immer wieder kommentiert.

Nach verschiedenen Aufenthalten in anderen Kliniken und Rehabilitationszentren (im nachhinein gesehen: vergeblichen Aufenthalten) ist die ältere Patientin hierher zurückgekehrt, aber das Pflegepersonal und die Ärzte haben an ihr zusätzlich zur körperlichen Veränderung (zum Schlechteren hin) noch eine mentale festgestellt. Hat sie sich nicht früher bei uns ganz wohl gefühlt? Jetzt ist sie immer mißmutig. Das Pflegepersonal hat wenig Zeit und die Patientin beim jetzigen Aufenthalt kein Verständnis mehr dafür. Trotz Streß und wenn sie überhaupt über sie reden, vergißt meistens niemand, seiner Bemerkung »die Ärmste« anzuhängen. Der sehr kleine Patient ist zum ersten Mal in BK3. Sichwohlfühlen, wie das überhaupt ist, hat er in seinem minimalen Leben noch nie erfahren. Wie ihre Besucher sich fühlen, interessiert beide Patienten nicht, sie hören stumm zu, wenn die Besucher in einem Bericht oder, beim kleinen Patienten, in tröstlich absurdem Geplapper steckenbleiben und dann rufen: Aber der Blick; der Blick! Die Schweine! Fressen denn Schweine Gras?

Zuerst wußten die Angehörigen beider Patienten nicht recht, was sie von der Idee der Physiotherapeutin halten sollten. Mit der Zeit aber... sie blicken sich jetzt fragend und immer häufiger auch hoffnungsvoll an: Es scheint doch was dran zu sein, oder nicht? Die Physiotherapeutin hat mit der älteren Patientin dienstlich jetzt nichts mehr zu tun, mit dem kleinen Patienten noch nicht, möglicherweise später einmal. Aber als bei der älteren Patientin noch Hoffnung aufs Wieder-gehen-Lernen bestand und auf die Nützlichkeit diverser anderer Übungen zur Stärkung der Muskulatur, bildete sich zwischen ihr und der allen andern gegenüber unzugänglichen, überhaupt introvertierten Patientin ein fast freundschaftliches Vertrauensverhältnis heraus, und deshalb nahm sich die vielbeschäftigte Physiotherapeutin, wenn immer kleine Spalten im Dienstplan das erlaubten, die Zeit für die Kranke, der sie auf andere Weise, also beruflich, nicht mehr helfen konnte. Die Idee, sie im Rollstuhl zum ebenso kranken und darum ebenso ungewiß älter wirkenden Baby zu schieben, hatte sich beim ersten Mal noch nicht als gut erwiesen. Der zweite Versuch führte wieder zu nichts – zu nichts an der älteren Patientin äußerlich Erkennbarem (an eine therapeutisch günstige Wirkung beim winzigen Patienten konnte sowieso kein Gedanke verschwendet werden); nichts äußerlich Erkennbares also, wie sich herausstellte. Denn als die Physiotherapeutin am Tag nach der zweiten Probe den Kopf ins Zimmer 12 steckte und lächelnd ihren Fehler eingestand, bereit, sich zu entschuldigen (tut mir so leid, der arme kleine Kerl ist wirklich nicht erfreulich), und vorschlug, die kleine Spazierfahrt heute bloß bis zur Cafeteria zu machen, fragte die Patientin in ihrer monotonen, zunehmend leiser und schwerer verständlichen Sprechweise von sich aus nach dem erbärmlichen Baby und ob sie es heute nicht im Erker treffen würde. (Der Erker ist im Sommer menschenleer, die Patienten halten sich entweder in oder vor der Cafeteria oder sonstwo im Freien auf.) Ist es denn gestorben? Die Frage der Patientin klang fragezeichenlos, aber die

Physiotherapeutin hörte ein seit langem ungenutztes, ungewöhnlich gewordenes Engagement mit. Oh nein! Es lebt! Wollen wir es besuchen? Die Antwort *Ist mir recht* hatte die Patientin sich angewöhnt, und sie enthielt den für alle Beteiligten deprimierenden Beigeschmack einer Was-kann-mich-das-noch-kümmern-Gleichgültigkeit, nur diesmal nicht, und die Patientin fügte außerdem ein *Ja, bitte* an.

Und so entstand aus der Idee und zwei wenig erfolgversprechenden Tests die Gewohnheit dieser Treffen. Die Verabredung der ungleichen und auch wieder einander gleichenden Patienten entwickelte sich sogar zu einer Hilfsaktion für die Besucher. Sie finden ihre kurzen Aufenthalte ergiebiger. Oft, ehe sie eintreten, hören sie die Stimme der älteren Patientin. Immer sagt sie: Wer hats besser? Wer von uns?

Natürlich antwortet der kleine Patient nicht, doch für die Besucher beider Parteien erweist sich die Frage als Thema. Gut, man kommt damit nicht so recht vom Fleck, aber jeder Strohhalm wird ergriffen, und alle früher abgezwungenen Themen hatten ja den gleichen Dead-End-Street-Charakter, doch erst bei diesem (und weil es sie wirklich zu beschäftigen scheint) zeigt die ältere Patientin Interesse. Für den kleinen Patienten springen seine Angehörigen als Stellvertreter ein: Er hat überhaupt noch nichts erlebt. Sie aber haben viel erlebt. Er hat noch nicht gelebt. Sie aber, Sie haben gelebt. Er kann sich nur an Elendigkeit erinnern. Ihr Gedächtnis wird vermutlich auch viel Gutes, viel Schönes speichern.

Die ältere Patientin hat das Baby im Blick, es sieht grämlich aus vor Unzufriedenheit mit seinem Auf-der-Welt-sein. Sie sagt: Ich weiß nicht, ob das ein Nachteil ist. Ihr Baby hat nichts, wonach es sich zurücksehnen müßte. Es hatte nie etwas, also wird es überhaupt nichts verlieren. Es lernt vielleicht nicht einmal, was ich verlerne, täglich mehr verlerne. Fast bin ich jetzt schon so hilflos wie das Baby, doch bald werde ich auch nicht mehr allein essen können, alles andere kann ich wie es nicht allein. Nur, es kennt nichts anderes als Hilflosigkeit. Ich werde nicht mehr sprechen können, das Baby konnte gar nicht erst sprechen.

Sie spricht neuerdings wirklich viel, berichtet die Physiotherapeutin im Stationszimmer und hängt noch schnell *die Ärmste* dran.

Etwas zu viel, sagt Schwester Tessie. Die Ärmste.

Die Angehörigen der Patientin, erfreut über die neue Gesprächigkeit ihrer Verwandten, bekommen fast Mitleid mit den Angehörigen des Baby-Patienten, gleichen aus: In ihrem Zustand, man muß das verstehen, sie konzentriert sich auf ihre Finsternis, gut und schön, aber sie ist nicht gefühllos, nicht ohne Erbarmen.

Schwester Nadine findet: Es passiert so viel Schreckliches auf diesem Planeten. Sie vergißt die Verhungernden und sämtliche Katastrophenopfer, die Ärmste, und was nicht noch alles.

Peter, ein Pfleger, grinst: Soviel ich davon mitbekommen habe, ists ziemlich eklig, was sie dem armen Würmchen vorschwadroniert. Die Ärmste. Na ja, ihr scheints ganz gut zu tun.

Die Physiotherapeutin behauptet, das Baby bei so etwas Ähnlichem wie Lächeln ertappt zu haben. Glauben schenkt ihr niemand. Ob sie wisse, erkundigt sich die Patientin bei ihr, wann der Mensch anfängt zu denken? Ausweichend, denn damit kennt sie sich nicht aus, gibt die Physiotherapeutin Auskunft und kommt schnell auf das Fühlen und daß es damit schon im Mutterleib beginne. Meine Liebe, sagt sie, die einzige, deren Munterkeit die Patientin nicht zurückstößt (ihr Eindruck: in noch mehr Isolation), ich dachte mir, daß es funktioniert zwischen Ihnen und dem Baby, Sie sind Leidensgenossen, aber vergessen sollten Sie trotzdem nicht, wie vieles Sie beide doch auch trennt. Die Patientin reagiert darauf mit dem für die Physiotherapeutin seltsamen, der Patientin aber vermutlich wichtigen, ausschlaggebenden Satz: Die Menschen, die uns besuchen, ihn und mich, sie haben Angst vor uns. Obwohl die Physiotherapeutin ihr innerlich recht gibt (nie zuvor bedacht, doch da ist was dran, spürt sie), modelt sie die Empfindung Angst in die des Mitleidens und des Sichsorgens um. Keine Reaktion mehr hierauf von der Patientin.

Zu ihrem Mann, der sie gegen Abend in letzter Zeit öfter als vorher besucht, aber weil sein Beruf ihn beansprucht, nie lang bleiben kann, sagt sie: Ich habe das Baby sehr gern. Daß das fast kalt klingt, hängt mit ihrer tonlosen schwachen Stimme zusammen. Bücher kann sie nicht mehr lesen, sie kann sie nicht fest genug halten, und deshalb hat ihr Mann für sie einen Walkman angeschafft, dazu stapelweise Kassetten, aber um die auszuwechseln, muß sie nach einer der allesamt unter Streß stehenden Schwestern klingeln, die dann stöhnen, und nachdem eine kürzlich vor sich hingeschimpft hat, benutzt sie die Klingel noch weniger gern als immer schon, denn es deprimiert und ärgert sie, die Ursache von schlechter Laune zu sein. Das Pflegepersonal mokiert sich: stundenlang klassische Musik! Ihr Mann speist sie damit ab. Die Ärmste.

Das Baby macht weniger Arbeit. Allerdings, man schaut nicht gern zu ihm hin. Es liegt nur da und quält sich. Was soll man tun? Man hat es mit Spielsachen probiert, aber das Baby läßt sie links liegen. Sogar auf der Kinderstation im

BK3 haben sie an der den Betten gegenüberliegenden Wand Fernsehapparate positioniert, exakt in Blickhöhe, und sie haben es mit einem Zeichentrickfilm probiert, aber da hat das Baby sofort gewimmert wie sonst, wenn die Wirkung seiner Medikamente nachläßt. Alle auf der Station finden, die ältere Patientin könnte wie jeder Zeitgenosse, gesund oder krank, fernsehen, wenigstens dieses und jenes, doch sie weigert sich. Sie hat etwas Hochmütiges, oder, die Ärmste, sagt Schwester Tessie.

Ihre Empfindungen muß man jetzt meistens erraten, sagt Schwester Nadine zum jüngeren Bruder der Patientin. Sagen Sie mal, haben Sie eine Fahne? Bißchen Mut angetrunken, oder?

Nicht sehr schwer, das Erraten ihrer Empfindungen! ruft der bei jedem seiner etwas exaltierten und – auch darin den Besuchen des Schwagers ähnlich – kurzen Aufenthalten bei seiner Schwester. Ihre Empfindungen! Daß ich nicht lache! Um nicht vor Wut zu brüllen, um nicht zu weinen: lache! Trostlos sind sie, ihre Empfindungen. Sie sind düster, düsterer könnten sie gar nicht sein. Und nicht mal nach einer von Ihnen zu klingeln wagt sie, sie muß auf den Topf, wartet aber, solang es geht ... Und immer noch viel schlimmere Abhängigkeit vor Augen!

Sie kann noch lang leben, so was, oft genug, es dauert und dauert.

Diese Beschwichtigung bringt den Bruder erst recht auf die Palme. Sie verstärkt, verhöhnt sein Entsetzen, und er sagt es und daß es sich bei dem Dahinfristen seiner Schwester um Tod zu Lebzeiten handle.

Gewiß, uns allen, jedem auf der Station im BK3, tut sie leid, die Ärmste. Das Baby aber ...

Das Baby aber wurde immer gefüttert, es kennt nichts anderes. Meine Schwester aber, die ab werweißwann gefüttert werden muß, sie hat vor weniger als fünf Jahren noch Parties geschmissen und zwar mit links ...

Dem Pflegepersonal, von der Vehemenz des Bruders schockiert, will nicht in den Kopf, was der behandelnde Arzt konstatiert: Der Bruder schadet der Patientin ganz und gar nicht. Sie sieht ihre Lage sehr realistisch, und sie ist auch zäh, außerdem kennt sie das Temperament ihres Bruders, würde er es disziplinieren, dann käme sie sofort dahinter, daß auch er sich verstellt, wie ihre anderen Besucher, und sich vor ihr fürchtet.

Natürlich fürchtet der Bruder sich, und das vielleicht mehr als alle andern zusammen, und er kommt selten. Ihr Mann sollte sie öfter besuchen, raunt Schwester Annerose der Physiotherapeutin zu, sogar der Chef und sein Team bei der Visite haben sich kritisch darüber geäußert. Irgendwas von emotionaler Distanz habe ich gehört.

Daß der Ehemann an dieser emotionalen Distanz schon seit einiger Zeit und als noch therapiert wurde bewußt arbeitet, daß er sich diese Distanz abzwingt und aus zuviel Nähe loszureißen versucht (als bekämpfe man das tiefsitzende und verzweigte Wurzelgeäder einer besonders hartnäckig in die Erde gebohrten Pflanze), das bedenkt keiner, und keiner, würde er es doch tun, hieße es gut.

Zufällig begleitet bei der heutigen Kutschfahrt zum Gefährten, dem Baby, und dem Rendezvous der unansehnlichen, fast häßlichen Leidensgenossen, der Bruder seine Schwester, gemäß seiner unbeherrschten Art ruft er dem winzigen neuen Lebenspartner *Hallo, Gangster* zu. Dann bemüht er sich darum, seine immer zu laute Stimme zu dämpfen, er hat gemerkt, daß das graue Gesicht der Rollstuhlinsassin noch schattiger als ohnehin schon Trübsinn widerspiegelt. Die Physiotherapeutin, die seiner Schwester als einzige wirklich gut bekommt, läßt sich noch ein wenig Zeit, und der Bruder sagt zu ihr: Zuerst habe ich auch so gedacht wie alle in der Familie und die ganze Meute, all die wohlmeinenden guten Freundinnen, ich meine, über meinen Schwager, ihren Mann. Ja, ich dachte auch, er drückt sich, er reist zuviel in der Gegend rum, anstatt bei ihr zu sein, und so weiter und so weiter. Aber nun verstehe ich es. Es lädt sich mehr und mehr Arbeit auf, damit er eine Zuflucht hat. Wir müssen ihn nehmen wie er ist, und diese grausige Lage beherrscht er nun einmal nicht. (Pssst! Die Physiotherapeutin preßt Zeige- und Mittelfinger vor ihre verschlossenen Lippen.) Ich habe aufgehört, ihm schönere Vorschläge fürs restliche Leben meiner Schwester zu machen, ich rede auch nicht mehr davon, daß sie bei sich zu Haus zwischen ihren eigenen Möbeln und Bildern sein und ihre vielen alten Uhren ticken hören und *ihren* Ausblick haben sollte, so schön dieser hier auf die Schweine und das Stück See auch ist, aber es müßte doch *ihrer* sein – ich habe aufgehört, weil ich merkte, daß ich in ihm herumstach wie in einem waidwunden Tier.

Ihr seid so laut, sagt die Patientin plötzlich, obwohl der Bruder es fast bis zu einem Flüstern gebracht und die Physiotherapeutin gar nichts gesagt hat. Das Baby versucht zu schreien, gibt auf. Hier ists zu sonnig, verflucht, schimpft der Bruder und fragt: Soll ich gehen? Oder noch etwas bleiben? Ist mir recht, sagt die Patientin. Was denn: recht. Was von beidem? Beides, antwortet die Schwester. Dann spricht sie wieder wie mit sich, vielleicht aber auch schließt sie das Baby ein: Wer hats besser? Der Bruder, wie in Klammern gesetzt von einem zynischen, liebevoll grimmigen Lachen vor und nach seinem Satz: Stichwort Leidensgenossen: Je an Jesus gedacht?

Ihr Mann kommt abends fahrig und zerstreut und hat noch nichts gegessen, sagt es, schlägt den Ortswechsel vor, von Zimmer 12 in die Cafeteria. Dort geht es ihm besser, er kann nicht mehr gut mit seiner Frau allein sein. Es hilft ihm auch, wenn sie bei seinem Eintritt ins Zimmer 12 noch mit ihrem Abendessentablett beschäftigt ist, das gibt etwas Abwechslung, Gesprächsstoff ebenfalls, obwohl er von ihr weiß, daß sie keine Zuschauer, nicht einmal ihn, beim Essen mag. Ihr rutscht oft die Gabel weg, manchmal verfehlt sie, das ist das Allerneueste, ihren Mund, und seit das passierte, kommt er dann doch lieber erst später am Abend. Reiner Zufall, daß er an diesem Abend, denn jetzt sollte sie Dienstschluß haben, auf dem Gang noch die Physiotherapeutin trifft. Heute abend war sie wieder wie abgestellt, sagt er zu ihr. Wie seit langem nicht mehr. In letzter Zeit ist sie ganz dagewesen. Die Physiotherapeutin erklärt: Der tägliche Seitensprung wird dran schuld sein, ich meine, er hat gefehlt. Der kleine Leidenskomplize war nicht im Erker. Und da habe ich Ihre Frau in sein Zimmer gefahren, aber das Kinderbett war leer. Warum, das konnte ich nicht mehr herausfinden, keine Zeit, und alle auf der Station redeten durcheinander, und anscheinend hat sowieso niemand Bescheid gewußt.

Ich wußte es, sagt die Patientin so leise, daß sie gebeten wird (diesmal von ihrem stürmischen nervösen Bruder), ihre Äußerung zu wiederholen.

Daß ers besser hat.

Hast du mittlerweile über Jesus nachgedacht? Das kurze Lachen des Bruders klingt wie die Nachahmung eines Ziegenbocks, der unharmonisch meckert.

Er hatte es auch besser.
Meinst du, eine Kreuzigung wäre angenehm?
Er wußte, warum. Es war alles sinnvoll.
Aber Nägel durchs Fleisch zu jagen, ich kann nicht finden, daß das erfreulich klingt.
Er war nicht krank. Er mußte nicht ...
Okay, okay, unterbricht der Bruder, aber du hattest keine Feinde. *Hast* keinen, korrigiert er sich rasch.
Ihn hat Gott geliebt.
Dich auch.
Er hat sich auf die Auferstehung verlassen.
Kannst du doch auch. Du hörst doch dauernd Bach-Kantaten. Der Bruder meckert wieder. Vielleicht zu viele, zu oft. Und ob das Ganze sinnvoll war, Kreuzigung etcetera ... sieh dir die Menschheit an.
Immerhin wird der Bruder, das plant er jetzt schon, vor den anderen, die sie (wie er) mit Angst und Schrecken lieben (»Furcht und Zittern« will er durchblättern und vielleicht darin etwas Passendes für seine Schwester finden), gar nicht schlecht angeben: Ich habe sie mehr als bisher irgend jemand zum Sprechen gebracht. Und sogar über so was wie letzte Fragen. Und er überlegt, beim Blick auf seine viel zu alt aussehende ältere Schwester und ihre eingehutzelte, beinah greisenhaft geduckte Haltung im Rollstuhl, warum Jesus Christus immer und ewig als der Bemitleidenswerteste galt, der je gelebt hatte, na schön, bis auf diese widerwärtige Kreuzigung, aber war nicht wahrlich seine Schwester viel schlimmer dran? Bis zu diesem verdammten widerlichen Kreuz konnte Jesus *gehen*, selbständig *gehen*! Unter allem andern, worin er selbständig war. Und nur in diesem Stoßseufzer-Moment mit der Frage nach seinem Vater (»warum hast du

mich verlassen?«) von der ganzen gewissen Zukunft in der paradiesischen Ewigkeit abzubringen. Der Bruder denkt von seiner Schwester: Ihr gehts wie mir und den meisten, wir schaffen es einfach nicht, richtig überzeugt zu sein, wenn es ans Glauben geht. Fallen immer wieder auf unseren blöden kleinen Verstand rein. Um ihr etwas Tröstliches zu bieten, sagt er und hört sich beinah drohend an: Du denkst doch nicht wie all diese Idioten mit ihrem tränensusigen vorwurfsvollen Gelaber von wegen wie Gott das zulassen konnte ... und daß Gott dich in diesem verdammichten Rollstuhl überhaupt sieht, daß er dir bei deinem Jammertaltrip zusieht ... Er muß aufhören, weil seine Schwester geradezu sichtbar in eine Dämmerung sinkt, ihre müden, immer streng traurig blickenden Augen trüben sich, und sie ist kaum zu verstehen: Aber das hatte ich doch sehr gehofft. Was, wenn er mich nicht mal sieht?

Der Bruder verholpert sich, findet sie und sich schließlich damit ab, er hätte sich nur mißverständlich ausgedrückt. Mit seiner Mappe geht er zum WC, in der Mappe hat er immer eine Whiskyflasche, und seine Schwester, die das weiß, früher gewarnt hat, kommentiert das nicht mehr, auch nicht, daß er öfter weg muß, um zu rauchen.

Was haben Sie da gesagt? Die Frage des Vaters vom kleinen Patienten hört sich wie eine Warnung an, die ältere Patientin wiederholt: Daß ers besser hat. Die Patientin, lächeln kann sie längst nicht mehr, spricht nicht ganz so monoton wie sonst, als sie der weinenden Frau neben dem versteinerten, nun aber erzürnten Mann (Das sind die Eltern Ihres kleinen Kumpels, erklärt man ihr) erläutert, ja fast ruft sie, welch ein Wunder, so viel Druck hinter ihrer erledigten Stimme: Er ist ein Glückspilz!

Muß man sich diesen Mist gefallen lassen? Diese Person ist boshaft! Der Mann hat seinen rechten Arm, wie um einen Schwinger zu starten, halb hochgehalten. Es ist am Tag nach dem gescheiterten Treffen mit dem Baby, dann der Suche nach ihm und der nicht erfolgten Auskunft. Die Physiotherapeutin will den Vater des Babys besänftigen: (zieht ihn ein wenig von den anderen weg) Sie ist nicht boshaft. Sie kann nie mehr gesund werden, ihr kann es nur immer schlechter gehen, deshalb hält sie vom Leben nichts mehr. Aber mein Sohn, ihm hätte geholfen werden können. Der Vater bleibt trotzig und starrt auf die Patientin, die sagt: Er würde mich verstehen. Sie aber versteht jetzt keiner, weil sie plötzlich fast keine Stimme mehr hat.

Wieder macht der Mann einen boxerhaften Schritt auf den Rollstuhl mit der Kranken zu. Alte Bestie, laß sie, wimmert die Frau, weint wieder und zieht den Mann an seiner karierten Jacke.

Wir waren befreundet, Ihr Baby und ich, die Patientin ist diesmal hörbarer gewesen.

Das wollen wir nicht hoffen. Wieder klingt der Mann drohend, er blickt die Physiotherapeutin und zwei Schwestern mit einem Ausdruck zornigen Nachdenkens an, als plane er eine gerichtliche Verfügung gegen das Krankenhaus. Die Frau schluchzt und bringt in einer Atempause so etwas heraus wie *übergeschnappt* und daß sie hier alle übergeschnappt seien.

Das wäre zu schön, um wahr zu sein, beginnt die Patientin, aber die Physiotherapeutin fängt an, den Rollstuhl zu rangieren, sie findet, es genügt.

Sagen Sie nie wieder, daß er ein Glückspilz ist, schimpft der Mann hinter ihnen her, denn die Physiotherapeutin schiebt den Rollstuhl an.

Er ist aber einer. Er mußte noch nicht denken. Angst hat er noch gar nicht haben können. Die Patientin brabbelt vor sich hin, sie hat sich überanstrengt und kann kaum noch artikulieren, und die Physiotherapeutin muß an Spinnweben denken, als könnten die reden.

Ihm hat doch alles Angst gemacht, sagt die Physiotherapeutin. Deshalb hat es nie wie andere Babys ausgesehen, ich meine, niemals niedlich. Alles hat ihm Angst gemacht. Es hat nichts verstanden.

Das ist besser. Wenn es Angst hatte, dann aber nicht ... die Patientin spricht nicht weiter. Auf dem langen Rückweg ins Zimmer 12 hört die Physiotherapeutin nichts mehr von ihrer Passagierin. Weil sie es aber gut mit ihr meint, fragt sie, den Walkman zum Musikhören schon in der Hand: Was wars, wovor das Baby, der arme Tropf, keine Angst gehabt hat?

Statt einer Antwort fragt die Patientin: Glauben Sie ans Jenseits? Weil die Patientin weiß, daß sie oft fast überhaupt nicht zu verstehen ist, kann diesmal sogar auch die Physiotherapeutin so tun, als hätte sie nichts gehört. Sie wird, wenn sie ihn vielleicht um fünf im Stationszimmer trifft, dem behandelnden Arzt berichten: Heute konnte sie plötzlich so bis zu sieben oder noch mehr zusammenhängende Sätze sprechen, natürlich schwer zu verstehen, die Ärmste, aber immerhin.

Ich weiß jetzt, wo die Bremsen sind

5./6.7.99

Hitze, Ventilator. H. am 5. Tel.: um einen
Tag geirrt (gestern dauernd darauf ge-
hofft) mit Geburtstagsgratulation R. (ich
hätte es nicht sagen sollen) ... Lang über
Kinderspiele, Rituale, Unsinnmachen, Erin-
nerungen abfragen (sie weiß mehr als ich),
und: ihre Begräbnismusik (sie grübelt darüber ...) – H.s vorletztes Elend. – Nachts
Gewitter, 6. wieder heiß. R. Stadt, später
Werkstatt (defekte Auto-Elektrik).
Brauchte riesige Ruhezeit, neue H.-Ge-
schichte (unsere Rollstuhlfahrt EPI-
Klinik-Cafeteria, H.s Hinterkopf mit
Mini-Hutzmütze vor mir, stumm zu meinem
SOS, Rollstuhl nicht zu bremsen usw.)
Magenblei. Dauernd zu wenig Zeit, alles
unzusammenhängend (zu oft und unnötig
tel.) alles mit H. Zusammenhängende in
einer Traurigkeits-Mitleids-Angst-Schicht,
über der der Alltag stattfindet (und mein
Herumkaspern). Dann aber: Mit ihren zwei
Ärzten tel.: H. psychisch viel besser,
habe nach offenem Gespräch (?) (wie offen
ist sie denn?) wie erlöst gewirkt (?).
Zimmer im Schweizerhof bestellt,
23.-25.7., Kombination mit Pendo. Verabredung mit Ärzten und daraufhin viel
besser.

15.7.99

Gestern abend Tel. mit B. Qu.: U. Qu. gestorben (war erst ca. 50, B. sehr verzweifelt.) (U. einmal über uns nach dem Tod: Sie wollte nur Ruhe/Nichtsmehrspüren, ich nicht. Sie über Nichts oder ideal-ewiges Leben: Jeder bekommt, was er sich wünscht. Genial-hilfreich. Steckt auch in ihrer Graphik *Tiefausläufer*, Blick vom Schreibplatz aus.) (U.s Tod quasi solidarisch mit H.) G.+G. Mittagszeit zu uns, bringen Ma-Schmuckanteil für H., soll ihn mitnehmen, weiß nicht, ob richtig (will sie den Schmuck jetzt noch usw.) Sonne, kühler, plötzlich Einfall/Glücksbehagen-Schreiben (Ehemann B./Begräbnis U.) R. lang Stadt, abends H. Tel: freut sich auf mich. 2. Mal Deborah-K.-Film, Schluß halb verschlafen.

ICH WEISS JETZT, WO DIE BREMSEN SIND

Ich bin wieder bis zum Balgrist gefahren, dann schnell gegangen: Rotfluhstraße, rechts abgebogen und Enzenbühl ziemlich steil hügelabwärts zwischen den Villengrundstücken, ich habe die Sportanlagen wiedererkannt und links liegenlassen und war so plötzlich mitten im Tal und grüner Landschaft ohne die üblichen Randwucherungen kleiner Industriebetriebe und Supermärkte und Tankstellen, als läge statt einer Großstadt ein Dorf hinter mir. Vor mir der Hauptbau auf dem geräumigen Klinikgelände hat mich überhaupt nicht deprimiert, ganz im Gegenteil, was keiner erwarten würde angesichts des Ernsts der Lage. Schon während meiner Reise und später, als ich mich im Hotel erfrischte (ein heißer Tag, fast das gleiche Wetter wie vor zwei Monaten), habe ich mich unbeschwert gefühlt, und die letzten Schritte lief ich in einer Art Trab, von der Vorfreude und der Ungeduld (auch derjenigen, dich mich erwartete) angespornt.

Alle, mit denen ich in der Klinik beim ersten Mal zusammentraf, waren mir damals ungewöhnlich nett vorgekommen, jede Krankenschwester, alle Ärztinnen, Ärzte. Die Anmeldungsfrau, dunkles dichtes Haar, mit dem sie im Nacken irgendwas Zusammenraffendes macht (für mich nicht zu erkennen), hat den Eindruck vom ersten Mal nicht enttäuscht, mich sogar wiedererkannt oder aus Liebenswürdigkeit so getan, was gleichwertig ist, mir trotzdem noch einmal den Weg erklärt, der nicht schwierig ist. (Übrigens bin ich, ob wirklich oder um mir entgegenzukommen, auch von allen anderen wiedererkannt worden. Das hat mich daran erinnert, daß ich bei meinem letzten Besuch meine Schwester, die

Patientin, meine eigene Schwester *nicht* wiedererkannt habe. Und ein paar Sekunden lang bei der Umarmung (erschwert durch den Rollstuhl) *Ich küsse womöglich eine fremde Frau* gefürchtet hatte.

Bevor ich bis zum 3. Stock hinaufging, prüfte ich mich im Spiegel einer der geräumigen rollstuhlgerechten Toiletten, 2. Stock, kühlte mein von der schattenlosen Rennstrecke erhitztes Gesicht, dann noch ein paar Verbesserungen mit dem Kamm im zur Zeit nicht frisierbaren krausen Haar, und daß ich gut aussehen wollte, hätte ich nur dann gemein finden müssen, wenn meine Schwester, die überhaupt nicht mehr gut aussieht, mich nicht liebte, mir nicht in jeglichem Miniaturdetail, seelisch und auch körperlich, das Beste dringend wünschte.

Weil ich also beim letzten Besuch in der Akutstation 2 meine Schwester nicht erkannt hatte, bin ich diesmal weniger vorsichtig gewesen und gleich auf eine Frau im breiten kühlen Gang zugelaufen, die, wie damals meine Schwester, abgekehrt von mir im Rollstuhl saß, ihn ein bißchen hin- und herbewegte. Diese Frau mit dickem Gesicht und einem fremdkörperhaften Bauch, der nicht zum Gesamtbild ihres Organismus zu gehören scheint, ist jetzt nun einmal meine arme Schwester dort in ihrer Endstation. Und sie zieht jetzt Sachen an, die nicht ihr Geschmack sind und vielleicht aus dem Klinik-Fundus stammen: diesmal ein hochprozentig grüngrünes T-Shirt, und irgendwann später, wenn wir uns wieder an unsere Kinderszenen und ihre Spielerfindungen erinnern und uns verloren geglaubte Funde zurufen würden (rufen: bloß ich, sie spricht, oft fast unhörbar, leise), käme dieser ballonartige, wie nicht einverleibte Bauch dran: Wir spielten schwangere Frau, weißt du noch? Schoben uns Bälle unter die Kleider, oder waren es Kissen? Daß wir solche Frauen, Frauen ihres gegenwärtigen, vom Cortison aufgeschwemmten Aussehens und mit dicken Beinen, früher gespielt haben, das hat meine Schwester vor zwei Monaten schon ganz von sich aus wiederentdeckt; mit einem Lächeln – sie kann jetzt nicht mehr gut lächeln, es sieht schief aus – hat sie es unter der Rubrik *Erinnerst du dich?* gesagt. Und dann: Jetzt habe ich das Mondgesicht. Weißt du noch: Pünktchen, Pünktchen, Komma, Strich: Fertig ist das Mondgesicht. Aber der Mond ist schöner. Und ich habe, weil sie eine Realistin ist und Ausweichmanöver durchschaut, *Ja* gesagt und wir haben dann versucht, rudimentär gelang es, *An den Mond* zu zitieren. Ich habe angefangen, Schuberts Vertonung zu singen, aufgehört, um einen Besuch in der Cafeteria vorzuschlagen. (Meine Schwester hat jetzt immer Hunger.) Und daraus wurde diese riskante Kutschfahrt übers Gelände, oft steil bergab, wir verirrten uns, ich bekam keine Anleitung für den Rollstuhl, vielleicht hat die Insassin aber auch nur zu leise gesprochen. Und vielleicht auch auf meine Panikrufe *Brems doch! Brems doch!* mit dem richtigen Hinweis reagiert, und ich habe es nur nicht gehört, auf einem abschüssigen Geröllweg waren wir in großer Gefahr, und ich sah mich über den Rollstuhl, den ich nicht mehr unter Kontrolle bekam, und meine Schwester aus dem Rollstuhl und uns beide ins Unkraut am Ende der Strecke übereinanderstürzen. Daß ich es war, die mit Handbremsen wie an einem Fahrrad das schwere Gefährt hätte zähmen können, erfuhr ich erst an einem Tisch in der Cafeteria, während meine Schwester, ohne eine einzige Pause einzulegen, ein Stück Kirschtorte aß, etwas, das sie früher nicht gern gegessen hätte. Aber die Katastrophenreise bis zu diesem kleinen Tisch in der Cafeteria hatte, obwohl die körperliche Tortur noch in mir vibrierte, ihr Gutes, denn wir konnten darüber lachen, wir haben immer wieder über sie gelacht, zwischen meinem letzten und diesem Besuch am Telephon. Ich komme bald wieder, habe ich, und sie hat *hoffentlich* gesagt, und ich habe ihr *Jetzt weiß ich, wo die Bremsen sind* zugesichert und sie mir, daß sie mir den richtigen Weg ohne gefährliches Gefälle erklären könnte.

Anders als bei meinem ersten Besuch, als ich fürchtete, eine fremde Frau zu küssen, hatte diesmal meine Schwester ein Tuch auf dem Kopf (mit den vielen nackten Stellen, unterm dünnen Haar hellrosa Haut). Sie trug das außerdem bis auf ein minimales weißes Muster schwarze Tuch wie eine Araberin, es mußte ihr viel zu heiß darunter sein, verhüllte über die Schläfen hinaus viel von ihrem Gesicht. Ich erkannte trotzdem, daß es wie damals angeschwollen war und ihr früheres, ihr wahres Gesicht veränderte, vor allem auch ihren Mund. Warum genierte sie sich diesmal? Denn darauf deutete die Verhüllung hin. Und beim letzten Mal nicht? War das ein gutes Zeichen und bedeutete die Wiedergewinnung ihres kritischen Denkens, Eitelkeit? Ich wollte es so bewerten, und wenn hundertmal medizinisch nichts mehr für sie getan werden konnte. (Meine Schwester befand sich noch in der Strategiephase Nummer eins: Erleichterung, palliative Maßnahmen. Ungewiß, wann Nummer zwei, beim zu erwartenden komatösen Zustand, drankäme: keine Verlängerung, keine Reanimation – wozu ihre Ärzte das Einverständnis der Familie brauchten, und längst hatten. Meine Schwester wußte über ihre Lage Bescheid.)

Ihr Rollstuhl rutschte etwas zurück, weil ich sie stürmisch begrüßte. Zwar wußte ich, wie sie jetzt aussah, aber ihr früheres Erscheinungsbild hatte, schon bald nach meiner Abreise vor zwei Monaten, das neue verdrängt, so daß nur dieses Bescheidwissen übriggeblieben war, und wieder hätte ich über die Identität der Frau im Rollstuhl in Zweifel geraten können, und ich sagte mir: Beim ersten Mal hat sie mich genau so angesehen. Und genau so ging er mir wieder unter die Haut, der erstaunte Blick, dem ich *Hab Erbarmen* ablas, *erschrick nicht, ich kann nichts dazu*. Das Erstaunen ist für mich jetzt wie damals rätselhaft. Ich kam ja nicht unangekündigt. Es wirkt so, als wolle sie mich fragen: Warum ist das mit mir geschehen?

Und das Zimmer, in das ich sie fuhr, glich dem, an das ich mich erinnerte, in jedem Detail, es kam mir nur etwas aufgeräumter vor, besonders der Tisch, auf dem ich diesmal nicht alle die angefangenen, mit ihrer schwer lesbaren Schrift bekritzelten Brief- und Testamentsbruchstücke liegen sah. (Wahrscheinlich, weil sie mittlerweile nicht einmal mehr mit der allerschlechtesten Schrift schreiben konnte oder den Antrieb dazu verloren hatte.) Aber anders als damals, als ich meine Schwester beinah nicht erkannt hätte, sagte sie frei heraus (und übrigens etwas lauter, viel besser zu verstehen), sie würde immer weiter zunehmen. War sie weniger apathisch? Mich hat immer beruhigt, wenn ich an sie denke (und das tue ich wie eine Begleitmusik zu allem, womit ich mich beschäftige), daß mein ihr Leben lang hauchdünnes Schwesterchen sich selbst nicht betrachten konnte, nicht ihr Gesicht (natürlich aber ihren Körper, von dem nur noch ihre Hände die Hände von früher waren, ungepolstert mit langen knochigen zarten Fingern), denn vom Rollstuhl aus konnte der für stehende Personen angebrachte Spiegel von ihrem Blick nicht erreicht werden, und nirgendwo in ihrem schönen Zimmer sah ich einen Handspiegel. (Wenn ich nach ihr gefragt werde und dann mitten ins Bagatellgeschwätz Dinge sage wie: Das ist ein Tod zu Lebzeiten, oder: Versuch dich in jemanden zu versetzen, der, zu keiner selbständigen Handlung fähig und in ein einziges Zimmer verbannt, nichts anderes mehr zu tun hat, als auf sein Ende zu warten, bereue ich das sofort, weil mich, von Mitgefühlsseufzern über Tröstungs- und Beschwichtigungsversuche bis hin zu guten Ratschlägen und vor allem, daß ich für einen spielverderberischen Mißton verantwortlich bin, sämtliche Reaktionen ärgern. So verliert man Freunde, oder gemäßigter: Freunde überlegen es sich dreimal, ob sie wieder einmal bei mir anrufen sollen. Auf die Neugierigen allerdings bleibt Verlaß.)

Daß meine Schwester wieder hungrig war und ich für sie sofort die Schachtel mit den Karlsbader Oblaten aufreißen mußte und sie in die Cafeteria strebte, hat wieder gut zu ihr vom letzten Mal gepaßt. Weißt du noch, sagte ich, die Vreni war auch kurz zu Besuch da und kramte aus ihrer Papiertragtasche alle möglichen angebrochenen Packungen mit Eßwaren, und als sie dir einen nach dem anderen von diesen runden Maisbrotkeksen dicht vor den Mund hielt, dachte ich, genau so füttert sie ihr Pferd. Fast schade, sagte ich, daß ich jetzt weiß, wo die Bremsen sind. Unsere Rollstuhlkutschfahrt wird nicht mehr hochdramatisch sein, und mir hätte der Gedanke eines Doppelunfalls gefallen. Da hat meine Schwester mich wieder erstaunt, außerdem ungläubig angesehen. Du hast das doch nicht vergessen? Ich habe mehrmals gerufen: Wir sterben zusammen! Aber sie reagierte nicht auf mein übereifriges, noch weiter ausgeschmücktes Erzähltheaterstück, Titel *Doppeltes Sterben* oder *Gute Schwestern sterben gemeinsam* – doch auch das paßte, sie reagiert nicht mehr auf alles, ist etwas verlangsamt, reduziert. (Auch wenn sie eingeschränkt wirkt: Ich kann mir vorstellen, wie vieles und extrem uneingeschränkt in ihrem Denken arbeitet, sich eine Bahn aus der Ratlosigkeit sucht.

Neu war, daß sie sich an unsere Kinderspielerfindungen und an Rituale, die ich in der Zwischenzeit gesammelt und auf einer Liste notiert hatte, nicht erinnern konnte und deshalb beim heutigen Besuch kein gemeinsames Glück zustande kam. Und nicht zusammen mit mir in die wiederentdeckten Szenen wie in Schlupfwinkel, wie bei einer Heimkehr zurückfand. Nur immer rätselhaft sah sie mich an, zugleich traurig, was wieder paßte.

Sie kommt mir verändert vor, in mancher Hinsicht etwas besser beinah, aber ihr Gedächtnis ... und sie versucht nicht mehr, irgendwas aufzuschreiben, wahrscheinlich hat sie doch noch mehr nachgelassen ... Ich redete mit der Ärztin, Fünfzehn-Uhr-Verabredung. Erwähnte die vergessenen Kinderszenen, aber auch, daß man ihr Sprechen besser versteht. Daß sie nicht mehr so hungrig ist.

Wir haben die Lage ganz gut unter Kontrolle, sagte die Ärztin. Ihre Schwester ist seelisch besser stabilisiert. Nach einem längeren Gespräch, in dem wir sie mit aller gebotenen Behutsamkeit, jedoch ohne Brimborium, keine Beschönigung und so weiter aufgeklärt haben, hat sie geradezu erlöst ausgesehen. Und auch dementsprechend gesprochen.

Seltsamerweise hat sie überhaupt keine Lust mehr, über die Musik bei ihrem Begräbnis mit mir zu beraten.

Vielleicht ein abgeschlossenes Kapitel?

Vielleicht, aber warum sah sie dann beinah schockiert aus?

Ihr Blutbild macht uns ein bißchen Sorge, wir sind mit der Hämatologie in Verbindung und passen auf. Noch kein Handlungsbedarf. Und wenn Sie Ihre Schwester etwas verändert finden, bedenken Sie, Sie haben sie – wie lang ist das her? – so ungefähr zwei Monate nicht gesehen.

Die Ärztin hatte recht. Trotzdem rief ich: Aber das Tuch! Das Tuch ist neu! Sie hängt sich zu wie eine Iranerin.

Mit Tuch habe ich sie nie gesehen, sagte die Ärztin, und dann wollte sie wie damals wissen, ob mir noch irgend etwas eingefallen wäre, womit man ihre Lebenszeit im schönen Zimmer auf Akut Zwei verbessern könne. Wir tun alles, um es ihr zu erleichtern, aber Sie kennen sie ja viel besser.

Beim letzten Mal war mir auf Anhieb überhaupt nichts eingefallen, fast peinlich. Jetzt sagte ich, und ein Lachen sollte den Vorstoß abmildern: Ich dachte an Marihuana. Sonstige Drogen. Heroin wird doch längst in der Medizin eingesetzt, und sie könnte ein bißchen high werden.

Wieder fast peinlich, denn (außer daß sie sehr ungünstige Nebenwirkungen erwähnte: nicht überzeugend für mich) die Ärztin, auch lachend (sie ist wirklich sehr nett), sagte und hatte recht: In diesem Punkt kennen Sie Ihre Schwester schlechter als wir alle, die wir mit ihr zu tun haben. Drogen nähme sie nie. Schon das niedrig dosierte Antidepressivum will sie immer wieder verweigern. Sie will einen klaren Kopf behalten, und das finden wir gut. Sie ist sehr tapfer. Sie ist auch zäh.

Klar ist ihr Kopf nicht mehr, sagte ich, als die Sekretärin uns Espresso brachte, wie beim letzten Mal, wofür ich sie liebte – alle, mit denen ich in dieser Klinik zusammenkam, liebte ich, was auch einer schwer zu deutenden Hochstimmung innerhalb dieser Extremlage zu verdanken war, und diese Sekretärin mit dem graublonden, im Nacken zusammengebundenen Haar sagte zu mir: Jetzt erwartet Ihre Schwester Sie. Vor zwei Minuten hat mich die Stationsschwester von AK 2 angerufen, nur, da war der Espresso noch nicht durch.

Aber ich war doch bei ihr ... Ich war aufgestanden. Und ziemlich lang, und sie weiß, daß ich gleich wiederkomme ... Ist was passiert?

Nein nein, davon war nicht die Rede. Die Sekretärin lächelte. Trinken Sie nur ruhig erst mal Ihren Espresso.

Kein Grund zur Sorge. Die Ärztin klang gutmütig, genau so wie bei medizinisch-strategischen Informationen. Beide kamen mir plötzlich wie gegen alles gefeit gesund, fast unsterblich vor. Und das behagliche geräumige Sprechzimmer mit dem Souterrainblick in dichtes Grün niedriger Pflanzen nahm eine Atmosphäre beinah unerlaubter Wohnlichkeit an.

Sonderbar, daß meine Schwester nach mir rufen läßt, sagte ich im Gang von AK 2 zu einer großen fröhlichen Schwester, die wie vor zwei Monaten ihrem hellblauen Uniformkittel mit einem kleinen roten Halstuch ein Air des Privaten aufpropfte.

Sie hatte gebeten, um drei geweckt zu werden, und daran haben wir uns ganz brav gehalten. Die Schwester lachte vergnügt.

Aber ich ... ich war doch längst mir ihr ... da stimmt was nicht. Obwohl ich so lustig sein wollte, so unbekümmert wie alle, die mit meiner Schwester sich jetzt besser als ich auskannten, bekam ich doch nur ein Gestammel hin.

Nun, alles halb so schlimm. Ihre Schwester ist eben erst aufgewacht. Die rotbewimpelte Schwester griff nach einer Karre mit medizinischem Gerät, drehte in einer Kurve ab und rief mir dabei vergnügt zu: Sie waren vorhin mit Frau Huber zusammen. Ich habs gesehen. Und jetzt freuen Sie sich auf Ihre Schwester!

Sarkastisch hat sie das nicht gemeint, sie alle hier sind nicht wie die anderen Gesunden außerhalb des Klinikgeländes, ich spürte schon beim ersten Mal einen Einklang mit den Patienten, und ich lief der Schwester ein paar Schritte nach, rief gedämpft: Ich würde mich gern vorher bei dieser Frau Huber entschuldigen.

Das brauchen Sie nicht.

Sie hat mich vielleicht verabscheut, hat gedacht, was will diese Fremde: mich reinlegen?

Aber nein! Gefreut hat sie sich. Viel Besuch kommt nicht auf AK 2. Die Schwester verschwand im Stationszimmer. Ich habe dann meine Schwester besucht, auch die Kritzeleien auf dem Tisch wieder gesehen und überhaupt war beinah alles wie damals, und ich plante für die Familie zu Haus ein gemischtes Doppel an Bericht: Frau Huber, wenn es um Begräbnismusikgrübelei ging: kein Interesse mehr. Meine Schwester: Kinderszenen. Ich weiß jetzt, wo die Bremsen sind, begrüßte ich sie.

8. 8. 2000 – 24. 9. 2000
Abschied von der Schwester

Gesundheit

8.8.2000

Früh wach. Ruhiger, bedeckt-unsonniger
Tag: gut. R. Stadt. Goethe-Institut-Festschrift: Idee: short story (Ich-Erz. macht
Reisen für Goethe-Inst., Freundinnen planen individuelles Reisebüro usw.) Aufgehalten durch Rechtsradikalismus-Stellungnahme, Berliner M.-Post...

9.8.2000

Gestern nicht weitergekommen, nichts Besonderes, Zeitungsmassen, Video Steve
McQueen. – Soll 30 Grad werden. Zu sonnig.
G.I.-Manuskript fertig (Little Cook's).
Wegen Hitze Besuch bei Ma-Schwestern verschoben. Neu für Zyklus/Quartett-Countdown
Abschied von der Schwester (autobiographischer Schlußteil H.-Krankheits-Buch,
letztes Stück: Begräbnis (x Separateintragungen davon, Zettel, Kalender, Hefte)
(Zwischen-Idee: Erinnerung an H.s Antwort
auf „Was wünschst du dir":
„Gesundheit"...) Klavier ziemlich
schlecht – Lesen – nach Mitternacht Bett,
zu heiß. (*Gesundheit* noch VOR *Begräbnis*
schreiben!)

GESUNDHEIT

Sind Sie mit dem Hotel zufrieden? fragte mich die junge Frau, die für meinen Aufenthalt in der kleinen norddeutschen Stadt verantwortlich war. Von Anfang an hatte ich mich verhalten, als wäre ich hier an einem beliebigen Datum auf einer Berufsreise wie jeder andern und genau so auch jetzt.

Vergnügt, antwortete ich: Sehr zufrieden, es ist ein wirklich gutes Hotel. Ich kann es mir nicht abgewöhnen, aber ich bin vor jeder Ankunft aufgeregt, viel hängt für mich von Hotelzimmern ab, und wenn es auch nur für eine Nacht ist und vielleicht etwas neurotisch. Vorsichtshalber lasse ich deshalb auch immer Doppelzimmer zur Einzelbenutzung reservieren, so heißt das in der Hotelsprache, viele wissen nichts mit diesem DZ als EZ, wie es im Vertrag steht, anzufangen, Leute, die nicht soviel reisen. Genauso wundern sie sich, weil ich im Unterschied zu den Kollegen immer vorher essen will. Und sogar der Kaffee war gut, ich bestelle ihn mir prinzipiell beim Einchecken, obwohl es mir ziemlich oft davon übel wird. Rede ich zuviel? Ich lachte. Die junge Frau mit vielen engen braunen Locken rings um ihr weiches Gesicht hätte mir nichts anmerken können, aber sie wußte Bescheid und fragte, nachdem sie sich auch noch nach der Reise erkundigt hatte (auch sehr gut, ja danke, sogar pünktlich und so weiter: auf alles antwortete ich zu ausführlich, es fiel mir dauernd auf): Hätten Sie nicht lieber überhaupt abgesagt? Ich meine, unter diesen Umständen ... wegen morgen ...?

Übermorgen, sagte ich. Wenn es morgen wäre, hätte ich es nicht bis Zürich geschafft, von hier aus sind das ja sicher

600 Kilometer oder mehr. Es ist erst übermorgen. Am frühen Nachmittag.

Aus dem zum Thema passenden ernsten Gesichtsausdruck spaltete sich ein vorsichtiges Lächeln ab, die junge Frau sagte: Toll, daß Sie trotzdem gekommen sind. Das Lächeln löschte sich aus, als sie sagte: Sie und Ihre Schwester, das war ja wohl eine ganz besondere Beziehung. Was man so darüber erfährt, zwischen Sie beide paßte ja wohl nicht mal dieses sprichwörtliche Blatt Papier. Oder der Sonnenstrahl. Übrigens, haben wir nicht ein supertolles Wetter?

Klassischer Oktober, ja. Der italienische Kellner servierte unser Essen, für mich Gnocchi con spinaci (bitte mit Knoblauch: Nicht einmal mein Essen war mir egal, alles könnte irgendwann genau so stattgefunden haben), für sie, die wie die meisten Frauen, mit denen ich esse, nur eine Kleinigkeit wollte, Salat mit irgendwas, vielleicht Putenstreifen. Ich sagte, im Oktober hätte sogar ich die Sonne ganz gern.

Ich ließ weg, daß du ähnlich darüber gedacht hättest. Gedacht an dich, das habe ich nämlich, was dann doch ein erheblicher Unterschied zum üblichen Reisealltag war, Denken wie Musikuntermalung, Filmmusik, bald lauter, bald gedämpft und fast nicht zu hören, insgesamt leise. Irgendwann unterwegs war ich darauf gekommen, mir uns bei einem Rollentausch vorzustellen. Und wenn dann du es gewesen wärst, auf einem Umweg zu *meinem* Begräbnis unterwegs, ist es leicht zu erkennen, wie grundsätzlich anders du alles gemacht hättest. Trotz all unserer grundsätzlichen Ähnlichkeiten bei den Vorlieben und den Idiosynkrasien. Seit unserer Kindheit bist du darin immer die Radikalere gewesen, deine Ehrlichkeit konnte auf manche ganz schön abweisend wirken. Ich stehe schlecht da bei diesem Vergleich, wie jemand, der aus Eitelkeit zugänglich ist, der gefallen, noch mehr: der einen unauslöschlichen Eindruck von sich hinterlassen will, sogar bei Menschen, auf die er wahrscheinlich nie in seinem Leben mehr treffen wird, bei Menschen für eine Nacht. So ernst genommen (ihre Erinnerung an mich, nicht die Menschen selber) wie die Hotelzimmer für eine Nacht. Ich hatte gerade wieder von meinem DZ-als-EZ-Tick geredet: Man muß nicht erst Kopfkissen nachordern, Hotelbettkopfkissen, deutsche, sind wie Parodien auf Kopfkissen. Es bleibt noch genug zu tun, beispielsweise prüfe ich sämtliche Glühbirnen in den Lampen.

Die junge Frau aß nicht weiter, und ich ermunterte sie: Eine Gabel für Ihren Mann, eine fürs Baby... Sie hatte unter ihrem grauen Hängegewand einen riskanten vorgewölbten Bauch, sagte *Das Leben geht weiter*, wollte betrübt aussehen, was aber wegen des Babys mißlang, und spießte ein paar Salatbestandteile auf die Gabel. Ich erfuhr von der familiären Streitunschlüssigkeit bei den Favoriten unter den männlichen Vornamen und mußte mir unseren stummen dicken unsichtbaren Tischgenossen vorstellen, ihren Sohn, dessen Nachname vorerst auch umstritten blieb; mir gefiel der ihres Mannes besser, aber ihr zuliebe sagte ich: Schwierige Alternative, wirklich. Ich lobte ihre kleine pittoreske Stadt: Alles sieht so denkmalgeschützt aus. (Und ich hörte die Filmbegleitmusik: in unserem Rollentausch; kein einziges Wort aus meinem Gerede wäre dir über die Lippen gekommen. Nichts über Hotelzimmer und klassischen Oktober, Bilderbuch-Städtchen, Baby-Vornamens-Problematik. Außerdem hättest du dich gar nicht erst mit der jungen Frau oder sonst jemandem zum Essen verabredet. Gelacht: niemals.

Ich sagte: Es stimmt übrigens, was Sie vorhin gesagt haben: Meine Schwester und ich, so leicht kann man keine zwei anderen auftreiben, die eine dermaßen enge Verbindung haben, oder hatten ... bei mir vom ersten Babyschrei an, sie war damals zwei, und diese Zusammengehörigkeit, warum nenne ich es nicht Liebe?, wir haben sie durchgehalten, aber das klingt zu sehr nach Leistung, wars ja gar nicht, hatte mit Absicht und Willen nichts zu tun. Bis zuletzt. Und *zuletzt*, das gibt es auch nicht. Es geht weiter.

Ja, sagte die Frau, zog etwas Stoff hoch über dem Baby, und als sie *Es muß* sagte, fiel ihr wie vorher der bittere Ausdruck schwer.

Wir hatten von Anfang an den gleichen Blick auf die Welt, die Menschen. Ich quetschte mein letztes Gnocchi-Klümpchen über den Teller, um mir nichts von der Käsesauce entgehen zu lassen. Es war von jeher ein kritischer Blick. Ihrer vielleicht noch kritischer als meiner, oder strenger, ich meine: beim Verhalten. Bei Kontakten. Ich konnte mich immer besser anpassen, man müßte wohl leider sagen: verstellen, und damit beginnt es, worin wir doch auch sehr verschieden waren.

Aha, sagte die Frau und wie schön es wäre, mit einer solchen Liebe aufzuwachsen, und daß es bei ihr leider anders gelaufen sei, aber ihrem Sohn würden ihr Mann und sie ein Geschwisterchen verschaffen, Bruder und Schwester, wie es eben käme, ein Einzelkind sollte er nicht länger als etwa drei Jahre bleiben, besser nur zwei.

Schön, aber nicht nur schön. Lieben ist auch schrecklich.

Wie mans nimmt. Die Frau verstand mich diesmal nicht. Ich erklärte: Lieben ist auch Sorge und Angst haben, sogar schon in der Kindheit. Meine Schwester ist mal vom Balkon runtergestürzt, angestachelt von einer blöden Freundin, die sie damit erpreßt hat, ihr den Mut nicht zuzutrauen, auf der Brüstung entlangzulaufen. Ich sehe meine Schwester jetzt noch auf dem Kiesweg unterm Balkon liegen, wie ein Reisigbündel, ihre paar Knöchelchen, es war gar nichts mehr von ihr da.

Kinder können ganz schön grausam sein, sagte die junge Frau.

Meine Schwester und ich und die vertauschten Rollen: Schon eher, wenn überhaupt ein Dialog denkbar wäre, hättest du über Kaffee geredet, nie und nimmer aber meinen distanzlosen intimen Aufwand getrieben. Keine Konfessionen von dir, wenn ich zwei Tage später im *klassischen Oktober* begraben würde. Bei mir hieß das hochgesteckt *Erdenabschied*, und sogar über den schwieg ich mich an diesem Abend im privaten Teil nach dem beruflichen nicht aus. Zu Haus reden wir nicht darüber.

Frauen fingen plötzlich an, irritierend innig zu lächeln, aus ihren Blicken waberten mir Wärmeschwaden entgegen wie aus kleinen Strahlern mit rotglühenden Heizspiralen. Gut immerhin zu wissen, daß du mir meine Offenheit nicht übelgenommen, sie nur peinlich gefunden hättest. Außerdem habe ich nicht finster den Tränen nah ausgesehen, bin mit fester Stimme und kurzen Sätzen nicht sentimental geworden.

Fast angeberisch kam ich mir vor. Männer sagten nichts. Frauen hatten meistens eigene Erfahrungen und sagten viel. Viele hatten Schwestern. Eine Frau, die mir vom Selbstmord ihrer Schwester erzählte, verlor die Kontrolle über ihr Gesicht, und sie mußte beim Sprechen Pausen machen, weil ihr Kinn wackelte, sich hin und her verschob. Um ihre Augen herum rötete sich die Haut, und ehe die Tränen kamen, wandte sie sich ab, bahnte sich einen Fluchtweg, kam aber zurück, blieb wieder bis zur Tränengrenze. Mindestens drei Frauen stimmten einer Frau zu, als die sagte: Gut, ich habe eine Schwester, und Blutsverwandtschaft ist schon was, aber seit unserer Kindheit hats ganz schön zwischen uns geknirscht. Eine andere Frau meldete sich: Ich habe mir immer eine Schwester gewünscht, und weil es nicht dazu kam, nennen meine beste Freundin und ich uns Schwestern, und wie das bei Schwestern nun mal so ist, manchmal sind wir uns spinnefeind, reden nicht miteinander, die längste Zeit, die wir stumm geschafft haben, war ein Jahr. Aber normalerweise treffen wir uns jeden ersten Mittwoch im Monat und machen ein Super-Essen, mal da, mal dort.

Meine Kommentare waren oft so einsilbig wie deine es gewesen wären, aber du hättest keine geben müssen. Warum bin ich überhaupt vertrauensselig geworden? Obwohl ich mich gleichzeitig an den Rat vom Geheimhalten des tiefsten Schmerzes hielt: Die ganze Wahrheit über uns habe ich keinem bekannt. Der Typ fürs Bemitleidetwerden war ich nie, viel lieber lasse ich mich beneiden. In der Denkmalschutzstadt heimste ich Mitleid ein, wurde ich nicht aber auch gleichzeitig ein wenig beneidet? Es kam auch vor, daß Frauen, sehr junge, mir bloß höflich anteilnehmend zuhörten, etwas erstaunt – viel gesagt hatte ich nicht, halbe Sätze, Schweigereaktionen, dann irgendwelche Fragen im Zusammenhang mit Beruflichem haben mich gewundert und empört. Ich kann meine Autogramme kritzeln, währenddessen nach speziellen Widmungswünschen fragen, dazu *Das Schlimmste war nicht der Tod, sondern daß ich ihn ihr schließlich wünschen mußte* vor mich hinreden, das Buch mit dem Kommentar *Jetzt muß mans nur noch entziffern können* und *Aber es gibt auch Anhänger meiner Schrift* dem Adressaten überreichen mit einem Lächeln, daß er oder sie nicht so leicht vergessen wird: *Wie persönlich! Als hätte sie in dem winzigen Moment einen geheimen Draht zwischen uns entdeckt!* Rollentausch: Indem du deine Arbeit tust, und weil dir nicht nach lächeln zumute ist, überhaupt nach keinem Kontakt, lächelst und sprichst du nicht. Wenn unter *meine* letzten von der Krankheit verhunzten fünf Lebensjahre – Elendsjahre, Sterbensjahre – übermorgen beim Begräbnis der Schlußstrich gezogen würde, hätte dein zorniger Kummer dich gegen alle versiegelt: Geht keinen was an. Du hast aber nie daran gezweifelt, daß meine Verzweiflungswut-Gefühlsmischung sich von der ersten Diagnose bis zum letzten Befund mit deiner messen konnte. Ich fand mich oft trostloser als dich, die Pessimistischere, in der doch minimale Verbesserungen zwischendurch Hoffnung wecken konnten, therapeutische Überlistungen schienen dir immer wieder möglich, mir nie, und dir erst ungefähr zehn Monate vor deinem Tod nicht mehr, ungefähr zehn Monate im schönen Klinik-Zimmer Nr. 302 mit schönem Blick auf den schönen Zürichsee und das hüglige Ufer gegenüber, schönes Exil, schlimmes Warten, Abhaken der Tage, Dahinsterben. Natürlich habe ich dir beim Hoffen geholfen.

Ich kann aber mit schlechtem Gewissen meine wie ein Wolkenschatten die erhellte Szene eintrübende Enttäuschung nicht vergessen, als du auf meine Frage, *Was wünschst du dir* geflüstert hast: Gesundheit. *Gesundheit!* Und womöglich auch die vermanschten Cornflakes, dein absurdes Abendessen im Suppenteller zwischen Schreibpapierunordnung auf dem Tisch, ein undefinierbarer Anblick? Daß das nur ein paar Tage vor deinem Tod war, konnten wir beide nicht wissen. Aber wir mußten ihn dir wünschen und das mußten wir wissen. Nur weil ich eine Zeitlang lebensverächtlich und todesverlangend himmelreichsüchtig auf dich, und auch auf mich, eingeredet hatte und du mir zu vertrauen schienst, hatte ich *Was wünschst du dir* gefragt und auf eine definitiv erdabgewandte Antwort gehofft, mit *Sterben* gerechnet. Und dann hätte ich dir vielleicht Schopenhauer zitiert, vom Sitzen, das besser ist als Stehen, bis hin zum *Besser als liegen ist tot sein*, oder etwas Freundlicheres, etwas aus der Bibel oder von Karl Barths Vorhang, der nach dem Tod erst richtig aufgeht. Gesundheit! Kurz vor dem Tod will der Todkranke immer doch noch leben. Ihm fällt nichts Wünschenswerteres ein. Du hast dich unentwegt unter dem Walkman im Bach-Kantaten- und Passionen-Musikrausch im Todesheimweh geübt, oder habe ich mir das nur so vorgestellt und erhofft? Ging es dir Bratschistin nur um professionellen Genuß? Hattest du deshalb nicht den besseren Einfall? Und immer noch Sehnsucht nach Gesundheit? Nicht ganz uneigennützig hat mich deine Antwort irritiert, vielleicht sogar geärgert. Ich kann Mitleid und Ratlosigkeit nicht auseinanderhalten. Für dich sinnvoller, für mich sehr viel bequemer wäre eine Antwort auf die Frage nach deinem Wunsch gewesen, die sich himmelwärts gestreckt hätte. Und auch die schmeichelhaftere Reaktion auf meine Predigtversuche. Je weiter dich die Krankheit von jeder Aussicht auf eine Gesundheitswunscherfüllung entfernt hat, desto dringender versprach ich mir, zusammen mit dir in Nr. 302 etwas zu erfahren, das du mittlerweile entdeckt hättest. Gewiß erwartete ich nicht, du würdest mir davon erzählen. Wir können gut schweigen und uns doch hören. Das Klima von Nr. 302, der Aggregatzustand im schönen Zimmer mit der schönen Aussicht: bei meinen letzten Besuchen kamen sie mir verändert vor. Nicht einmal schuldig fühle ich mich bei der Erinnerung an deinen vorvorletzten Tag: Der Vormittag war einer *meiner* besten! Daran denke ich ohne Entsetzen. Oh, hättest du dir, als du noch sprechen konntest, etwas Schöneres gewünscht, etwas Unirdischeres als Gesundheit! Oh, meine gemeine Trauer um den Verlust der schönen und auch gemeinen Melancholie, um das mir entgangene Schmerzglück, an das ich mich immer halten könnte: Aha, sie hatte eine Epiphanie, eine Erleuchtung! Sie wünscht sich den Tod. Der Wunsch wird erfüllt.

Viel zu früh

14.8.2000

Stuttgart, im Zeppelin, Zimmer 507-Klausur, deshalb 6 h + nach Zürich-Entwurf an H.-Geschichte gearbeitet (unsere Dreierkonferenz in Zimmer 302, Text für Pfarrer über H., vor allem wegen ihres Anfangs – so optimistisch, dann meine eklige Korrektur – mit *Viel zu früh*...) Dann doch früherer Zug, 10.11 h Abschied Hotel... IC, ab Heidelberg IR: leer, gut. Von R. abgeholt und kein Restaurant wegen Handwerker, R. nochmals in PLUS Besorgungen, kurze Espresso-Zeitungspause, ich Dr. J., Wartezimmer weiter (wenig) an „Viel zu früh"... mit Resttag wenig anzufangen. Tel. G., Schwestern Ma, spät Klavier, schlecht. (Idee für Bücherkoffer/Zeitschrift „Büchner"...)

VIEL ZU FRÜH

Immer wenn mich gestern abend, beeindruckt von meiner Selbstdisziplin (zwei Tage vor den Todesschrecken am nächsten Reiseziel) jemand bewunderte, habe ich ernsthaft gelächelt und erklärt: Mit dem Termin hier in dieser Stadt davor und der sehr langen Bahnfahrt morgen ist alles leichter. Ich kriege etwas Distanz. Es wäre schlimmer, von zu Haus abzufahren. Und jemand anderem, den von all diesem Privaten auch kein Wort etwas anging, berichtete ich: Von Vater und Mutter abgesehen, sie war mir am nächsten, mein Kindheitskamerädchen, wir zwei gegen die Welt, und die war damals Naziwelt, meine Familie im Widerstandsnest. Besser als jeder andere hat sie mich gekannt und auch durchschaut, wie ich sie gekannt und durchschaut habe, und nichts hätte sie mir übelgenommen und ich ihr; nichts, enger und näher geht es nicht. (Du hättest mir auch alle diese ziemlich eitel-prahlerischen Bekenntnissplitter nicht übelgenommen. So bist du, würdest du mich beruhigen, du machst das doch sehr gut. Aber du hättest dich etwas müde angehört, wie als Kind, wenn ich dir zu theatralisch oder einfach nur zu laut war.) Und als ich mich für den Abreisemorgen mit der jungen Frau zum Abholen am Hotel verabredete, viel zu früh, wie sie meinte, sagte ich, immer sei ich viel zu früh am Bahnsteig. Es ist nicht wegen Ihrem Baby.
Was ist mit dem Baby?
Na, vielleicht hält es das Baby doch plötzlich keinen Augenblick länger in Ihnen aus, und dann brauchte ich in letzter Minute ein Taxi, und vielleicht ist keins frei. Nein, es ist nicht Ihr kleiner Damian oder Jeremias oder Toby...

Thomas, verbesserte die junge Frau und bekam einen introvertierten Audruck, paßte nicht mehr auf, als ich sagte: Es hat auch nichts mit Zürich und so weiter zu tun, ich bin immer so, viel zu früh am Bahnhof. Eine Reisehypochonderin.

Und, viel zu früh auf dem Bahnsteig, stellte ich mich darauf ein, meinen Wunschsitzplatz genauso wie auf jeder Reise zu erobern, konnte es auch in beiden Zügen, beim Umsteigen/Einsteigen in den ICE für die dann ununterbrochene lange Strecke war ich bereit für das Hochgefühl in meiner Anonymität und Isolation, plante den ersten Kaffee ein, ich habe demnach dauernd an mich gedacht.

Bis mir plötzlich *Viel zu früh* im Kopf herumging, mitten im Zeitungsessay *Wozu Theologie heute?*, und eine andere Erinnerung, auch blamabel für mich, aufweckte. Ein heißer Sommernachmittag bei dir in Nr. 302, dir ging es noch viel besser, du konntest sogar sitzen, hast aber an dein Begräbnis gedacht, an den Jalousien herumgehebelt und den Rollstuhl für mich freigemacht, du und mein Schwager, ihr seid auf deinem Bett nebeneinandergerückt, um mir, euch gegenüber, genug Platz zum Schreiben zu lassen. Denn nach dem Hin- undherberaten über den richtigen Zeitpunkt für die Cafeteria (das war noch in der Phase mit deinem Heißhunger, der dich geärgert hat) hatte ich gesagt: Jetzt machen wir erst diesen Text. Du hattest dir, kaum war ich in dein Zimmer eingetreten, ein Blatt Papier mit Gekritzel darauf schwenkend, von mir gewünscht: Schreib bitte was für den Pfarrer, damit der keinen Unsinn redet. Dich für deine Resolutheit bewundernd, war ich natürlich auch erschrocken, vielleicht mein Schwager auch, aber anmerken ließen wir uns das nicht. Um deine Lebensdaten herum, sie haben mich allesamt gerührt (als die Liebe noch nicht etwas so Ernstes sein mußte und wir, sehr jung, jede mit ihrer eigenen Biographie beschäftigt waren, sind mir ein paar Stationen mit Orchester- und Städtewechsel und manches andere entgangen), die puren Fakten ausschmückend, schrieb ich, um dich zu charakterisieren, dein Kurzporträt, bezog den Himmel ein, denn steckt nicht er hinter deinem Es-könnte-schöner-sein-Gefühl, ist nicht er das wahre Ziel deiner Sehnsucht nach mehr, schneller, weiter, höher, und Grenzüberschreitung zum nicht in der alltäglichen Wirklichkeit Erfahrbaren? Beim Vorlesen bekam ich mit, daß du ein bißchen geweint hast. Komplizierte Mischung aus Zufriedenheit, fast Freude, und Abschiednehmen: an der Stelle mit Brunswick/Maine und deinem Küsteneinsamkeitsglück. (Aus Brunswick hatte dir deine Freundin, die es als Psychologin hätte besser wissen müssen, ein Tonband mit Originalgezwitscher und Gekreisch von Maine-Vögeln geschickt, und du hast in deinem Heimweh gewiß *Auf Nimmerwiedersehen* denken müssen und die Aus-Taste gedrückt.) Wir drei in Nr. 302, in dessen Dämmerung sich durch die Jalousienspalten die Hochsommersonne Lichtkleckswege mit winzigem Staubgewirbel bahnte, wir waren wie in einem Rausch etwas benommen, in einer unglücksglückseligen, beinah riskanten Hochstimmung, die ich dann niederzwang: Und wie soll der erste Satz sein? Meine Frage hat ausgelöst, was mich beim Erinnern aus der einzigartigen kleinen Szene jederzeit mit kalter Wucht herausreißt – dir und Fabio ist alles wahrscheinlich harmlos vorgekommen und nicht als Zerstörung.

Ich saß im Zug, den weiten Weg vor mir, es ging mir gut, bald würde ich beim Schaffner Kaffee ordern; vor dieser noch lang entfernten Ankunft heute wäre ich nicht aufgeregt, ich freute mich jetzt schon auf mein Hotelzimmer, egal ob 322 oder 422 oder sonst eins in dieser Kategorie, ich kenne sie, sie sind alle gleich, nur in einem läßt der Vorhang einen schmalen Spalt zwischen Fenster und Zimmerwand, vergessen in welchem, und es macht nicht viel aus. In dieser Ruhe erlebte ich, ich weiß nicht zum wievielten Mal, die schöne, dann von mir und zum Glück auch nur für mich beschädigte Szene nach. Du hattest angefangen, mit deiner damals noch immerhin artikulierenden, doch schon auf die minimalste Phonzahl reduzierten Stimme zu diktieren: Heute müssen wir Abschied nehmen von, und so weiter, und deine Mimik war neutral, aber vielleicht vom Cortison. Ich hatte nicht mitgeschrieben, du hast neu angefangen: Viel zu früh müssen wir heute ... Und das war der schreckliche Moment, in dem ich dich unterbrach, wenn auch vorsichtig und als würde ich nur fragen. Trotzdem werde ich mich an meine mikroskopische taktlose Gemeinheit immer erinnern. Ich sagte: Viel zu früh? Ich meine nur ... Und da hast du in mein Stocken gewispert: Ja, das ist Unsinn, ich bin alt ... mach du was Besseres. Ich habe gesagt: Das wird der Pfarrer schon machen, er weiß, was üblich ist, er wirds natürlich leider konventionell machen, aber wenn er später meinen Text reinnimmt, wird es unkonventionell genug, und obwohl ich beteuerte, es sei immer zu früh, nur müsse man bedenken, daß vielleicht Leute ganz junge Tote, sogar tote Kinder hätten, und die könnten verletzt sein ... Es hat mir nichts geholfen, es hat euch beiden auf dem Bett vielleicht gar nicht, mir aber das Geheimnis der kleinen Szene ruiniert. Sie wurde jetzt erst das, was sie, solang ein rätselhaftes Transzendenzgewebe uns schützte, nicht gewesen war: makaber. In den tiefsten Schmerz, den jeder für sich geheimhalten soll, hatten wir uns in ein unerklärliches und so noch nie erfahrenes Hochgemutsein teilen können. Ich bin wieder ins alte trostlose irdische Mitleid eingesackt, ihr vermutlich, und ich wünsche es mir, nicht. Es war der gleiche Absturz aus befreiender Höhe in die erdklebrige Unfreiheit wie bei meiner schuldbewußten Enttäuschung, als du dir nichts weniger Diesseitiges wünschtest, einfach nur *Gesundheit*. Du hattest immer recht.

Viel zu früh. Du bist viel zu früh, für dich zu früh und für die ganze Familie, nach langem Vor-dich-hin-Sterben gestorben. Ich saß auf meinem Wunschplatz im Großraumabteil, das wunschgemäß leer war, ein freier Sitzplatz für meine Utensilien neben mir, die Rückwand hinter mir, vor mir und auf der anderen Seite des Gangs keiner, habe an die sonnenlichtdurchbrochene Schattenkulisse für unseren kurzen Viel-zu-früh-Akt gedacht, den vorvorletzten Akt im Stück *Abschied*, und es ist mir gutgegangen, ich beschäftigte mich nach augelesener Zeitung mit Stewart O'Nans tristen Ehescheidungsopfern, hilflosen Männern, die immer wieder bei ihren Ex-Frauen auftauchen und für den ihnen zustehenden Tag ihre kleinen Kinder abholen, nicht genau wissen, was sie mit ihnen anfangen sollen, und ich habe Kaffee getrunken und die Lektüre unterbrochen, um in einem meiner Reisehefte Einzelerinnerungen an frühere Besuche bei dir zu lesen:

Zuerst im Klinikparterre auf dem Gang vor Dr. L.s Büro gewartet, Sekretärin brachte extrem guten Espresso, war ziemlich high, kam dran, wir machten wieder Witze über die vier mit Papierstößen schwerbeladenen Schreibtische, dann, ernst über sie: sobald schlechter, Cortison weg, Morphium. Dr. L. lobte sie, Offenheit beim Sprechen über Tod usw., Selbstdisziplin, sie habe sich selbst organisiert, sich gegen Pfarrerinbesuche erklärt, alles halblächelnd bei L. Dann noch Dr. S.: ähnlich im Ergebnis und ihrer Beurteilung der

Patientin (tapfer, Mut), aber eher ernst-resolut. (Zweifel an all den Befunden bei mir.)

Merkwürdig, wie unsterblich wir uns immer fühlen, wenn wir über die Sterbenden sprechen. L. hatte bei meinem letzten Besuch, zwei Tage vor ihrem Tod (aber den konnte auch er nicht vorausbestimmen, möglich, daß es sich noch Wochen hinausziehe), sicher um mich zu erfreuen, gesagt: Seit vorgestern deutliche Besserung. Wieder eine Beschämung: Ich konnte mich nicht freuen. Suggestion: um ihretwillen, nochmal ungewiß länger warten. Gegenstimme: um meinetwillen aber auch. Trost: Bei allem, gut oder schlecht, ging es immer um die gemeinsame Reaktion, das Um-unseretwillen-Gefühl. Oben in 302: Nachbarin zu Besuch, mit Astern und einem aus ihren Maine-Photos gebasteltem Album (Kalender?), redete viel, sie: kein Wort, hat sich etwas unhöflich wieder mit einem langen Stab mit den Jalousien herumgeärgert. N. ging, sie erschöpft von Dermatologie-Tixi-Taxi-Transport ins Kantonspital und zurück, zwei Strickjacken, warmes Zimmer (obwohl es ihr sonst immer zu heiß ist). Nachher wieder Interesse an Kindheitserinnerungen, ich über Tod/Rituale/Beten und Kindheitsrituale, fuhr sie in den Eßraum auf der Etage zu zwei heißen Würstchen, kleine, unter Riesenkuppeldeckel. Abends bei ihr zu Haus, Schwager, Essen Spaghetti Bolognese (vorgekocht, Gefriertruhe, Frau B.), Bircher, Vanilleeis, Himbeeren, Nescafé und immer Reden über sie. Er dann sehr hilflos, tränennah, dann ablenkbar durch Themen aus unseren Berufen. Per Auto mit ihm ca. 22 h: mein Zimmer. Bad, Telephon, Zimmer genießen, Absicht, wieder früh aufzustehen, auf der anderen Seite der Bahnhofstraße rüstet sich dann das Friseurteam von Tony's für den Tag. Aufgewacht mit den zwei Gedanken: 1) So wie sie möchte ich keinen Tag leben, keine Ahnung, wie man das macht, lesen, schreiben geht nicht mehr (Schrift unlesbar, fängt in Papiermitte oder fast unten an), nur noch Musik/ Walkman bei touristischem Ausblick auf weltberühmtes Panorama, kein Besuch, kein Geschenk, nichts freut mehr. Versagen aller Verdrängungs- und Trick-Akrobatik. Wie wäre ich? Müßte und würde um Rauschmittel betteln. Macht sie nicht. Hält sie das immer noch für zu gefährlich? 2) Ihr Elend ist bis auf weiteres die abscheulich-brutalste, trostloseste, alles Schlimmste zusammenfassende Erfahrung meines Lebens. Wann kann ich eine Erfahrung machen, bei der ich nicht immer auch an *meine* Reaktion denke?

Es ist mir weiter dauernd gutgegangen im Gegensatz zu dir in meiner Rolle. Du hättest dich nicht in plötzlich aufblitzender Rachsucht (gegen wen auch, du müßtest dich ja keiner Ablenkbarkeit beim Rückblick auf gestern schämen) in Notizen wie meinen, *Frauen auf meiner Reise*, untergebracht. Du Hermetische brauchtest keinen Schaden durch Schadenfreude wettzumachen. Die Frau mit dem prekären Risikobauch fuhr so langsam zum Bahnhof, daß ich schließlich fragte: Ist was mit dem Auto? Oder mit dem Baby? Ringsum verursachten wir ein Autohuporchester, zweimal ließ sie Ampeln mit unbemerktem Grün umspringen. Nein, sagt sie, alles in bester Ordnung. Später: Ist schon gut, wir haben Zeit, ich lasse mich nicht in diese hektische Welt zwingen. Und ihr Mann denke genauso, von ihm habe sie, nach der Schlüsselerlebnislektüre eines zeitgenössischen Romans, den Gewinn durch langsame Tempi überhaupt erst gelernt. Sie fragt mich, ob ich nicht den Aufkleber an ihrer Heckscheibe gesehen hätte. Es steht *Es ist MEIN Urlaub* drauf. Mein Mann hat jetzt das Patent angemeldet, es läuft gut an.

Sie hat kein Kinn wie die Frau mit depressiver Schwester und kleinem gesprächigem Mund. Sie hat lustige, rund ausgeschnittene Augen und auf dem kleinen Kopf eine eng zusammengepreßte Lockenmütze; unter einem Pulloversack, knielang, hat der ballonbildende Sohn zu wenig Platz, das Lenkrad, trotz weit zurückgeschobenem Fahrersitz, kann ihm gefährlich werden. Die Frau, die mich um meine Adresse bat, weil sie mir ihre *knirschende* Schwesterbeziehung erst schriftlich so richtig erklären kann, kämpft gegen Allergien, eine Heil- und Naturpraktikerin hat ihr via Blickkontakt sofort eine Herzmuskelpilzerkrankung angedreht und sie keinen Verdacht gegen diese Blitzdiagnose, kämpft auch gegen das Erinnern an eine von Kindheit an verpatzte Vergangenheit mit verbitterter Witwenmutter, und sie hält sich für herzlos, weil die Mutter es gesagt hat. Die andere Schwester einer Schwester, aber die zwei haben sich wenigstens ziemlich gern, schwört auf die Herzpilz-Blickkontakt-Heilerin, die bei ihr per Testgetränk, einer Art Tee, Vorboten einer Leukämie entdeckt hat. Diese Frau sieht ungünstig gesund aus und wird, vom Teetest alarmiert, ihre Sucht aufgeben: Zimtcremewaffeln. Sämtliche Waffeln. Streng verboten außerdem Mehl, Zucker, Kaffee. Auch jeglicher Alkohol. Kein Trost mehr, durch nichts, und wie soll sie da ihrer Schwester beistehen? (Mann der Schwester offenbart Liebe zu einer anderen vierzehn Tage vor Hochzeitstermin, Kleid schon genäht, aber unbezahlt, erwägt Rechtsweg.) Frau mit wackelndem Kinn, Suizidschwester, will auch Adresse, Kontakt halten. Verliebt in mich; weil ihr Freundlichkeit ungewohnt, fliegt sie auf meine genau terminierte, verwechselt sie mit persönlichem Interesse. Frau mit Madonnenfrisur und bescheidwissendem Ich-kenne-Sie-bis-auf-den-Grund-Ihrer-Seele-Lächeln, konkaves

Gesicht, überreicht Gedichtband. Unbekannter Verlag, eine Presse oder so was. Graphik auf Vorderseite, Pappband. Bietet an, etwas reinzuschreiben, realisiert es: *In herzlicher Verbundenheit.* Sagt: Es war nicht meine Schwester, aber meine Mutter, und ich habe sie bis zuletzt gepflegt, eine sehr anstrengende Zeit, und doch die beste, die ich hatte. Viel Nähe. Meine schönsten Gedichte schrieb ich am Sterbebett meiner Mutter. Madonnenfrisur plus chronischem Ich-weiß-es-besser-Lächeln passen nicht zu ihrem Kugelkörper. Sagt, nach diesem Abend spüre sie die kreative Zündung für einen Vier- bis Sechs-Zeiler, Nachrufgedicht für meine Schwester. Bittet um Adresse. Zerquetscht mir, inniger Blick, lächelnd, die Hand, erklärt: Und ich bin Imogen Schalk-Meyer mit »e ypsilon«. Ihre Migräne wird von einer anderen Naturheilfrau dirigiert, zur Zeit presst sie Kartoffeln auf ausgekochtes Gemüse aus. Scheußlicher Verzicht auf Schokolade, braucht die Sch.-M. beim Schreiben, allmählich aber kann sie auch ohne die und mit Mohrrübensaft ihr ganzes Engagement in ihre Gedichte stopfen. Die übrige Familie, erwachsene Kinder, Mann, macht alte Musik auf alten Instrumenten. Sagt: Geld ist nicht alles.

Viel zu früh ... am Bahnhof auch, und wieder eine Frau. Dick, fast debil-häßlich, wechselt im Selbstbedienungsbuffet (oder Bistro?) den Tisch, setzt sich zu mir, hat angeblich keinen Appetit, nur weil sie als Diabetikerin immerzu kleine Mahlzeiten braucht, beißt sie in ihr Eier- und Lachsbaguette. Wirkt nicht vertrauenerweckend, anscheinend auch nicht auf Behörden: von Polizei bis Sozialamt, keiner hilft, glaubt ihr den gewalttätigen Mann, der daran schuld ist, daß sie seit Monaten *unter Brücken* lebt, Vagabundin ist. (Übrigens: mit ihr war ich wie du, verschwiegen über mich, aber ihr genügten auch Kurzkommentare, und du, doch wieder ein Kontrast zu mir, hättest ihr überhaupt nicht zugehört, wahrscheinlich hätte sie dir angemerkt: nichts zu machen, und gar nicht erst mit all ihren Rucksäcken und ausgebeulten Taschen und dem fettigen Baguette den Platz gewechselt.) Die Frau hat strähnige Haare, Farbe braun, ungewiß changierend, sonnenverblichen, zwei Jacken übereinander an und ist unförmig. Schlupft alternierend unter bei ihren erwachsenen Kindern (fünf) und einem Bruder, hat nur noch eine Niere und plötzlich auch noch Krebs, oder Krebs gehabt und viele Operationen hinter sich, vor sich, wirkt dabei stabil, nicht weich-weinerlich, lacht oft, aber unfreundlich, weil sie ihre unzähligen Schuldiger nie vergißt. Ich stelle mir den Sohn vor, ihr heutiges Opfer, sie wird bei ihm bleiben, bis dem Sohn etwas einfällt, womit er sie wieder auf die Reise schicken kann. Während die Frau, seine Mutter, im Bahnhofsbistro ihr Anklagelied los wird, fühlt der Sohn sich schon von ihrer Ankunft bedroht, heute konnte er überhaupt nichts beim Frühstück runterkriegen, seine Frau überlegt wie seit Tagen und wie jedesmal, wenn sie bevorsteht, wodurch und wann (möglichst sehr bald) man sie wieder loswerden kann, die kleinen Kinder freuen sich auch nicht, sie kommt ihnen übergeschnappt und beinah gefährlich vor. Noch knapp zwei Stunden, denkt der Sohn, dem vor dem gedeckten Tisch ekelt und auch während der kommenden Mahlzeiten nichts mehr schmecken wird, und dann steht sie mit ihrem dreisten Grinsen von ihren schmuddligen Gepäckmassen umzingelt auf dem Bahnsteig und er muß ihr einen Begrüßungskuß geben. Er beneidet grimmig seine Schwester, die sie weiterversandt hat, jetzt auflebt, am Telephon klang sie munter: Du tust mir ja verdammt leid, aber noch ein Tag länger mit ihr, und ich hätte ihr den voll aufgedrehten Fön in die Badewanne geschmissen. Noch einen Tag länger mit ihr... *Viel zu früh* wird es für keinen sein, wenn sie geht. Meine Neugier auf die Frau, ich sah all die Personen und die Wohnungen und auch ihre *Brücken* in ihrem Lebenszusammenhang vor mir, und die Neugier auf Leute wie sie – die Frau mit der Selbstmordschwester und dem wackligen Kinn und die andern Frauen dieser Reise erschienen vor mir – sie überdauert nie die Schilderung ihrer Lage, ich stelle sogar Fragen, wo die Neugier mehr Stoff will, spiele Einverständnis mit ihrem persönlichen Groll auf den Rest der Welt, der gegen sie ist (diese Leute haben immer schwerwiegendes Anrecht auf Beschwerde, sie schimpfen sich durch ihr von anderen beschädigtes Dasein). Höchstdauer der Neugier: ungefähr eine Dreiviertelstunde. Kein Wort mehr, von nun an sind nur noch Wiederholungen zu erwarten. Im Fall der Vagabundin bin ich aufgestanden, habe *Ich muß mich jetzt noch ein bißchen konzentrieren* gesagt und mir auf dem Bahnsteig am Gleis 1 eine weit vom Buffet-Ausgang entfernte Position ausgesucht, zum Glück würden laut Wagenstandsanzeiger hier auch die beiden Wagen der 1. Klasse halten. Obwohl... sie wäre bereit, um meiner Zuhörergesellschaft willen, ihr letztes Geld für die 1. Klasse zu opfern. Auch das habe ich mit Typen wie ihr schon erfahren. Ich muß jetzt leider arbeiten, sage ich in dieser Lage, aber es ist dann, wenn ich auch Ruhe habe, nie dasselbe wie Alleinsein. Manchmal muß ich etwas sagen, um die kompakte beleidigte Erwartung zu mildern.

Die angenehme Strecke, durch das norddeutsche Flachland, war längst in hüglige Gegend übergegangen, mit Waldstücken, Ackerparzellen, Wiesen und den immer gleichen flachen langen Gebäuden der Industrieansiedlungen, wie

Ekzeme um die kleinen Städte gestreut, es hätte überall sein können, nicht mehr wie vorher Holland, für das ich mir aber auch nicht die Zeit zum Hinausschauen genommen hatte. Es wäre schön, zu sehr nach unser beider Geschmack gewesen, und ich wäre an dich als Gesunde beim Genießen von unscheinbaren Kleinigkeiten der Landschaft erinnert worden (einen ganzen Tag lang hast du in Inseldünen die unerheblichen krautigen Pflanzenbüschel und Hasenknöddel, wilde minimale Flora, Grashalme photographiert, im Sandboden kauernd, nur Gegenwart und Augenblick, fern jeder Erwartung von Krankheit). Ich wollte lieber, denn für den nächsten Tag war in diesem dir als Gesunde schon immer nahen Erdboden schon dein längliches Grab ausgeschaufelt, an dein noch immer lebendiges Sterben denken.

Ich blätterte im Notizheft Zürich III, dein Stadium IV, las Aufzeichnungssplitter: Nette liebe junge und ziemlich dicke Krankenschwester berichtet, Schwiizerdütsch kaum zu verstehen, ziemlich viel, kriege mit, daß H. den Blumenstrauß einer Besucherin nicht haben wollte, sie schafft ihn auf den Gang. H. muß *Schluß aus vorbei* gedacht haben. Macht zornig, traurig, froh: mich. Trotzdem wird sie es immer noch für *Viel zu früh* halten. Viel zu früh für ihren Abschied von irdischer Liebe zu allem Lebendigen. Es gibt diesmal einen bequemen verstellbaren Sessel in Nr. 302. Richte mich darauf ein. Keine Ahnung, ob sie mich hört, aber ich sage: Du hattest recht, es ist viel zu früh, nur hoffe ich, daß man, weil alles dort unvorstellbar viel besser ist, nie zu früh, immer zu spät in den Himmel kommt. Und ob so oder so, Himmel oder nichts, Angst haben wirst du keine mehr.

Aber ich weine sowieso nie

9.9.2000

Vater gestorben (1974) (In diesem Jahr kein
Anruf, keine Post zu diesem Datum). Wieder
26 Grad, gestern 30. Wegen Post und x anderen Störungen zu nichts gekommen. Nur: an
(wievielter?) Weihnachtsgeschichte etwas
kürzen, neuer Anfang H.-Thema.
Aus Rückblick elfte. (kam nicht zum Eintragen): Gang trotz Hitze/Schwüle, wegen
H.-Buch-Andeutungen zu M., er: skeptisch
(dachte, er freut sich), H. immer sehr ambivalent bei Thema Hirnt., wollte auch mit
besten Freundinnen nicht darüber reden
etc. (weiß ich). Ich will die jetzigen Themen-Erzählungen nicht wieder in anderen
Bänden verschwinden lassen. Von jeweiligen
Zürich-Zollikon-EPI-Aufenthalten diverse
Notizen (Zettel in Kalendern, aus Platzmangel) und Schreibhefte, Eintragungen und
Story-Anfänge aus Hotelzimmerzeiten, Bahnfahrten...

ABER ICH WEINE SOWIESO NIE

25.9.99, Nr. 302, vormittags, sonnig, Jalousien halb unten, und schlimm genug, daß jeder Besucher mehr über deine Lage wußte als du, es kam mir hinterhältig vor. Gut aber, daß ich nicht denken konnte: Es ist unser vorvorletzter Tag. Ich würde morgen abreisen. Du würdest am 29.9. sterben. Vormittags am 30. erführe ich es von meinem Schwager, aus Rücksicht auf meinen Schlaf am Morgen danach. Du würdest nach der abgebrochenen Cortison-Therapie wie früher und schön ausgesehen haben. Am 24., nach meiner Ankunftsnacht (und nicht einmal schlecht geschlafen hatte ich, dir wäre das anders gegangen, aber du hast als Gesunde auch stets Medikamente strikt abgelehnt), konntest du mir in 302 noch sagen: Irgendwo im Schrank ist mein Portemonnaie. Bitte nimm dir Taxigeld raus. Ich habe es getan. Es war im Kindheitssinn: Du hast immer versucht, auf mich aufzupassen, und mich verwöhnen wollen.

Am 25.: Keine Blumen mehr. Vorbei dein Interesse an den Erscheinungen der Natur (du konntest Regenwürmer anfassen, Schneckenhäuser mit herunterschlapsenden Mollusken; deine Geduld für Gartendinge hatte ich nie. Dich hat ein Gewächs in deinem Garten, das sich plötzlich von einem Pilz- oder Blattlausbefall erholte, froh gestimmt. Du hast, wenn auch meistens etwas fatalistisch, gern gelebt; und glücklich-melancholisch dein Genuß an Küsten, am Meer, früher in Holland, dann deine Gier nach Augenblicken für dich allein an den ausgezackten, felsigen, manchmal auch flachen Strandbuchten von Maine, deine Rent-a-car-Autofahrten durch die Umgebung von Brunswick. Viel verschwiegenes Hochgefühl, obwohl du mich, wir waren noch viel jünger, korrigiert hast, als ich einmal sagte: Das Leben ist anscheinend langweilig. Das Leben ist *schrecklich*, hieß dein Fazit. Trotzdem, ich war das Kind, das im Zirkus oder im Theater mit der Frage gestört hat (mehr sich selber als die andern): Hört es auch noch nicht auf? Dauert es noch lang genug?

Deine Ärzte hatten auf meine Einwilligung gewartet und bekamen sie sofort (wirklich, ich habe keine Sekunde gezögert): Schluß mit dem Cortison. Ende der Therapie. Als ich bei dir eintrat, machte ein Morphiumhalbschlaf dich friedlich, nachmittags am 24. mußtest du dich noch mit dem Atmen abquälen. Nur leise hast du am 25. geröchelt, es stand kein ausdauernd geduldiger Pfleger mehr mit dem Apfelbreinapf am Bett, dich dauernd beim Namen rufend, den gefüllten Löffel in der Hand, und manchmal bist du wach genug geworden, um nachzugeben, auch um auf andere Besucher zu reagieren – jetzt aber ließ man dich in Ruhe, aus der du auch gar nicht mehr gerissen werden konntest. Ich notierte ins Heft Zürich III: Pfleger und Schwestern, aber nicht die flüsternden Freundinnen mit Mitleidselendsmienen in 302 passend. Komme, schräg ihr gegenüber ganz nah, mit Arbeit von zu Haus gut weiter. Gut geht es mir deshalb, finde es nicht brutal, nicht kaltblütig; dieses Zusammensein von außen betrachtet ist das denkbar Traurigste, und makaber, wie ich mich konzentrieren kann, spüre trotzdem, es ist auch, nie zu verstehen, warum, schön. (Gedichtbandfrau? Am Sterbebett der Mutter entstehen die besten Gedichte? Nein! Auf den Tod und darauf, daß er sein muß und ich selber ihn meiner Schwester verordnet habe, bleibe ich zornig.)

Ich laufe über den breiten Gang der Station, ich sitze im Raucherzimmer und bin neugierig auf eine debil aussehende

Frau im Bademantel und auf ihren Mann und die gemeinsame Stummheit des Paars, ich hole mir Mineralwasser, rede mit Krankenschwestern, meinen wahren Freundinnen. 302 durchsäuselt vom Sauerstoffgeriesel, weggeschobener Rollstuhl, ich im hochgeklappten Liegesessel. Über ihr vor einigen Tagen quer ins Zimmer gestelltes Bett (weg von der Wand, ist es jetzt erst ein richtiges Krankenbett) soll sie sich noch geärgert haben. Videoapparat, viele Schreibpapierstapel, zu große Schreibmaschine (sie wünschte sie sich, Gebrauch von ihr machen konnte sie nicht) – alles nutzlos, auch ihre Jeans, T-Shirts, Blusen. Ich lese in ihren Schreibversuchen. Unvollendeter Brief an uns, sollte Hochzeitstaggratulation werden (ihre Gewissenhaftigkeit immer noch!), entziffere *eure Ehe* und *noch viele Jahre lang* (nicht zu uns passend konventionell), angefangen ziemlich weit unter der Blattmitte; bin dauernd kurz davor, aufzugeben. Ohrwurmartig im Kopf: Ich werde später leiden, ich werde es erst später wirklich merken. Überall in diesem Gekritzel finde ich Anfänge, die das behinderte Verlangen ausdrücken wollen, sich über die Lage zu beklagen: ... *mein Leben als Puppe* ... *ich aber habe meine Puppen nach dem Waschen richtig abgetrocknet* ... Wörterdurcheinander aufs Blatt verteilt, sieht aus wie von einem, der mitten in der Nacht seinen Traum wichtig findet, aber nicht ganz wach werden will, ihn, ohne Licht anzumachen, aufschreibt. Anfänge mit Besorgungswünschen: Dörrapfelschnitze, Briefmarken, Seife ... Nun muß ich wirklich aufhören, ich kann kein Wort mehr lesen, leider nicht weinen. Die Tränentherapie! Gauloise diesmal auf ihrem kleinen Balkon, die Schweineherde am Hang, Zürichsee glänzt. Zurück in 302, wie ein Mensch, der das Opernglas verkehrt herum hält, alles unwirklich klein sieht, ich sage mir: Das ist wirklich und wahrhaftig *meine* H., die da schläft, werweißwas träumt, dann halbwach ist, werweißwas denkt, zu denken versucht. Ich werde erst viel später leiden. Aber ich weine sowieso nie.

Mein Schwager war da und hat sie gestreichelt, mußte nochmal weg, abends würden wir wieder im Da Capo zusammen essen, die Speisekarte wäre uns nicht egal, wir würden über sie reden und daß es so wie jetzt, mit Morphiumruhe, das Beste für sie sei (so wie sie früher immer *in den besten Händen* war – und nichts davon war je gemogelt), und wir würden auch über anderes reden, wir können uns ablenken, sogar lachen (*das wäre ihr recht, sie hätte das gern so*: wieder entspräche es der Wahrheit). Mein Schwager ist todunglücklich. Ich sage: Daß ich dir eines Tages kondoliere, darfst du allerdings nicht erwarten. Wer ist enger liiert, ein Ehemann oder eine Schwester? Trotzdem würde ich besänftigende Briefe schreiben, in denen auch *meine* Untröstbarkeit vorkäme (doch immer ebenfalls dieses *Beste*, das es für sie war, und daß sie es jetzt unvorstellbar viel besser hat, als wir es uns in den paradiessüchtigsten Bildern ausmalen könnten).

Ich stehe an ihrem Bett, sollte sie nicht betrachten. Ist es treulos oder was sonst ist verkehrt ... nur ihre dünnen Geigerinnenhände blieben die von früher, bis auf erschreckende Blässe. Halblautes Absingen umgedichteter Kinder-Weihnachtslieder: »Zum Himmel hoch, da will ich hin / Weil ich hier nicht mehr gerne bin. / Hier habe ich genug gesehen / Und will zu meinem Vater gehn.« Ist es selbstsuggestiver Kitsch, wenn behauptet wird, Schönes, Liebevolles, das wir ihnen vermitteln wollen, spürten die sterbend Schlafenden? Keiner kann uns sagen, was sie mitbekommen, was nicht, oder in welcher Deformation ... Schwester Daniela am Bettrand, streichelt H., fragt mich unverständlich Schweizerisches; weil H. plötzlich, Augen halb offen, auch nicht zu verstehen vor sich hinredend, mir etwas Wichtiges mitteilen zu wollen schien (hatte ich *Schreib nicht drüber* verstanden?), war ich ins Stationszimmer gegangen, um Daniela zu holen. Und die verstand sie, sie flößte ihr etwas Gelbliches ein, woran H. sofort die Lust verlor, sie hantierte am Sauerstoffgerät, flüsterte mir ihr. Es war also bei H.s Sprechversuchen um dieses gelbliche Getränk gegangen, um nichts weiter. Ich entdeckte einen Goldglitzerpunkt an Danielas linkem Nasenflügel und lobte ihn, erkundigte mich nach dem Piercing-Prozeß, und von der langen Antwort verstand ich wieder fast nichts. Zwei Fremdsprachen in 302. Die gepiercte dickliche Nase rührte mich. Wenn sie solchen Aufwand treibt, muß sie den lohnend und sich schön finden.

Als ich H. an diesem Vormittag mit dem leisen Zuruf ihres Code-Kindernamens, die Erwachsenenzeit überdauernd, begrüßte, und der Ruf durchdrang Schlaf oder Halbschlaf, antwortete sie leise, aber deutlich artikulierend und nach dem Kindheitskodex mit *meinem* Code-Namen. Das gehorsame Echo klang sanft, zärtlich, demnach konnte sie noch exakt korrekt reagieren. Ich werde das Echo nie mehr hören. Auch nie mehr hören, nie mehr anwenden werde ich unser zweites Echo-Wort, die drei gesungenen Silben, auf die hin unverzögert nach strenger Vorschrift die gleichen drei Silben zurückgesungen werden mußten. Geschah das in der vom Zuruf vorgegebenen Tonfolge, die Terz war immer kompliziert aus mehr oder weniger weit auseinanderliegenden Noten zusammengesetzt, dann hieß das: Man hatte eine Frage wahrheitsgemäß beantwortet. Die verzerrte Terzantwort aber (statt a ein gis, statt d vielleicht h oder c: zahllose Variationsmöglichkeiten) offenbarte eine Schwindelei. Die Code-Terz blieb unser Lügendetektor, bis es zu ernst für ehrliche Antworten wurde. Einer Jahre zurückliegenden Abmachung, getroffen nachts auf einer Straße in Udine mitten im Unsinnmachen, unsere Männer gingen zwei Schritte hinter uns, *Wir werden uns in Notfällen immer alles sagen,* sind wir früher schon untreu geworden: Vor schwerwiegenden Sorgen wollten wir einander schützen.

An Stimmen, die man nie mehr hören wird (Tote schweigen nur für die Spiritisten nicht), darf man nicht denken. Mein älterer Bruder nahm ein Telephonat mit unserem Vater auf, um später immer mal wieder seine Stimme zu hören. Aber er hat bis heute die Kassette nicht in den Recorder gelegt. Und ich brauchte mir nur einen Film wieder anzusehen, in dem ich die Rest-Familie und auch meine Schwester mitwirken ließ, und ich könnte ihre Stimme hören, ihre Sätze ohne Drehbuchvorlage, demnach knappe Sätze, wie sie zu ihr passen; doch bestimmt werde ich es wie mein Bruder machen, und den bitte ich auch lebenslänglich nie: Laß uns mal das Band mit dem Vater drauf hören. Mit dem Film wäre es noch schlimmer: Ich sähe die für sie charakteristische Mimik, etwas abweisend, weil sie gefilmt wird, ihre anmutigen Bewegungen. Photos hingegen kann man nach einer längeren Zeitspanne wieder betrachten. Ich würde, so bald ich es über mich bringe, ihr Gesicht von vor der Cortison-Therapie wieder in meinem Gedächtnis verankern. Vorerst sehe ich sie immer nur als die, von der sie mit ihrem mutigen bitteren Humor einmal gesagt hat: Und solche Frauen, Frauen, die so aussehen wie ich jetzt, die haben wir als Kinder gespielt. Ich habe ihr recht gegeben, wir memorierten unsere Namen:

Frau Biersau und Frau Briehinkel. Frau Specht und Frau Sperling. Haljane und Undine, aber die waren affektiert und stark geschminkt ... Ich schnitt meine pampige Frau-Biersau-Grimasse. Sie hat gelacht. Es hätte meine Schwester gekränkt, wenn ich zu feige gewesen wäre, ihr zuzustimmen; durch das kurze Kinderspiel mußte sie sich nicht wie von einer fremden Person und Scheintrösterin abgewimmelt fühlen. Übrigens, Stimmen: Ihre kann ich perfekt nachahmen. Die Versuchung, es zu tun, ist groß. Ich weiß nicht, ob ich es jemals ausprobiere. Nie wieder Telephonate! Sie fingen mit den Zurufen unserer Kinder-Code-Namen an. Jesaja 43, 1 fällt mir ein und daß der einzige uns allen Überlegene sie *beim Namen gerufen* hat.

In 302 stieß ich im Heft Zürich III auf Notizen von der Reise zu ihr: kaum in der Schweiz, einsetzende Dämmerung, bei lustigen Italienern am Buffet Schweizer Kaffee gekauft, Schweizer hellbrauner Schaum am Rand des Pappbechers. War diesmal endlich nicht zu faul, in den ausgelesenen Zeitungen nach einer bestimmten Todesanzeige zu suchen (immer wieder daran gedacht), fand sie, riß sie raus, legte sie ins Heft. Der außergewöhnliche Witwer hatte ein Shakespeare-Zitat gewählt: »O know, sweet love, I always write of you/ And you and love are still my argument.« Am Nachmittag, an dem ich in den biographischen irdischen Anteil an der Existenz meiner Schwester den jenseitszugewandten Kontext integrierte, wünschte sie sich Jesaja 43, 1. Weil sie sich an den Grabstein unseres Vaters hielt? (Ich weiß nicht einmal, wie religiös sie war, wahrscheinlich wollte sie und konnte sie unserer Pfarrhaus-Kindheitstradition treu bleiben.) Tat Jesaja ihr wegen *Fürchte dich nicht* gut und weil ganz persönlich sie beim Namen gerufen wurde? Hörte sie die Worte, als hätte Bach sie in einem Rezitativ vertont? Es ist eine schöne ruhestiftende Stelle, hatte ich kommentiert. Und zum Glück nicht gesagt, woran ich nebenbei dachte: Kommt sie aber nicht zu oft in Todesanzeigen vor? Gesagt habe ich: Wir müßten mit Nachdruck anweisen, daß sie das *e* zwischen dem *s* und dem *t* bei *erlöset* beachten. Es fehlt meistens, *erlöst* ist zu kurz angebunden, der Rhythmus ist gestört, die Sanftheit fließt nicht.

Meine Schwester und mein Schwager gaben mir recht, wir waren ja herausgehoben, hochgestimmt, im vergänglichen kleinen Rausch; aber daß ihnen mein *e* besonders wichtig war, glaube ich nicht. Ich kannte noch nicht die seltsame Anzeige mit dem Shakespeare-Zitat. Ich sehe es kommen, daß ich dem Witwer einen Brief schreibe.

Hitze in 302 nachmittags am 24., ich weiß nicht, ob das jetzt schon Morphium ist, wodurch sie döst, manchmal schläft. Die mollige gepiercte Daniela zärtlich zu H., sie macht es besser als ich, H. murmelt, Daniela versteht: Orangensaft. Und daß sie in den Rollstuhl will. Nein, sie hat noch keinen Morphiumfrieden. Sie willigt nicht ein. Andere Schwestern, alle liebevoll sachverständig, schauen nach ihr. Mein Schwager, wieder in einer Arbeitspause: streichelt, identifiziert auch kein Wort, küßt sie (sehe nicht genau hin, fürchte, er weint. (Ich: ausgetrocknet. Aber ich weine sowieso nie.) Traurige, ohnmächtige Lage. Gedichtbandfrau immer wieder, ihr Sterbebettinspirationsglück noch nicht mal nur Kitsch, es ist frivol. Sterben ist miserabel. Für die Zuschauer auch. Harmonische Edelempfindungen auch. Ich möchte meine Schwester rächen. Ich bin jetzt überhaupt nicht *jenseitszugewandt* besänftigt, verachte mich für den transzendenzgierigen schönen kleinen Rausch der Augenblicke beim Entstehen meines Textes für den Pfarrer, ich komme mir gegenüber meinen zwei Rauschteilhabern eitel, selbstsüchtig, befehlshaberisch vor. Zwar danke ich der Forschung für die Morphiumgnade, aber ich will nicht, daß *sie* es ist, die hier der Beobachtung preisgegeben ist (eine Freundin mit Migräneschmerzgesicht war kurz da), denn das paßt nicht zu ihr, sie wäre schimpfend dagegen, würde sich blamiert fühlen, wie von Anfang an und erst recht, seit sie immer abhängiger von der Hilfe anderer wurde, das Versickern ihres Selbst spürend (und doch konnte sie Physiotherapie-Erfolge genießen, an Spitex-Krücken noch einmal gehen lernen, hat sogar die Tram bis zum Bellevue benutzt, für kleine Einkäufe einen Rucksack angeschafft, amüsiert hat es sie, am Paradeplatz zwischen den Passanten ihren Lieblingsarzt zu entdecken, und sie haben ein paar Minuten miteinander geplaudert). Als es noch lohnend gewesen wäre, weigerte sie sich, eine Perücke aufzusetzen *(Ich will ich selbst bleiben)*, umwickelte sich mit Kopftüchern (Sie, die mit den besten Haaren in der Familie!), und bis auf die Schwestern, Pfleger, Ärzte müßten wir alle vor Nr. 302 kehrtmachen: aus Respekt. Auch ich: raus mit mir.

Mich hättest du bestimmt als erste weggejagt. Es wäre dir nicht um Würdeverlust, Stolzschwelle, nicht um alle diese Indiskretionen gegangen. Aus Sorge und zu meiner Schonung hättest du mich vertrieben. Schon meinen ersten Klinikbesuch vor vielen Monaten wolltest du, du konntest noch telephonieren, abwimmeln: Es paßt schlecht, ist ungünstig ... du hast, als wären die ein Argument und könnten dir helfen, die Termine meines Schwagers aufgezählt, du wußtest, es wäre vergeblich und ich würde doch kommen, und von mir abgekehrt in deinem Rollstuhl am der Nr. 302 entgegengesetzten Ende des breiten Stationsgangs hofftest du vielleicht noch, ich könnte dich nicht erkennen. Da sitzt Ihre Schwester. Die Stationsschwester deutete auf den Rollstuhl dort am Ende des Gangs, auf deinen Hinterkopf, nicht mehr vom Kopftuch geschützt, fadenscheinig-undefinierbare Überreste deiner wunderbaren dichten und festen Haare. Dann sah ich dein Gesicht und sekundenlang brauchte ich wahrhaftig, um dich zu erkennen. Mimisch konntest du dich kaum mehr ausdrücken, und dein Versuch eines Hättest-du-das-je-gedacht-Lächelns war das Traurigste, das ich jemals gesehen hatte. So siehts jetzt aus, so ist jetzt die Lage, hat dieses Schattenlächeln mir sagen müssen. Auch während der übrigen Besuchszeit in 302 fiel dir immer wieder ein, daß deine Cortison-Aufschwemmung mich nicht schockieren sollte, und du drehtest im Rollstuhl immer ab, kehrtest mir den Rücken zu, und bis ich überhaupt begriff, warum, rief ich: He, du sitzt ja schon wieder falsch rum, und positionierte mich frontal zu dir.

Während doch lang schon alles gegen eine Fortsetzung dieses Elendsrest-Sterbenslebens sprach, funktionierten meine schönen Todestheorien extrem schlecht. Ich war mir bei ihr des Himmelreichs nicht so sicher wie im Winter beim Tod meiner Mutter, die ich dorthin ganz ohne Mühsal transportieren konnte; sie träfe den Vater, wie sie es sich gewünscht hat, vom sehr langen Leben war sie müde geworden, und nach ihrem Tod endlich ich wieder das Kind, das der Mutter vertraut und nichts besser weiß als sie und alles von ihr lernt. Der Tod hat dich aus der angstbesetzten, sinn- und hoffnungsentleerten Wartezimmerzeit gerettet, endlich endlich kamst du dran, du wurdest *bei deinem Namen gerufen* – aber wohin genau? Wie geht es dir, wie genau? Und da sind diese fünf versauten Lebensjahre, und ich werde nie aufhören können mit meinem empörten, zornigen Widerstand. Deine Ärzte lobten deine Selbstdisziplin, nannten dich tapfer. Aber du hattest Angst. Es war tapfer, sie keinem aufzuladen. Als du nicht mehr lesen, nichts mehr hinkritzeln und nur in die Musik fliehen konntest, muß es ja doch, trotz Musik *(sie macht was mit meinen Lungen, ich kann besser atmen)* oft trostlos langweilig gewesen sein. Mir geht *In Schönheit sterben* im Kopf herum, und daß du dich nicht einmal mit dir selber ablenken konntest: mit dem Rollstuhl vor den Spiegel kutschieren, dich deiner selbst vergewissern, immerhin dich mit dir identisch fühlen. Doch dein schönes zartes schmales Gesicht, du konntest es nicht mehr finden. In den letzten paar Monaten blieb vom Therapieeffekt nur noch die Demütigung übrig, vernichtet deine graziöse Physis. Im Vergleich mit der auch aussichtslosen Lage des Häftlings, der, in die Todeszelle eingesperrt, auf seine Hinrichtung wartet, Datum ungewiß, Tod gewiß, schneidet er besser ab als du. Er *kann* sich im Spiegel betrachten. Er ist gesund, er kann gehen, seine Todesart steht fest, vom fortschreitenden körperlichen Niedergang blieb er verschont, die Lage ist verheerend schlimm, aber besser als deine. Jemand, der uns kannte, als wir Kinder waren, hat mir in der vielen Mitleidstrauerpost nach deinem Tod das Beste über uns geschrieben, es hat mich, in seiner Einfachheit, in die Kindheitsspiele mit gelegentlichen Notlagen zurückversetzt: »... und du mußtest ihr zusehen und du konntest sie nicht retten.« Retten! Ein Kinderszenenwort, das einzig wahrlich passende. Wir haben uns immer gerettet, eine die andere, und nur aus Erwachsenensicht handelte es sich um Bagatellrettungsaktionen.

Etwas Ähnliches wie Verrat (ich konnte dich nicht retten)

empfand ich am heißen 302-Nachmittag des 24.9., als du nicht wußtest, was um dich herum vorging und daß man dir Morphium gab, während doch ich es wußte, ich die Umstellung auf Morphium ja angezettelt hatte. Morphium, das hieß: Geben wirs auf. Das entschieden wir, während du gelebt hast, im Sauerstoffgeriesel atmend, und es könne noch tagelang so gehen, kürzer aber auch, sagten deine Ärzte. Vom Morphium als Genußwert hattest du nichts mehr. Lang vorher, in deinen Rollstuhlzeiten, habe ich es mir oft für dich gewünscht, damit sich dein todestrübsinniges Grübeln, deine Anstrengung, dich in Bachs Musik zu asylieren, in wohltätig entführenden Rausch aufgelöst hätte; im medizinischen Finale macht Morphium nicht mehr high, es betäubt nur in Schlafzustände hinein, werweißwelche Träume. Nach erhellenden sah das bei dir überhaupt nicht aus. Todkranke bekommen keinen Rausch.

Die Beschönigung aller Wohlmeinenden (in den noch besseren Verbannungszeiten) hat mich auch geärgert, dieses: Sie kann sich immer noch freuen, schauen Sie doch, sie lächelt (das tat sie wirklich: über Brötchen und Brioches aus meinem *Schweizerhof*-Frühstückskorb, über wieder aufgespürte Familien- und Kindheitsszenen, über unsere vielen Rituale, und wir sangen uns die Lügendetektor-Terz vor, vermieden aber natürlich ernste Fragen, es ging nur um Banalitäten, damit wir nicht bei etwas ... bei *dem* Schrecklichen lügen müßten. Doch diese minimierten *Freuden*, kaum erkennbares Lächeln, sie genügten ihren Ansprüchen nicht. Es war nur das Beste, das wir haben konnten.

Vorbei für immer auch diese Miniaturen. Nichts mehr kann sie machen. Mit ihr kann jetzt niemand mehr etwas machen. Es bleiben nur noch die kurzen, schnell scheiternden Schnabelbecher-Trinkversuche. Nun versteht auch keine Krankenschwester mehr, was sie ab und zu sagen will. (Ihr blieb anscheinend mehr, sie hat noch Wünsche!) Und ich – ich denke doch wahrhaftig weiter daran, wann ich rauchen möchte oder einen Kaffee und daß ich einen raschen längeren Fußweg brauche. Wenn auch aufgeregt, bin ich doch okay. Mit klarem Kopf weiß ich, wie traurig ich bin. Ich sterbe auch, sage ich zu ihr, und daß es, wie wir es uns und unseren Spielsachen versprochen haben (wenn eine Puppe zerfiel, nicht mehr zu *retten* war), nach dem Tod erst *richtig* schön wird; von Karl Barths Vorhang, der dann erst *richtig* aufgeht, wußten wir noch nichts. Daß nur Sterben Mist ist, aber Morphium segensreich, und hinter dem Tod das Ziel. Meine Schwester gibt mir auch diesen Unterricht: Sterben. Doch wie früher vergebens, ich will nichts lernen, ich bin trotzdem in die GIs, unsere Befreier auf leisen Stiefelsohlen im Garten, verliebt gewesen. Mich zog es hinaus, dich erst, als es Zeit dafür war und du zur Fortsetzung des Geigenstudiums in die Schweiz gingst, als 1. Bratsche im Zürcher Kammerorchester dort bliebst, und *Meine Schwester ist Schweizerin*, sie weiß jetzt genug über Wilhelm Tell und ihr Haus war sauber geputzt, sie bestand das Einbürgerungsexamen, erzählte ich, stolz auf dich. Sie *war* Schweizerin, werde ich bald sagen. Noch immer stolz auf dich, und mich. Wenigstens meine Egomanie, während du still stirbst, sollte mir die Tränen in die Augen treiben. Aber ich weine ja nie. Vielleicht erst bei *meiner* Diagnose. Ich sterbe ja auch, Liebling, sagte ich, Ciao und bis bald, und ich habe meine Schwester leise in 302 verlassen. Ich bekam meinen schnellen Fußweg.

Miss Briggs

8.9.2000

Nach Berlin (Infektgefühl, Fieber) allmählich doch wieder richtig zu Haus. Schlechte
Bedingungen für Weiterkommen an Miss-
Briggs-Idee (ihr Begräbnis statt H.s – was
läse H. gerne, wie DAVON?) Zu oft tel.,
bevorstehend: Mittagszeit mit Besuch Y und
zwei Töchter ... Miss B. und Schwester:
ermöglicht andere Tonart, Distanz, Vermei-
dung von Sentimentalität etc.

9.9.2000

Todestag Vater. R. Balkon, dort gestern
schön mit Y., Töchter sehr charmant, A.s
Gitarrensolo wie ernster Zauber inmitten
der Turbulenz von Reden, Lachen ... Y.s
extrem köstlicher Pflaumenkuchen, heute an
Rest überessen. Gestern Infekt-Fiebrigkeit
fast vergessen, nur auf Mini-Spaziergang
krank gefühlt. Heute wieder. Weiter an Miss
B. im Total-Chaos, Notizen sortiert, Mit-
tagsschlaf (!!), danach nicht mehr in Zusammenhang gekommen. Nur 37,2, Husten.
Klavier schlecht wegen Husten usw.

24.9.2000

R. spät, Sonntagsgefühl, zum Glück Zeitungen. Langes Telephongespräch mit Ma-Schwestern: gut. Zwischen viel Hin und Her ca.

2 1/2 h: Abschied von der Schwester (d.h.
Miss B.) zu Ende = 24.9. = ein Jahr nach
meinem letzten Aufbruch zum Besuch bei H.,
2 1/2 Tage: Therapie-Ende, Morphium. Naht-
los Schnellgang (verkürzt, wegen Sturm zu
warm, sonnig), lange Zeitungspause, erleichtert (Ms fertig), aber auch schade
darum. R. redigiert, ich etwas Putzen wegen
Bewegung (und Schmutz), dann Redaktion
Weihnachts-Manuskript für Rh. M., Post
bereden - vorbereiten, appetitlos Küche/
Salat etc., ohne Klavier (Gewissen!)
Totalkitsch TV (aus Klinik-Serie).

MISS BRIGGS

Klassischer Oktober auch auf dem Friedhof von Zollikon-Dorf, in dessen Zentrum eine lange schattige Allee führt; dein ausgehobenes Grab aber lag, erster Fehler, ungeschützt unter der heißen Sonne. Schreib nicht drüber, erzähls nicht ... beim Nachdenken über uns zwei Dilettantinnen in der Todeserfahrung hörte ich wieder, was du vielleicht gar nicht gesagt hast. Vielleicht war das nur wie sonst *Orangensaft* und *Ich will in den Rollstuhl* und daß die Jalousienblätter senkrecht gestellt werden sollten (viel zu sonnig). Begräbnis-Beginn: halb drei, mein Schwager und ich kamen als letzte. Mein Vormittag in Nr. 433 (spiegelverkehrt genauso wie 422 oder 322) des Hotels *Schweizerhof* war mir mit Notizenmachen zu schnell vergangen, und mit der Marketing-Frau habe ich über einen Stammkundenrabatt verhandelt, ganz so, als bleibe es beim Motiv für regelmäßige Aufenthalte in Zürich. Fast unpünktlich bin ich mit der Elf bis zum Balgrist gefahren und zu deinem Haus gelaufen, worin noch das winzigste Inventardetail dich heraufbeschwört; zu meinem Schwager, abfahrbereit, habe ich gesagt: Ich brauche nur noch eine Brotkruste. Das mit der Brotkruste könnte von ihr sein. Dann fanden wir am Friedhof von Zollikon-Dorf für den Peugeot 406 mit Mühe einen Parkplatz, und von da an bis zum Grab hat es meinen Schwager stolz um deinetwillen gefreut, daß sich eine Menschenmenge versammelt hatte, viele Kollegen, Kolleginnen, einige mit langer Anreise, und die Ehefrauen der Kollegen sahen auch wie Psychologinnen aus, manche sind es. Schreib nicht drüber, erzähls nicht. Genauso gut kann ich aber auch deine Stimme beim Loben hören: Du wirst es können, du wirst es richtig machen. Beim Anblick des Sargs ging mir auf, daß es außer dir keinen gibt, mit dem ich über Särge reden will, schon gar nicht über deinen. Überhaupt nur mit meiner Schwester möchte ich über heute sprechen. An manchen Stellen bekämen wir einen unserer rätselhaften und wie grenzüberschreitenden Lachanfälle, wie früher einmal mitten im Sorgenmachen um unseren Vater: ein haltloser Lachanfall auf einer Bank im Schwarzwald oberhalb Triberg während kurzer Ferien mit unseren Männern, die uns freundlich beunruhigt zusahen, verstanden haben sie nichts, wir auch beinah nichts. Ja, einzig und allein meiner Schwester möchte ich von ihrem Begräbnis erzählen: Die Psychologin, der ich das nach allen Zeremonien beim Buffet im *Rössli* gesagt habe, hat gelacht und mir Tips für diese Berichterstattung gegeben.

Verschwiegen habe ich ihr meine Erleuchtung, wie das zu machen wäre, mit dem ganz idealen Verfahren; diese Idee hatte mich, ein Glücksfall, schon vorher nah der offenen Grabstelle überrascht. Von da an konnte ich wieder besser durchatmen und sogar ab und zu den Sarg anschauen. Miss Briggs und nicht meine Schwester läge darin, und ich wäre die zwei Jahre jüngere Madge. Statt meiner würde Madge sich (wem gegenüber? Der etwas gezierten Mrs. Westwood?) Luft machen: Wissen Sie, meine Liebe, und ich weiß, es klingt befremdlich, aber als ich auf dem Friedhof ankam, fühlte ich mich stabil. Obwohl es doch ein entsetzlicher Tag hätte sein müssen, der entsetzlichste, aber nein, es ging mir gut. Ich hatte einen guten Vormittag in diesem *Schweizerhof*, sie machen dort einen vorzüglichen Kaffee, sieht man von dem ab, den es zum Frühstück gibt – immerhin, das Frühstück habe ich nicht angerührt, ich beanspruchte zwar den Zimmerservice ... Madge würde einen Hauch Ungeduld bei Mrs. Westwood bemerken und sich entschuldigen, und sie würde erklären, inwiefern das Frühstück am Tag des Begräbnisses nicht unerwähnt bleiben dürfe. Bedenken Sie, liebe Mrs. Westwood, mein liebster Mensch wird begraben, und ich fülle in einem Saal voller Menschen mit Appetit und vitalen Tagesplänen im Kopf meinen Teller! Auch den Room-Service rief ich nur an, um mit einem Menschen zu sprechen, nur kurz und über Unwichtiges. Ich hätte keinen Bissen runtergebracht. (Leicht irritiert spürte Madge ihren Körper: in seine Molligkeit kam sie sich wie in ein Daunenplumeau eingebettet vor. Und garantiert hätte sie ein rosiges gesundes Gesicht.) Aber ich mutete mir den Anblick des Körbchens zu, und warum? Um zu leiden. Miss Briggs mochte diese kleinen Brötchen, Brioches desgleichen, und von meinen Reisen brachte ich sie ihr oft mit nach Haddon Hall Village.

Die arme Madge, also ich, müßte auf die erstaunlich große Menschenversammlung, wie sie sich zu Ehren *meiner* Schwester eingefunden hatte, verzichten, denn wie auch immer Miss Briggs' skurrile Entscheidung für ein Grab in der Schweiz in einem früheren Kapitel zustandegekommen wäre, mit vielen Freunden dort könnte sie nicht rechnen. Schade um Madges Bedürfnis, anderen zu imponieren. Statt dessen: alles über Särge, während Madge beide Teetassen füllte. Die beiden Frauen hatten sich für die Glasveranda entschieden, der Oktobertag war auf die englische Art klassisch, also ein wenig feucht, kühl. Greifen Sie zu, diese Blaubeer-Muffins habe ich kürzlich bei *Hunter & Harry* entdeckt und mir scheint, sie sind die besten im Umkreis (Mrs. Westwood würde schon aus Stolz eine andere Quelle nennen, vielleicht erfinden: Barbara's Little Bakery im entlegenen Newton oder ähnliches.) Nochmal, sagte Madge, ich dachte, das fürchterliche, in seiner Fürchterlichkeit noch nie dagewesene Ereignis, nämlich: Du begräbst deine eigene Schwester, das geht jetzt gleich über die Bühne, und du schaffst das. Miss Briggs würde mir meine Standfestigkeit kein bißchen übelnehmen, im Gegenteil, sie wäre ihr recht, schon um meinetwillen ... Oh ja, pflichtete Mrs. Westwood der Erzählerin bei, Ihre bedauernswerte Schwester war ja stets um Ihr Zurechtkommen in der Welt besorgt, sie war ja doch ein ganz anderer Typ als Sie. Madge überhörte die Andeutung von Kritik und fuhr fort: Aber dann war da dieser Sarg, ihrer, der mit ihr drin ... Glauben Sie mir, der Anblick des Sargs verwirrte mich ganz außergewöhnlich, und damit hatte ich nicht gerechnet, gut, das Begräbnis, und wie es dabei in der Schweiz zugeht, habe ich mir oft vorgestellt, Särge aber nie. In der Schweiz fängt alles auf dem Friedhof an, danach gehts in die Kirche. Den Sarg fand ich so gräßlich bloßstellend und Miß Briggs dem Voyeurismus ausgeliefert, und ich mußte wegsehen ... und Mrs. Westwood würde neugierig einen höflichen Einwand machen *(So sollte man es wohl doch nicht sehen)*, doch wäre Madge nicht umzustimmen: Jeder, ob er es will oder nicht, jeder muß sich doch ganz einfach meine geliebte Schwester in diesem ichweißauchnicht, aber irgendwie spießigen, allerweltsmäßigen Gehäuse vorgestellt haben, ich selber wollte das ja weißderhimmel auch nicht und konnte doch nicht anders, und das Gehäuse stand einer Miss Briggs überhaupt nicht an. Es machte sie lächerlich. Wieder würde Mrs. Westwood protestieren: Dies war nun einfach peinlich, und Madge wie so oft schockierend. Madge schien nicht wirklich auf ihrem Gartensessel in der Glasveranda zu sitzen, sie befand sich auf dem Friedhof in der Schweiz und redete weiter: Gleichzeitig überlegte ich: Wie hat man sie da hineingeschrumpft? Warum sind Särge immer so klein? Sie wissen, Miss Briggs war groß, überragte uns alle, also was hatten sie mit ihr angestellt, um sie in das kurze Ding mit seinen Aufbauten zu pressen? Sie war als Kind schon knochig aus festen Knochen, nie, wenn sie mal stürzte, brach sie sich auch nur einen von ihnen, aber ihr die Knochen zu brechen, das haben dann zuletzt die Beerdigungsinstitutsleute noch geschafft. Madge brauchte ein tiefes Atemholen mit Seufzerausstoß, dann eine Zigarette. Sie hatte noch mehr auf Lager, aber taktvoll, neugierig entsetzt riefe Mrs. Westwood: Aber nein, meine Liebe, wie reden Sie da! Ihr Kummer leitet Sie auf eine falsche Spur. Sie sind pietätvoll, Leute im Bestattungsgeschäft. Mrs. Westwood würde an ihrem Tee nippen und mit der schlagringartig schmuckmunitionierten linken Hand Madges Navy-Cut-Qualm wegwedeln, vielmehr ein Phantom, das ihr überhaupt nicht zu nah gekommen war. Madge wäre von Särgen immer noch nicht abzubringen, *meine* Kritik übernähme sie: Mich verwirrt ihr Anblick. Das hielte Mrs. Westwood für eine natürliche Reaktion: Wenn ein geliebter Mensch darin ruht ... Aber nein, es ginge Madge um Särge als solche. Sie haben etwas protzig Heuchlerisches. Obwohl, Miss Briggs' Sarg sah nach einfachem Kiefernholz aus, ich weiß nicht mal, ob sie ihn polierten, so grauenvoll regte ich mich auf. Aber diese gewölbeartige Form hatte er auch, warum soll man nach oben so viel Platz haben, warum sind sie nicht einfach flach, einfach Kisten, Kästen wir für Musikinstrumente? (Die Briggs-Schwestern musizierten in keinem der Miss-Briggs-Romane.) Wie ein gestutzter Rhombus, nun eben wie alle sah ihrer aus mit diesen stockwerkartigen, nach oben sich verjüngenden Stufen wie bei einer aufgemotzten Truhe, auf der man nicht sitzen kann, oder wie die Aufbauten bei Schiffsbrücken.

In den Miss-Briggs-Romanen war immer Miss Briggs die Hauptperson, ganze Kapitel hindurch kam ihre lebenslustige Schwester gar nicht vor, trotz des anders gearteten Naturells Miss Briggs' Geistes- und Seelenverwandte. Diesmal müßte sie die Hauptrolle spielen, denn in unseren Imitationen der beiden warst immer du Miss Briggs, ich als Madge besuchte dich aus London in deinem romantischen Cottage in Haddon Hall Village bei Bakeville/Derbyshire, immer mit Problemen und gesprächig. Wenn die Schwestern auf ihrem Gartenplätzchen die Hälse reckten, konnten sie über die Weißdornhecke in die zu phantastischen, tellerförmigen Gebilden zurechtgeschnittenen Gewächsfiguren aus Buchsbaum im Gärtnerhausanwesen spähen.

In der Erleuchtung, durch die ich uns in die Briggs-Schwestern verwandelte und dich und mich vor deinem Sarg rettete, ließ ich dich einen allerletzten Miss-Briggs-Roman lesen. Dein Begräbnis wäre das der Miss Briggs, von Madge beobachtet, Mrs. Westwood geschildert; ein Fund aus dem Nachlaß der Verfasserin. (Ihr Tod vor ungefähr drei Jahren hatte uns richtig geärgert, im voraus vermißten wir den Nachschub.) Die Miss-Briggs-Romane liefen parallel zur literarischen Literatur, wir gönnten uns die Abstecher ohne schlechtes Gewissen, schlecht schrieb die Autorin nicht, und alles ging so schön englisch zu und nicht sehr zeitgemäß. Die Briggs-Schwestern liebten sich über alle Gegensätzlichkeit hinweg, und wie unsere bedurfte auch ihre Liebe keinerlei Interpretationshilfe. So wie bei uns kannte eine die andere, verstand sie oft nicht oder nur mißbilligend, jedoch: kein

Übelnehmen. Aber sie liebten sich legerer als wir, englischer, mit Distanz; das haben wir nicht gekonnt, nicht mehr, als wir aufhörten, jung zu sein, wenn die Zeiten vorüber sind, in denen kein Sichsorgenmachen sich in die Liebe einmischt. In den Miss-Briggs- und Madge-Rollen fühlten wir uns entlastet; sophisticated, aber klatschbasenhaft sprachen wir mit verstellten Stimmen ein englisch durchsetztes, uns fremdes Norddeutsch. Madge, schon indem sie so freimütig vom Begräbnis Bericht erstattete, würde nicht hermetisch wie ich auf den Tod ihres Lieblings reagieren und könnte doch meine Einwände wiedergeben.

In früheren Kapiteln müßte vorgekommen sein, warum das Begräbnis nicht in Miss Briggs' geliebtem Haddon Hall Village unter Reverend Scotts Regie stattfand (Adieu, ihr grünen Gärten, Bye bye, Schloßparkanlagen), sondern in der Schweiz. Sämtliche bürokratischen Komplikationen wären abgehakt. Es wäre leichter mit Madge als der Toten, aber du warst Miss Briggs. (Die außerdem nichts Intimes ausgeplaudert hätte: Miss Briggs war eine äußerst zurückhaltende Person.)

Madge verkündete: Zwar lassen sich so leicht keine zwei finden, zwischen die man das sprichwörtliche Blatt Papier schieben kann, und trotzdem bin ich sicher, Miss Briggs an meiner Stelle hätte sich anders verhalten. Sie wäre nicht weniger verzweifelt gewesen, als ich es war, aber am Morgen des Tags mit *meinem* Begräbnis hätte sie sich mit nichts ablenken können. Obwohl meine Verzweiflung ihrer nicht unterlegen wäre, wirklich, Mrs. Westwood, für unser Todesabschiedsgefühl, wem von uns es auch gälte, müßte das Attribut erst noch erfunden werden. Nur, schon auf der Reise in die Schweiz, Sie wissen ja, lange Bahnreisen mag ich, Fliegen nicht, und per Bahn auch nur, wenn ich es komfortabel habe, ziemlich leere Züge, wissen Sie ... Mrs. Westwood, nicht gewöhnt daran, so lang wie erzwungenermaßen heute, kaum je zu Wort zu kommen (Aber viel erfahren wollte sie ja), schaltete sich ein: Ich fürchte, ich weiß, oh Dear, ich schätze, ich weiß, worauf Sie hinauswollen. Daß *Sie* auf Reisekomfort wie bei jeder x-beliebigen Fahrt werweißwohin angewiesen waren, Ihrer armen Schwester hingegen wäre alles egal gewesen angesichts des traurigen Anlasses. Ein wenig pampig wandte Madge ein: Auf den Schweizer Kaffee gleich jenseits der Grenze wäre aber auch sie scharf gewesen, und von anderen Menschen isoliert hätte auch sie gern im Zug gesessen.

Im großen ganzen jedoch: Mrs. Westwood hatte recht. Wenn sie, Madge, es gewesen wäre, die man am nächsten Tag beerdigen würde, hätte Miss Briggs keinen kleinsten Moment im Schweizerhof-Zimmer glücklich genossen, nicht die kühle Klimatisierung, die Verwöhnungswunder im Bad mit Fläschchen, Packungen, und nicht die kleine Orchidee auf der breiten marmorierten Lavabo-Umrandungsplatte, Stehlampe und Sessel und Glastischchen mit kleinem Blumentopf voll lieblich hellblauer Blüten ... das breite Bett, die vielen Spiegel, der breite Schreibtisch im nicht gerade geräumigen, aber kompakt komfortablen Zimmer mit dichtem Vorhangsstoff vor dem Fenster und die Stille dank dickem Gemäuer – Miss Briggs würde das zwar befriedigt registriert haben, ihr unglückliches Bewußtsein jedoch hätte der perfekteste Luxus nicht aufhellend beeinflussen können. (Außerdem hätte sie den *Schweizerhof* bei der Hotelfrage nicht einmal in die engere Wahl gezogen: zu teuer. Miss Briggs war die Sparsame. Wie oft sie, von Madge *Bist du geizig* befragt, zwar verneint, aber stets erwähnt hatte: Ich spare. Und man weiß nie, wozu das noch mal gut sein kann.)

Madge hatte ein bißchen den Faden verloren, und Mrs. Westwood nutzte diese Ratlosigkeit, um von Mr. Elroys defekter Wirbelsäule zu berichten, auch Mrs. Knox ging es überhaupt nicht gut, und sie selber wollte heute lieber keinen Sherry. Erst recht nicht Bass Bitter. Bei den Ingwerplätzchen und den Blaubeer-Muffins griff sie aber gern zu, und jetzt kam sie auch zu ihrer dritten Tasse Tee. Mrs. Westwood, die von sich behauptete, alles Medizinische interessiere sie, solang sie zurückdenken könne, und Mr. Westwood (zu früh geheiratet) sei dran schuld, daß aus ihr keine Ärztin geworden war, hatte bisher für ihren Geschmack zu wenig Klinisches von Miss Briggs erfahren, weshalb sie fragte: Was genau hat denn aber dann zum Tod Ihrer armen Schwester geführt? Ich meine, das muß doch plötzlich irgendwie dramatisch geworden sein.

Zuletzt hatte sie ein Lungenödem, und das gehört vielleicht ins Cushing-Syndrom, ich habs nicht ganz kapiert, aber sie hatte es, dieses Cushing-Syndrom, möglicherweise ist es was Tödliches.

Madge brachte Mrs. Westwood in eine peinliche Lage: Doch Ihnen, bei all Ihrem medizinischen Wissen, werde ich nicht erklären müssen, was genau dieses Dingsdadings ist, oh, ich hasse es. Eine Zornflutwelle erfaßte Madge, befreite Mrs. Westwood aus dem Erklärungsnotstand, sie brauchte nur noch mit Trosttimbre zu murmeln: Oh gewiß, Sie Ärmste, oh ja. Aber (aus aufgestauter Rebellion gegen die dem menschlichen Körper im Krankheitsfall innewohnenden feindseligen Zerstörungsmächte?) Madge begehrte plötzlich, mehr über Miss Briggs' letztes Stündlein zu erfahren: Und was verdammt ist das genau? Es sei kompliziert, Laien nicht in ein paar Sätzen zu vermitteln, erfuhr sie, die für viele Sätze zu ungeduldig war, und sagte: Was immer es ist, es ist vermutlich das letzte. Trotzdem, ich komme nicht drüber weg, daß ich es war, die ihren Tod angezettelt hat, ich meine, indem ich ja sagte zum Überwechseln von der Therapie zum Morphium ... Sie konnten nicht zulassen, daß Ihre Schwester litt, beschwichtigte Mrs. Westwood und bediente sich nun doch aus der Sherry-Karaffe aus Kristallglas mit eingeritztem Schlängelmuster, wodurch es im Glas anheimelnd funkelte. Und außerdem, Sie haben es nicht eigenmächtig getan, nicht wahr? Schon der erste Schluck löste den Druck der kurzen Aufregung. Natürlich nicht, antwortete Madge. Ihr deutscher Arzt hoffte auf meine Einwilligung. Ärzte brauchen diese Einwilligung, und ihrer erzählte mir, in seinem Land hätte man sehr schnell den Staatsanwalt am Hals, wenn man beispielsweise eine uralte Oma sterben läßt, weil nichts mehr zu machen ist und man es gut mit der Leidenden meint, und trotzdem dann die Verwandten angerannt kommen und jammern, der Doktor hat sich nicht gekümmert. Die zwei einigten sich über den oft heiklen, ohnehin schwierigen Arztberuf und nicht ganz über die beste Quelle für Muffins. Mrs. Westwood sagte: Die Blueberrys, einverstanden, die machen sie bei Samuel's wundervoll, aber Sie sollten unbedingt die von Patterson ausprobieren. Neuerdings haben sie sogar welche mit kandierten Orangenklümpchen drin. Und auch ihr Ingwergebäck scheint mir um eine Nuance lockerer. Madges waren vom All-Mart. Sagen Sie, was Sie wollen, aber manches ist dort erstklassig. Oh, es fängt an zu regnen. Ganz zart, und dann muß ich immer an Miss Briggs denken. Madge seufzte, entschuldigte sich, doch

Mrs. Westwood wedelte, wie vorhin das Phantom Navy-Cut-Qualmnebel, den Einwand von sich weg. Was halten Sie vom Eis des Jahres? Ich hätte es im Haus, haben Sie Lust auf eine kleine Portion? Das war nicht der Fall, vielmehr bekundete Mrs. Westwood Mißfallen an der diesjährigen Kür zur Nummer eins: Zuviel Durcheinander, Pistazie, Birne und sonst noch was, und der Eigengeschmack geht dabei drauf. Madge, entlasten Sie sich doch weiter von Ihrer schrecklichen Erschütterung, genau dies war meine Absicht, ich meine, daß sie es täten, als ich meine Stipvisite anbot.

Nach einem neuen tiefen Seufzer sagte Madge: Wissen Sie, so etwas, ihr Begräbnis dort in der Ferne, ich hatte es noch nie erlebt, natürlich denke ich nicht an Beerdigungen allgemein, von denen gibts ja, wenn man älter wird, nicht zu knapp, aber neben der Grabstätte für die eigene Schwester zu stehen ... und wieder sehe ich diesen fürchterlichen kleinen Sarg vor mir, daß Särge immer so klein sind, war mir schon oft aufgefallen, und bei Mr. Stephen Frouds Begräbnis wars wohl, daß ich mich wie jetzt bei meiner schönen großen Schwester fragte, ob sie ihm wohl die Knochen gebrochen hatten ... Ach, gräßlich wie alles, obwohl, mit wem ich auch redete, es waren ja ein paar Leute gekommen, die Englisch sprachen, jeder beteuerte, es wäre ein schönes Begräbnis, das war hinterher, und ich fand das übrigens auch, solang es dauerte und dann auch noch beim Umtrunk und Imbiß mit diesen mir fremden Menschen im *Rössli*, und ich sagte, das mit Miss Briggs befreundete Ehepaar hätte alles wundervoll organisiert oder inszeniert, ich meine, es hatte mich gerührt, daß ihre Tochter zusammen mit einer befreundeten Harfenistin ausgerechnet *unser* Bach-Siciliano spielte ... wir bekamen so oft Lachanfälle, lang her, in unserer Jugend, wenn wir es spielten, Miss Briggs am Klavier, diesmal wars Harfe, aber gar nicht affektiert, und ich Querflöte, oh wirklich, ewig her, und heute bekäme ich keinen Ton mehr aus diesem Instrument, schade drum ... unsere Eltern meinten es gut mit dem Musikunterricht für uns beide. Mrs. Westwood, um ihrer Ehre willen, mußte sich einschalten: Bei mir war die Reihenfolge Blockflöte, Klavier, Geige. Madge sagte: Plötzlich, das war noch vor der Zeremonie in der Kirche, in der Schweiz machen sie es ja genau andersrum, als ich es kenne, bei denen fängt das Ganze auf dem Friedhof an, dann erst kommt die Kirche ... plötzlich ging mir als Satz meine Empfindung im Kopf herum: Überall ist sie nirgends. Ich dachte an dieses Haus. Madges rechter Arm fuhr mit einem Halbbogen den Umkreis ihres Gartensessels ab. Ich hatte vorweggenommen, was mir hier jetzt auf Schritt und Tritt zusetzt: Daß sie überall nirgends ist. Mrs. Westwood mußte sich mit eigenen Verlusterfahrungen zu Wort melden, und es hörte sich nach fast ununterbrochener Schmerzuntermalung ihrer Biographie an; daß überall ein geliebter Mensch nicht war, schien sie auf Schritt und Tritt mitgemacht zu haben, während sie an Friseurterminen, Fitneß für Senioren, dem Wechselspiel der Einladungen und Gegeneinladungen und auch an ihrer Leidenschaft für Einkaufsbummel im Shopping-Center festhielt und auch ihre Parterrewohnung im verwinkelten großen viktorianischen Haus in der South View Avenue nicht vernachlässigte; das Haus war für sie allein viel zu groß, erste Etage und Mansarde hatte sie vermietet, und keine Trauer war bisher zu überwältigend gewesen, als daß sie Mrs. Westwood daran hinderte, rechtzeitig zum Monatsende zu kassieren. Man darf sich nicht gehenlassen, man muß da durch, sagte sie, bevor Madge eine Seufzerpause ihres Gasts nutzte, um

James Joyce zu zitieren. »Mein junges Leben hat ein End, / Mein Freud und auch mein Leid, / Mein arme Seele soll behend / Scheiden von meinem Leib. / Mein Leben kann nicht länger stehn, / Es ist sehr schwach und muß vergehn / Im Todeskampf und Streit.« Ich dachte daran für die Todesanzeige, aber dann fand ich Jesaja 43,1 doch schöner, es hat mit Miss Briggs' himmlischer Zukunft zu tun, Sie wissen schon. Und doch, diese traurigen Strophen greifen mir ans Herz. Madge patschte ihre rechte Hand auf ihre mollige Brust unter dem grauen Pullover. Es war ein Pullover von Miss Briggs. Vergeblich hatte Madge in Modeläden und Kaufhäusern von Highgate und Notting Hill nach einem Pendant gestöbert. Mrs. Westwoods Reaktion auf Joyce bestand in einer nicht gutgemeinten Frage: Wie hieß das noch gleich in der ersten Zeile? Fängt sie nicht mit irgendwas wie »mein junges Leben« an? Ganz richtig! Madge hegte keinen Argwohn, begann von neuem zu zitieren: »Mein junges Leben hat ein End ...« Oh, ich verstehe! Sie meinen, weil Miss Briggs nicht mehr jung war... aber im Kopf war sie jung, und zum Sterben sind doch unsere Lieblinge immer zu jung. Oder? Mrs. Westwood erklärte sich halb bereit, von der Realität abweichend, die Dinge auch so zu sehen.

Es regnete stärker, in der Glasveranda wurde es kühl, und die beiden Frauen räumten das Wichtigste vom Teetisch, zogen in Miss Briggs' behaglich eingerichtetes Wohnzimmer um. In den breiten Sesseln versanken die zwei und sahen ganz klein aus. Mrs. Westwood räusperte sich. Ich will Sie nicht drängen, meine Liebe, und am besten für Sie, wenn Sie über das sprechen, was Ihnen auf der Seele liegt, aber hat Ihre Schwester denn dort auf dem Friedhof ein schönes Plätzchen gefunden? Reverend Scott war schon ein wenig ... nun ich will nicht sagen *verschnupft*, denn nun hat er sie nicht in der Nachbarschaft von St. John's ... Madge fiel ihr ins Wort: Wenn es irgendwo auf diesem Planeten unter kalten Erdklumpen schöne Plätzchen gibt, dann ja, dann hat sie es. Oben drüber ist es schön, ringsumher auch. Nur hat sie leider keinen Schatten. Aber ich muß mir wirklich sagen: Madge, beurteile die Lage nicht so irdisch, nicht nach diesem berühmten menschlichen Ermessen, denn da ist sie nicht, da unter der Erde von Zollikon, eine Grabstätte ist wirklich lediglich ein Gedenkplatz hier auf Erden ... hinieden ... Und plötzlich denke ich doch wieder wie eine armselige Kreatur: Wie verkehrt, sie hat keinen Schatten. Mrs. Westwood ergänzte bitter: Und keinen, der sie besucht. Mit frischen Blumen. Ihre Schwester liebte Blumen, alle Pflanzen.

Und Madge mußte Mrs. Westwood wieder umstimmen: Im Leben nach dem Tod gibts nichts mehr, das wir vermissen. Denken Sie nur an den Psalm 13, falls der das ist mit den grünen Auen und dem frischen Wasser. Miss Briggs' Oktobertag, der 9., war ein schöner sanfter Tag in warmen Herbstfarben, bunte Blätter leuchteten, und in der kleinen kühlen schmucklosen Kirche, als unser Siciliano erklang, erwartete ich meine Tränen, das Mädchen mit der Silberflöte glich meiner Schwester sogar irgendwie, ich meine ihr als junges Mädchen, nur war ja damals ich die mit der Flöte, und Miss Briggs hätte niemals diese leise sich wiegenden Schaukelbewegungen gemacht, aber auch den kleinen Bauch rausgestreckt, Miss Briggs war immer sehr schmal, und nur deshalb fiel überhaupt der kleine Bauch auf ... dieses Mädchen ging sogar in die Knie ... Wieder räusperte sich Mrs. Westwood. Wie war der Pfarrer? Kam er an Reverend Scott heran? Madge sagte, sie hätte ihn sympathisch, aber auch ein wenig zwinglihaft gefunden. Und dann sagte er immer bei der Frage, was mit uns nach dem Tod geschieht: Das kann ich Ihnen auch nicht sagen. Darüber hat später die Frau vom Ehepaar, das sich um all diese Dinge kümmerte, gelästert, und zwar mit diesem Zitat von diesem Ludwig Wittgenstein. Obwohl Mrs. Westwood es beinah hinkriegte, so auszusehen, als wisse sie, worum es ging, erkannte Madge, daß dies nicht der Fall war. Nun dieser Wittgenstein, er findet, wir sollten über das schweigen, worüber wir nicht reden können, so ungefähr. Aber vom 1. Akt, dem auf dem Friedhof, müßte ich vorher erzählen.

Arme Madge! Wie gern würde sie mit der Blumen- und Kranzüberschüttung neben dem ausgeschaufelten, ungemütlich dunklen Erdrechteck prahlen und gerührt die gepiercte Daniela und andere Krankenschwestern erwähnen, die später vortraten und kleine Sträuße abwarfen, und von einem Schwager erzählen, der stolz und froh immer wieder zu mir sagte: Wie viele Menschen sie doch gern hatten. Miss Briggs könnte nicht fünf Jahre lang in der Schweiz krank gewesen sein, und sie war mit Genuß ledig. Zu ihrem Abschied in Haddon Hall Village beerdigt, hätten sämtliche Dorfbewohner sich eingefunden, viele gealterte Männer und Frauen, die als Kinder ihre Schüler gewesen waren, und auch *ihr* Grab wäre ein Pflanzenhügel geworden.

Jetzt wirds auch noch stürmisch, kommentierte Mrs. Westwood eine Böe, die Regen gegen die Fensterscheibe schleuderte, und Madge beruhigte sie: Ich werde Ihnen eine von Miss Briggs' Plastikkapuzen leihen. Ich werde sie Ihnen schenken. Sie trug so was, ich werde es nie und nimmer tun. Miss Briggs hätte auch längst ein romantisches Kaminfeuerchen gemacht, ich war immer schon zu lässig in diesen Dingen. Sie scheute all die kleinen mühseligen Arbeiten nicht, die das Leben behaglicher machen.

Zu schade, daß sie nicht hier ihre letzte Ruhestätte hat, klagte Mrs. Westwood. Mr. Westwood hätte sich nie so weit von mir entfernt, erst recht nicht im Todesfall. Madge würde behaupten, zurückgreifend auf den in vorangegangenen Kapiteln gelegten roten Faden, der in die Schweiz führt: Das hängt mit ihrem Geigenstudium zusammen. Es war in unseren frühen Mädchenjahren, als wir eine Zeitlang nicht so eng miteinander verbunden waren. Sie wissen schon, diese Lebensphase, in der man seine Selbständigkeit erprobt mit all diesen Verliebtheiten und weißichwas, und bei ihr war es die Geige, die Musik ... und sie hatte Talent, sie war vielversprechend.

Mrs. Westwood verstände nie, warum aus Miss Briggs schließlich doch nur eine Privatmusiklehrerin in Haddon Hall Village geworden war, eine bescheidene Ausbeute, Summe hoher Ansprüche, und Madge müßte ihre Schwester verteidigen (sie *retten*!): Sie entschied sich für das Leben, wissen Sie. Und damit gegen Nervenkrieg und Üben von morgens bis abends. Gewiß, sie hatte das Zeug zu einer großen Karriere. Aber diese Solisten stehen ja immer unter Strom, da lauert die Konkurrenz, dann dürfen sie heute keinen Deut schlechter spielen als gestern und so weiter. Üben üben, es hätte nicht zu ihr gepaßt. Sie liebte das Landleben, sie liebte ihren Garten. Sie hat es richtig gemacht, oh doch. Und Mrs. Westwood würde, deutlich nicht überzeugt, huldvoll zustimmen und schon wieder nicht bemerken, daß sie gegen ihre Absicht Sherry trank.

Und uns zwei Leserinnen ginge es ausnahmsweise wie der pampigen Mrs. Westwood. Wir hätten das von der Verfasserin in früheren Kapiteln motivierte Begräbnis in der Schweiz als Einbuße vom englischen Flair empfunden. Arme Madge, um das Schwärmen vom Blumen- und Kranzhügel und dem Andrang von Mitleidigen gebracht! Das mit Miss Briggs befreundete Ehepaar könnte so viel Überschwang nicht zusammentrommeln. Dort in Zollikon-Dorf fand ich alles genauso schön wie die andern, es waren kultivierte Menschen, sie sprachen ein gutes Englisch, Musiker, Psychologen, was ich nur weniger mag, ist dieses kontinentale Shake-hands, natürlich haben sie mir nicht die Hand *geschüttelt*, aber als Kondolenzgäste *gedrückt*, meistens zu fest, ich spüre dann meine Ringe und finde es etwas indiskret, erst recht die direkte und irgendwie intime Art, einen anzusehen, verstehn Sie, richtig in die *Augen* und tiefernst, weil ich ja die Schwester war... sollte ich uns vielleicht ein paar Sandwiches machen? Madge stand auf, zog an beiden vergoldeten Kettchen im Schirm der Stehlampe, und ein warmer Goldschein fiel auf die Couchecke mit Mrs. Westwood, die statt einer Antwort rief: Oh, Miss Briggs' köstliche Sandwiches! Daraufhin spürte Madge, während sie Mrs. Westwood bestätigte *(Bessere Sandwiches als die im Rössli!)*, einen unbequemen Leistungsdruck, ging aber in die Küche, wo sie sich nach einem entschlußlosen Zaudern für die puppenformatigen Toasts aus der Tüte entschied und damit, wie sie Mrs. Westwood erklärte, für den geringsten Aufwand: Damit wir mehr Zeit füreinander haben. Sie sind mit Kräuterkäsegeschmack... Mrs. Westwood kannte die Marke, wählte aber stets die neutralen. Madge wußte, es mißfiele ihrem Gast, und erklärte dennoch, den ganzen langen 9. Oktober hindurch sei sie geradezu *high* gewesen, wie in einem Rausch, ähnlich jenem, als sie einmal zusammen mit Miss Briggs deren Nachruftext formuliert hatte. Er fand bei meiner Schwester so viel Anklang, daß sie Kopien von ihm bei Garry & Harbour machen und ihn kursieren ließ, auch bis hin zum Ehepaar in der Schweiz, und der zwinglihafte Pfarrer hat ihn in seinen Andachts- und Aussegnungstext eingebaut, dort sagen sie übrigens Abdankung.

Klingt mir zu sehr nach Militär, sagte Mrs. Westwood, einen Minitoast zwischen Daumen- und Zeigefingerkuppe, die drei restlichen Finger mit doppelstöckigen Ringen, soweit wie es ihre Arthrose zuließ, abgespreizt. Lag es am Sherry, daß ihr etwas Liebevolles einfiel? Es sei doch, als habe Miss Briggs schon frühzeitig, beim Spiel mit diesem Abdankungs-Spiel, an einen Pfarrer in der Ferne und der sie nicht kannte gedacht. Nun gut, die Idee des Begräbnisses in der Schweiz, sie kam nicht von heut auf morgen, aber wer macht sich schon in seinen besten Jahren Gedanken um das, was mit ihm geschieht, wenn er stirbt? Sie war vorausschauend, Ihre arme Schwester, zielstrebig. Was ihr jedoch nicht in den Kopf wollte, war, nach all den düsteren Anmerkungen über Särge, Madges Hochgefühl.

Vom Sarg mal abgesehen, von allem im Zusammenhang mit dem Sarg abgesehen und zwar bis hin zu seiner schwarzen Endstation im Erdloch, und es ist wohl immer und trotz der besten Vorsätze absolut gräßlich, an diese todtraurige trostlose Gruftungemütlichkeit zu denken ... mein Gott, was haben die Menschen sich da einfallen lassen, ich frage mich, seit wann sie ihre Toten einbuddeln ...

Mrs. Westwood wollte wissen, ob Miss Briggs selbst noch über die Methode verfügt habe, und fand, Einäschern hätte besser zu ihr gepaßt, und Madge wußte es nicht, sie sagte, um der Antwort auszuweichen: Irgendwie schafft man es nicht, diese abscheuliche Wirklichkeit mit dem Schönen, woran man doch glaubt, ich meine mit unabhängig vom Körper längst ganz anderswohin entwichener Seele zusammenzubringen, man wird so ekelhaft ideenlos und körperlich, während man dieser Versenkung, diesem Skandal, zuschauen muß. Und doch, ich war high, hatte diesen Kick irgendwie durch meine Endorphine, wie Jogger ihn nach einem bestimmten Laufquantum kriegen und vielleicht, weil ich nur diese trockene Brotkruste kurz vorm Friedhof gegessen hatte, meine Schwester kaute so gern auf trockenen Brotkrusten rum. Und ich fühlte mich wie in einem Stück von Čechov, obwohl die Inszenierung mehr nach Henry James aussah, alles in allem wie eine ganz andere Person, jemand anderes, aber doch so wie ich als die Hauptperson, und der Friedhof hätte ein Park sein können, das bunte Herbstlaub durchzuckt von Sonnenreflexen, milde Sonne, die Trauergäste redeten zwar leise miteinander, in kleine Gruppen aufgeteilt, doch erinnerte es an eine Party ohne Drinks. Der Parkfriedhof liegt, von Mauern geborgen, auf einem sanft zum Zürichsee geneigten Hang, beste Wohngegend drumherum, sie wird Goldküste genannt. Bei Goldküste zog Mrs. Westwood die Augenbrauen hoch und die Lippen zu einem spitzen Mündchen zusammen: Sie war ein wenig neidisch, gab sich aber, wie Madge von der heraufbeschworenen Herbstparkszenerie begütigt (aber bei Mrs. Westwood war es der Sherry), einen Ruck für die Bemerkung, ein würdiges letztes Erdenplätzchen sei viel wert. Ein großer Trost. Mr. Westwood läge ebenfalls wunderschön und zwar in Napton-on-the-Hill, Warwickshire, Familiengrab, ein Platz links neben ihm warte auf sie. Madge sagte: Würdig, das ist das Wort. Dieser Platz, wenn auch ohne Schatten, doch könnte ich ja etwas schnell Wachsendes in Auftrag geben, Ahorn oder Robinie, er sei ihrer würdig. Hier kann mein Schwesterchen es gut aushalten, dachte ich, und wenn ich mich hundertmal weigere, an die Verbannung der Toten in Gräbern zu glauben, oh nein, da sind sie nicht mehr, was da unten grausig einsam verfällt, das sind nicht sie, sie waren es sofort nicht mehr, als sie in ihren Betten starben, sofort nicht mehr auf Erden, wenn Sie verstehen, was ich meine. Gegen Mrs. Westwoods *Man weiß nie* erhob Madge Einspruch: Sie gehen doch regelmäßig sonntags in die Kirche, was ich von mir leider nicht behaupten kann, und Sie mögen Reverend Scott, Sie *glauben* ihm doch, ich meine, Sie glauben überhaupt! Mrs. Westwood, noch immer störrisch, erklärte sich bereit, immerhin zu hoffen, und gut, grundsätzlich sei sie gläubig. Madge erzählte: Eine junge Frau mit wundervollem, ährenfarbenem Haar, es erinnerte mich an Pferdemähnen, sie stupste mich an, deutete auf einen Schmetterling, der über dem offenen Grab umherzuckte und dann ins Unsichtbare abflog. Und heißt es nicht, *nicht auf das Sichtbare, sondern auf das Unsichtbare hoffen wir*, und die schöne junge Frau sah gewiß in dem Schmetterling, wie er dann aufwärts flatterte, einen Hinweis, oder Miss Briggs' Seele, ich weiß auch nicht, aber es tat mir gut. Mrs. Westwood verteilte Noten: Die Natur hilft immer. Flora und Fauna. Blumen, eigentlich alle Gewächse, sie helfen. Und erst recht Tiere, wobei ich an Hunde denke. Ich weiß nicht, wie ich zurechtkäme ohne Lord Nelson. Weil ihre Nichte Amy für ein verlängertes Wochenende da sei und sich um ihn kümmern könne, habe sie ihn lieber nicht mitgebracht. Bei diesem Schmutzwetter. Sie ließ offen, ob sie Madges Erbe, das Cottage von Miss Briggs, oder ihren Liebling hatte schonen wollen.

Madge fühlte sich durchs Erzählen auf den Friedhof versetzt; die langen Reihen der in Form und Farbe gleichen Stelen aus grauem Granit im rechteckigen Weggeviert zwischen Rasenparzellen störten den Parkeindruck nicht, auch die Choreographie der Trauergäste und ihr leises Reden, ganz und gar nicht. Habe ich schon berichtet, daß der Pfarrer erst in der Kirche seinen Talar anhatte? Am Grab erschien er im dunklen Straßenanzug. Dort hat er nicht viel gesagt, es hat sich mir nichts eingeprägt, aber später in der Kirche redete er viel und wie alle Schweizer langsam genug, so daß ich mit meinen sehr schlechten Deutschkenntnissen einigermaßen verstehen konnte, worum es ging, und meine Passage trug er im Original vor, es war eine Art Schweizer Englisch, und ich bekam mit, daß er bei einem Zitat statt Karl Barth Karl Marx sagte. Miss Briggs und Karl Marx in einer Aussegnungsandacht! Fast komisch, oder? Mrs. Westwood hatte den *besten Willen*, aber komisch konnte sie es nicht finden. Und Madge kam in Fahrt, kündigte das wirklich und schrecklicherweise und unfreiwillig Komische an: Ein nie gesehenes Schauspiel, und ich bin durchaus begräbniserfahren. Abschreckend und, was das Schlimmste ist, die Toten durch Lächerlichkeit beleidigend. Was ist passiert? Madge wiederholte Mrs. Westwoods Frage. Aus meinem Feierlichkeitsernst wurde Ärger. Halt! Hört auf! hätte ich am liebsten geschrien. Und in diesen Augenblicken lag sie doch in diesem kleinen Sarg, und ich mußte sie mir in der widerlichen Gefangenschaft vorstellen, und ich dürfte hierbei nicht zusehen, sie hätte es nicht gewollt, daß ichs tat, niemand hätte hier Zuschauer sein dürfen, alle müssen sie sich Miss Briggs da drin ausmalen, in allen diesen Köpfen entstanden indiskrete gemeine Bilder... Mrs. Westwood warf ein, sie verstehe nicht ganz. Was ist passiert? Ich kanns nicht genau erklären, irgendwie elektrisch und maschinell packten Metallriemen den furchtbar kleinen Sarg, und nun schaukelte er zuerst ein paar Meter in die Höhe, dann runter ins Grab, Mrs. Westwood: Er schaukelte! Ich dachte, die einzige Rettung wäre, es Miss Briggs zu erzählen. Meine Schwester hatte Humor und speziell noch schwarzen. Aber daß ich ihr dabei zusah, ohne sie, der man diese Schmach wie von einem Rummelplatz-Karussell antat, das war Verrat an sämtlichen Kindheitsgelübden und bis zu ihrem Tod andauernden Geheimnisvertraulichkeiten.

Mrs. Westwood kannte diese Bestattungsmethode: Ein Knopfdruck setzt die Grablegung in Gang. Zwei in verchromten Kugeln auf den Ecken des Metallrahmens verkapselte Elektromotoren beginnen zu laufen, haben Sie Ärmste nicht gehört, daß das ratterte? Es muß gerattert haben. Madge erinnerte sich und wunderte sich über ein Gefühl wie Befreiung. Mrs. Westwood, rief sie, ich möchte Ihnen danken! Wofür genau weiß ich selber nicht, aber Ihr Protokoll oder was das ist, es ist aufklärend. Es macht die Dinge leichter. Wissen Sie, wenn man versteht ... der Vorgang verliert an grobem Unfug, er ist nicht mehr das verspottende Possenspiel. Wirklich. Mrs. Westwood hätte lieber nicht gelächelt, mußte aber lächeln, die Schmeichelei war unwiderstehlich. Sie, liebe Madge, Sie hatten nicht bemerkt, daß die ganze Zeit über der Sarg schon auf einem Tragriemen ruhte. Und den geben die Elektromotoren frei, ich habe es bei Mrs. Hubing gesehen, auch sie schwankte und vibrierte, ich meine, ihr Sarg, ehe der sich langsam in die Tiefe der Grabstätte senkt, mein Gott wirklich, es geht im Schneckentempo, und ich meine, wenn es Menschen sind, Totengräber, die sich der Sache annehmen, ist es feierlicher und was nicht sonst alles.

Mrs. Westwood seufzte, nahm Sherry. Bald machen Maschinen alles. Ich kann nicht finden, bei allem Respekt für Erleichterungen im Alltag, was wäre ich ohne meine Automatik-Rolläden, ich kriege ja keinen Laden mehr mit dieser Fingerarthrose hoch, bei allem Respekt, ich kann nicht finden, daß sie uns ersetzen. Uns Menschen. Es gibt Situationen, in denen der *Mensch* gebraucht wird, sehr persönliche Situationen.

Beim Stichwort Rolladen war Madge aufgestanden, und nach abgeleisteter Zustimmung sagte sie: Ich sollte wohl schnell mal alles dicht machen, meine Schwester hat hier keine Automatik drin. Es ist allmählich Nacht geworden. Es wird früh dunkel, sagte Mrs. Westwood, und daß sie wohl bald an den Aufbruch denken sollte. Vielleicht störe sie ja bereits ein wenig. Aber nein, beteuerte Madge, es hilft mir so sehr, wenn ich drüber sprechen kann. Wie gerade vorhin, und diese mechanische Sargverfrachtung tut mir jetzt weniger weh, ein Skandal aber bleibt sie trotzdem. Es dauert auch zu lang. Mir kamen die andern Leute am Grab wie erstarrt vor. Bin gleich zurück. Madge hatte, trotz Abstecher ins Bad, nicht zuviel versprochen, und Mrs. Westwood sagte *Ich kenne mich aus*, schlüpfte an Madge, die im Türrahmen stand, vorbei auf dem Weg zum Besucher-WC; nach ihrer Rückkehr, gleichsam als Dank fürs Gelobtwerden, rühmte sie Madges hübsches Bye-bye-Toilettenpapier.

Trotz der geschlossenen Läden hörten sie immer noch Sturmwind mit Intervallen von zuschlagendem Regen, und nochmals beteuerte Madge ihre Ungeschicklichkeit beim Anlegen eines Kaminfeuers. Es würde ewig dauern. Ewig! Wie man so achtlos daherredet. Was halten Sie von der Ewigkeit? Beim Gestikulieren als Ersatz für die vage Auskunft *Oh eine Menge, meine Liebe, wirklich* verursachten die Schlagringfinger von Mrs. Westwood ein kurzes Funkeln. Jeder bekommt, was er sich wünscht, sagte einstmals Millicent Forester, eine gute Freundin, wenn auch für meinen Geschmack etwas zu tranig. Sie raffte sich nicht auf. Sie ist vor einem Jahr gestorben, die Ärmste. Aber im Gegensatz zu Miss Briggs hat sie sich auf den Tod hin ruiniert. Alkohol? fragte Mrs. Westwood. Und wie ging es in der Kirche weiter? Sie hoffte, ohne weitere Schmach für die liebe Verstorbene. Was auch der Fall war. Und trotzdem, am nächsten Tag auf der Rückfahrt, alles ideal in meinem fast leeren Wagen Nummer 12, trotzdem war mein hochgestimmtes Ja zum Begräbnistag, von dem schrecklichen Schaukelrattersarg mal abgesehen: ein Kick-Ja, es war zusammengebrochen in nichts als Katzenjammer. Madge trank jetzt Bass Bitter, Mrs. Westwood sagte, wenn man sie frage, sehne sie sich nach nochmals Tee, auf dem Weg in die Küche drehte Madge sich um: Ich schätze, wir sollten etwas Richtiges essen. Kennen Sie Vegemite? Dem Namen nach, antwortete Mrs. Westwood, wenn das diese australische Paste ist. Das ist sie, bestätigte Madge, und zwar aufs Köstlichste, und es ginge außerdem schnell mit ihr als Belag auf den Sandwiches. Wechselweise mit Piccalilli, wie wärs? Wenn Sie Soft haben, ist es in Ordnung. Mrs. Westwood wählte Ingwer-Senf, den sie eigentlich bevorzuge, aber der war nicht im Haus.

Warum lebt man doch gern, wie vieles auch dagegen spricht? Genau betrachtet spricht nicht wirklich viel fürs Leben, ich denke an all diese Schereréien, aber einen Sturmregenabend wie diesen, oh, Miss Briggs hätte ihn so schrecklich gern gehabt. Mit diesen Überlegungen und einer Platte pyramidenförmig übereinandergestapelter Sandwiches war

Madge ins Wohnzimmer zurückgekehrt, und *Aber mit Kaminfeuer* hatte Mrs. Westwood ergänzt, ehe sie zugriff und sich nach zwei Testbissen zur Würdigung von Vegemite durchrang. Im allgemeinen ist ja alles Australische etwas grobschlächtig, fängt bei ihrem breitmäuligen Englisch an, klingt fast nach Texas, und neulich im Fernsehen, als sie diese empörten Truck-Fahrer zu Wort kommen ließen, dachte ich, bei uns spricht noch jeder Hafenarbeiter ein gepflegteres Englisch als in Perth oder Houston ein Banker oder so was. Dann wünschte sie zu wissen, in was für einer Art von Kirche die Aussegnungsfeier mit dem kleinen Harfen- und Flöten-Konzert der jungen Frauen stattgefunden hätte.

Am Grab, als sie drin lag, beziehungsweise das, worin und was sie nicht mehr war, seit sie starb nicht mehr, dort also bat der Pfarrer uns in die Kirche und zum darauffolgenden Zusammensein im *Rössli*. Und wir gingen grüppchenweise das alte Dorf hangabwärts, die schöne Pferdemähnenfrau und ich, wir hatten den starken Drang, endlich zu rauchen, und wir machten es, und die gotische Kirche sah proper aus, in der Schweiz wirkt alles wie vorhin erst blank geputzt, das paßte eigentlich nicht zu meiner sehr legeren Schwester... Das Kircheninnere war leider überheizt und reformatorisch, deshalb schmucklos wie eine Klinik und ziemlich hell, nichts Geheimnisvolles.

Madge würde nach einer Denkpause wieder milder.

Ich muß sie der Madge in den Miss-Briggs-Romanen ab und zu ähnlicher machen. Damit es mein Gefühlsaufwand ist, muß ich die zwar oft überschäumende, doch alles in allem grundsätzlich einverstandene vergnügte Madge etwas verfälschen; könnte ja aber sein, daß Miss Briggs' Tod ihr Gemütsleben kaleidoskopisch zusammengerüttelt hat. Dem

Flair der Romane zuliebe und deinem Vergnügen beim Lesen, während unsere Regengeräusch-Kassette im Player wieder und wieder läuft, hat zwischendurch Mrs. Westwood mit Amy telephoniert und sich dann Lord Nelson geben lassen, der ihren Wunsch erfüllte und zweimal bellte, und zu Amy, ihrer Nichte, hätte Mrs. Westwood gesagt: Es dauert noch ein bißchen. Schlag dir einfach ein paar Eier in die Pfanne und vergiß Lord Nelsons Short Bread nicht, er hat gern gezuckerte Milch dazu, ich muß meine Freundin noch ein bißchen trösten und außerdem: Ich hoffe doch sehr, daß dieses Wetter sich ein wenig beruhigt. Und nachdem sie aufgelegt hätte, würde Madge sagen: Zu ärgerlich, daß im Schuppen Miss Briggs' alter Bentley nutzlos herumsteht, weil ich ihn nicht vom Fleck bewegen kann. Sie kämen trockenen Fußes in die Regent Gardens. Aber ihre Gartenstiefel und ein schrecklicher alter Lederol-Mantel sind auch noch da, und in der Nacht sind alle Katzen grau, nicht wahr? Ich meine, in diesen Sachen herumzulaufen wäre nicht weiter peinlich.

Sie war nicht eitel, Ihre arme Schwester, sagte Mrs. Westwood, und sofort widersprach Madge: Oh doch, etwas schon, wissen Sie, sie war und blieb ihr Typ, sie bestand darauf, ihr Original zu sein. Deshalb machte sie Modisches nicht mit. Aber ihre Haare? fragte Mrs. Westwood. Na schön, das Brünett war dann nicht mehr hundertprozentig echt, ich schätze, auch wegen dieser Identität, an die sie gewöhnt war. Sie hatte die schönsten Augen in der Familie. Ach was? Mrs. Westwood sah aus, als wäre sie beim Biss in ein Vegemite-Sandwich auf einen Wanzenbeigeschmack gestoßen. Schade, das mit den schönsten Augen wußte man nicht. Weil sie ja diese dicken Brillengläser brauchte. Ach, arme

arme Miss Briggs ... Mrs. Westwoods Klagen hörten sich gönnerhaft an, als denke sie: Mir könnte so was, sterben, nicht passieren. Und auch arme Madge, die ich aber immerhin Mrs. Westwood noch feindselig korrigieren lassen kann: Meine Schwester haßte Mitleid, erstens. Und zweitens tun Hinterbliebene immer so hochnäsig, den Toten gegenüber, als wären die reingefallen und sie selber unsterblich.

Dann aber, wenn ich dir dein Begräbnis im Rückblick nacherzählen will und wie es mir am Tag danach auf der Rückreise damit erging, stört Madges unkompliziertes Naturell. Sie würde aufpassen müssen, daß sie nicht in die Kirchengegenwart, in der sie jeden heiligen Moment in sich aufgesaugt und sich als Hauptperson wie von Gott selbst wohlgefällig beobachtet empfunden hatte, die spätere Katzenjammerverfassung verwob. (Unter meinem Kater-Tief, in dem mir nichts von der himmlischen Glücksverheißungstrauer übriggeblieben war und ich von jeder Momentaufnahme nur noch das Negativ sah, hätte ja aber eine Person wie Madge gar nicht gelitten. In meinen Notizen lese ich vom Besten: dem Psalm, der von der Unterwelt handelte und mir unbekannt war – als Kinder waren wir zwischen vielen anderen Rollenspielen auch Unterweltkinder. Welcher Psalm war das? Was war denn sonst noch jenseitsilluminierend und hätte dir gefallen? Unser Siciliano und der konzentrierte Ernst der zwei jungen Meisterklassenmusikerinnen? Der Schmetterling über dem Sarg? Arthur Asch, einer eurer Freunde, der einzige, vor dem du dich nicht blamiert gefühlt und den du noch an Krücken bewirtet hast: altgeworden auf eine wie von Maskenbildnern hergestellte, theaterstückartige Weise? Im Gesicht der Pferdemähnenfrau die Sonne, unter deren Einfluß sich blonder Flaum aufzurichten schien? Die Psychologin und ihr Wittgenstein als Reaktion auf den Zwingli-Pfarrer, der uns *das als Pfarrer auch nicht sagen konnte*? Karl Marx mit Karl Barth verwechselte? Das Maschinengeratter und dein über dem Grab schaukelnder Sarg? Der pflanzenüberflutete Erdhügel und die Abschiedsgrüße auf Kranzschleifen? Der Rezitator und seine aufgeweichte Frau, die in der Nacht davor von deinem Schutzengel geträumt hat? Daß mir dauernd, in zu warmen langwierigen Doppelhanddrücken, *viel Kraft* gewünscht wurde? Wir hätten uns beide in einen unserer gefährlichen Lachanfälle gerettet.

Madge hat es leichter; zu keinem ist sie am Tag danach zurückgekehrt (die Briggs-Schwestern: Überrest ihrer Familie), für keinen müßte sie sich, falls überhaupt nötig, bei ihrer Ankunft disziplinieren, um bloß keinen, den sie liebte und der ihre Schwester geliebt hatte (so verschreckt und tief verwundet, daß es nicht öffentlich werden durfte), mit den nachträglich verzerrten Abschiedsbildern zusätzlich zu quälen. Keine Schwerarbeit demnach, die ihr in jeder noch in der Isolation geborgenen Fahrtminute bewußt wäre. Denn Madges Interesse an Bindungen ging schon in den letzten zwei Miss-Briggs-Romanen verloren, nach zweieinhalb Tests lebte sie hoch zufrieden allein in einer komfortablen kleinen Mew-Wohnung (Grenze South Kensington/Chelsea), brauchte sich für die Rückkehr nicht auf Schönfärberei und simuliertes Einverständnis vorzubereiten, eine Verstellung übrigens, die ihr im Notfall auch nie in den Sinn gekommen wäre: Madge macht aus ihrem Herzen keine Mördergrube, wie das bei der Miss-Briggs-Verfasserin heißt. Anders Miss Briggs (und deshalb war ihre Rolle auf dich Verschwiegenere von uns beiden geschneidert), Miss Briggs, die nach dem Bibelwort »Ich schütte mein Herz aus bei mir selber« lebte. (Sie würde weiterleben, nicht sie, sondern ihre Schöpferin ist zu unserem Verdruß gestorben, und jetzt, nach deinem Tod, ist mir das recht, ohne Austausch mit dir hätte ich keinen einzigen Band mehr lesen wollen, ich war darüber weg.) Madge hätte also Glück. Könnte sich auf ihr Zuhause freuen. Ich aber mußte mich wappnen, um den Anschein der inneren Ruhe zu erwecken und die Lust, ein Abendessen auf den Tisch zu stellen.

Ich mußte plötzlich an den Papst denken, den bekümmerten alten Mann, ich hatte noch knapp drei Reisestunden, fühlte mich besser. Ich kramte nach der ungewöhnlichen Todesanzeige mit dem Shakespeare-Zitat, und Papst und Witwer wurden zu Madge-Komplizen.

Mrs. Westwood wollte vielleicht nur an das fehlende Kaminfeuer erinnern, als sie fröstelnd um eine Stola bat. Im Zimmer war es ziemlich warm, Madges Kopf glühte. Miss Briggs hatte sich immer gern in die schottisch karierte Stola gehüllt, deshalb rückte Madge nur die bläuliche gehäkelte heraus. Ob Mrs. Westwood nicht doch eine heiße Bouillon wünsche? Ein paar Rühreier? Beide hatten Appetit, aßen auf den Knien in ihren Sesseln, und ums Cottage fegte der Wasserwerfersturm. Ich dachte an den Papst, begann Madge. Es fiel mir wie Schuppen von den Augen: Nur den Papst selber, ihn einzig und allein hätte ich an ihrem Grab als unseren wahren Lehrer im Abschiednehmen gutheißen können. Wäre nicht nötig gewesen, daß er viel gesagt hätte. Alle Worte würde sein gütiger Gesichtsausdruck ersetzen. Sein Ausdruck der Liebe, erstarrt in einem Parkinsonschub. Er wäre in seiner gekrümmten Haltung der einzig Richtige vor dem Holzkreuz auf dem Grabhügel gewesen, meine Schwester wollte ein Holzkreuz.

Mrs. Westwood, seit Madge vom Papst redete unruhig, mußte vor Eifer mit vollem Mund sprechen, es klang verquollen wie nach einer Zahnarzt-Injektion: Aber der Papst doch nicht! Sie sind nicht katholisch, wenn ich daran und an Reverend Scott erinnern darf, und er hätte überhaupt nicht auf die Bestattung eines anglikanischen Gläubigen gepaßt. Das ist mir völlig egal, sagte Madge. Nur er war diesem Fall von Todestrauer und Liebe gewachsen. Mir gefällts, daß er gleichzeitig weich und streng ist, wie er die Dinge des Glaubens (vage Geste ins Halbrund des dämmrigen Zimmers) ernst nimmt. Irgendwas Ritualmäßiges von ihm, ausgebreitete Arme vielleicht, oder er hätte was geschwenkt und bestimmt gebetet, und nichts davon, daß er uns das, was immer *das* ist, auch nicht sagen könnte, kein kühler Kopf, oh nein, und Adieu Wittgenstein. Andererseits, Madges Eckzahn nagte an der Unterlippe, so, wie es war, wars bruchstückhaft. Ende offen. Kein Schlußpunkt, und ich setze ja auch keinen. Zwischen uns Schwestern geht alles weiter, nur muß ich noch kapieren, wie, wie weiter.

Dann trug sie die leeren Teller in die Küche, kehrte mit Johnny Walker und zwei hohen Gläsern zurück, fragte *mit Soda? Eis?*, wartete auf keine Antwort und erzählte von der Shakespeare-Todesanzeige. Ich denke, ich werde diesem Witwer schreiben.

Passen Sie auf, diese Leute werden leicht anhänglich. Ich gewährte Mrs. Westwood klugen Weitblick: Der reale Witwer, ich schrieb ihm tatsächlich, er wurde anhänglich. Daß er sofort und biographisch weit ausholend, auch beinah fröhlich antwortete, enttäuschte mich, er hat sich außerdem trotz Witwer-Trauer, als Freund der Frauen bezeichnet. Wie er zu dem Zitat kam, weiß ich nicht, es hat mich auch nicht mehr interessiert, und ich bedauerte Shakespeare, dem ich, bei laufender Regen-Kassette, das nachmachen werde: »Oh know, sweet love, I always write of you, / And you and love are still my argument.« Über meinen Abschied von dir wird mein Tod bestimmen.

Im nochmals durchforschten Nachlaß tauchten die Notizen auf, die sich die Verfasserin vermutlich für den Schluß der Miss-Briggs-Serie vorgestellt hatte, und den wir in unserer Wehmut – nie wieder Miss-Briggs-Romane! – doch sehr gut gefunden hätten. Es wäre Madge gelungen, die distinguierte Mrs. Westwood mit ihren inneren Etepetete-Gesetzen in einen mittleren Schwips zu bugsieren, durch den die zwei Frauen, vor englischem Sturm- und Regenrauschen im Cottage neben dem tiefgrünen Gärtnerhausgrundstück von Haddon Hall Castle wohlig geschützt, zu einem scheppernden Chorduett verleitet würden: »Farewell to the Highlands« sangen sie etwas wacklig mit den ungeübten Stimmen, das Lied, das Miss Briggs gern hatte: Wenn sie überhaupt reiste, dann nach Schottland. Aber die *sea* beim Farewell der zweiten Zeile tauften sie ohne Absprache um: »Farewell to the Highlands, farewell to Miss Briggs« modulierten ihre schwankenden Soprane, und in einem Solo improvisierte Madge sich vorwärts: »We meet soon in heaven, thank God and His tricks ...« Fände Reverend Scott sie blasphemisch? Sogar Mrs. Westwood war es egal. Und danach würden, während sie ihre Gläser gegeneinander klingen ließen, sie sich mit rosig-feierlichen Gesichtern auf einen ernsthaften zuversichtlichen Blickkontakt einlassen, und Madge würde schnell in der Küche zur Stärkung für Mrs. Westwoods Regensturmheimweg noch eine Portion Earl Grey zubereiten. Bis sie eingeschlafen wäre, bald halblaut, bald nur stumm im Innern singen: »Farewell beloved sister, I know you feel well / Your place is God's heaven, while I wait in life's hell.« Sie würde sehr gut schlafen.

Am nächsten Tag müßte Madge ein bißchen für zuviel Mrs.-Westwood-Intimität büßen. (Sie hätte in der Nacht nichts geträumt. Wir hatten Bücher nicht gern, in denen dauernd geträumt wird.) Zuviel Vertraulichkeit mit dem allerdings besäuselten Gast käme ihr Miss Briggs gegenüber abtrünnig vor und für ihren guten Schlaf, obwohl der zu ihr paßt, würde sie sich genieren. Und deshalb *unser* Lied aus dem Zehner-Jahre-Amerika anstimmen: »There is a ship out in the harbour.« (Beim Schlußwort *away* in der vierten Zeile bestand jede von uns auf ihrer Note, deine eine Terz höher als meine, und wir fanden es komisch, kopierten das undeutlich zittrige Vorsingen unserer Großstante, die als junges Mädchen mit einem Liederschatz aus Amerika zurückgekommen war.) Madge sänge nur den monoton stampfenden Refrain: »Good bye, Liz / It breaks my heart to leave you /...« Von da an würde sie das Original auf den Stand der laufenden Ereignisse bringen: »Good bye, Briggs / Delightful: soon I meet you / One more kiss / When I you no more miss / But I'm sorry each day / Since you've gone away / Good bye, Briggs.«

Aber Madge, anders als ich, sie würde weinen und keineswegs zum ersten Mal, sie hätte auch nicht erst vom Friedhof an viele Tränen geweint. Ohne Tränen wäre der Verfasserin die gewohnte Madge mißlungen, Madge wäre nicht Madge, die wir, in der Rangfolge gleich nach Miss Briggs, geliebt haben, nicht die Madge der Romane. Von jeher, als du noch mitgemacht hast, warst du als Miss Briggs etwas weniger falsch besetzt als ich, Madge ziemlich unähnlich, aber gerade die Verwandlung hat uns ja gereizt. Ein Spiel ist es immer gewesen. Wir spielen ja bloß, Liebling, alles wie immer. Ich spiele, daß du mitspielst, so lang nichts Besseres geboten wird.

Copyright © Pendo Verlag GmbH
Zürich 2001
Gesetzt aus der Sabon
Satz: Satz für Satz. Barbara Reischmann, Leutkirch
Druck und Bindung: Pustet, Regensburg
Printed in Germany
ISBN 3-85842-396-3

GABRIELE WOHMANN
Frauen machens am späten Nachmitteag
Sommergeschichten
224 Seiten. Gebunden.
DM/sFr 29,80, öS 218,–

Wenn die Temperaturen steigen, kochen die Gefühle hoch: Verliebtheit und Seitensprünge, neue Einsichten und Zusammenbrüche. In Gabriele Wohmanns neuen Erzählungen befinden sich alle in einem Ausnahmezustand: die ehrgeizige Professorin, die durch den Unkraut jätenden Studenten völlig aus dem Konzept gebracht wird, der junge Mann, den seine künftige Schwiegermutter mehr fasziniert als seine Freundin oder die Kundin, die sich auf raffinierte Weise kostenlos ein ganzes Warenlager anlegt ...

»Scharfsinnig und scharfzüngig, amüsant und hintergründig, wie Gabriele Wohmann schreiben kann, sind die Sommergeschichten eine ideale Lektüre für Urlaubsreisende und Daheimgebliebene.« (Nürtinger Zeitung)

PETER NOLL
Diktate über Sterben und Tod
Mit der Totenrede von Max Frisch
359 Seiten. Kartoniert. DM/sFr 19,90, öS 145,–

Peter Noll erfährt im Dezember 1981, im Alter von 56 Jahren, daß er an Blasenkrebs erkrankt ist. Eine – möglicherweise lebensverlängernde – Operation lehnt er ab; er will sich vielmehr bewußt mit dem Sterben auseinandersetzen. Mit Aufzeichnungen, die er von Dezember 1981 bis kurz vor seinem Tod im Oktober 1982 führt, will er seine Erfahrungen an die Lebenden weitergeben: »Wir leben das Leben besser, wenn wir es so leben, wie es ist, nämlich befristet.«

»Nolls Diktate sind sympathisch, mutig, ängstlich und
gedankenschnell; freiheitsliebend, kritisch, frivol, kokett, eitel,
auch gekränkt, kurz: menschlich und so lebendig, daß wir
dabei an den Tod am allerwenigsten denken möchten.«
(Frankfurter Allgemeine Zeitung)

1. Geschichte

r Schwester (d

andere Person

1). Seit der D

den 5 Elendsja

en, wieder-meh

asen/Diagnosen

chronologisc

krankheit mein

lisiert und al

n ist... ich b

endrogliom) in

kaum-noch-Hof

schlechteren P